O SILÊNCIO
DAS FILHAS

JENNIE MELAMED

O SILÊNCIO
DAS FILHAS

Tradução de Léa Viveiros de Castro

Rocco

Título original
GATHER THE DAUGHTERS

Os personagens e acontecimentos neste livro são fictícios.
Qualquer semelhança com pessoas reais, vivas ou não,
é mera coincidência e não intencional pela autora.

Copyright © 2017 by Jennie Brown

Direitos para a língua portuguesa reservados
com exclusividade para o Brasil à
EDITORA ROCCO LTDA.
Rua Evaristo da Veiga, 65 – 11º andar
Passeio Corporate – Torre 1
20031-040 – Rio de Janeiro, RJ
Tel.: (21) 3525-2000 – Fax: (21) 3525-2001
rocco@rocco.com.br
www.rocco.com.br

Printed in Brazil/Impresso no Brasil

Preparação de originais
MAIRA PARULA

CIP-Brasil. Catalogação na publicação.
Sindicato Nacional dos Editores de Livros, RJ.

M46s   Melamed, Jennie
       O silêncio das filhas / Jennie Melamed; tradução de Léa
       Viveiros de Castro. – 1ª ed. – Rio de Janeiro Rocco, 2021.

       Tradução de: Gather the daughters – a novel
       ISBN 978-65-5532-067-1
       ISBN 978-65-5595-043-4 (e-book)

       1. Ficção americana. 2. Distopias na literatura. I. Castro, Léa
       Viveiros de. II. Título.

20-67923   CDD-813
                                            CDU-82-3(73)

Leandra Felix da Cruz – Bibliotecária – CRB-7/6135

O texto deste livro obedece às normas do
Acordo Ortográfico da Língua Portuguesa.

*Para os meus incríveis,
talentosos e magníficos pais*

PRÓLOGO

Vanessa sonha que é uma mulher feita, cheia de corpo e de preocupações. Suas duas filhas, ágeis e graciosas, estão dançando e pulando na praia enquanto ela olha da relva onde a areia termina. Seus vestidos brancos esvoaçam, como polpa de maçã ou pedra branqueada pelo sol. Um sol quente se estilhaça na superfície da água, lascas luminosas deslizando sobre as pequenas ondas como uma película quebrada e cintilante. Uma filha para, se vira e acena animadamente, e Vanessa, com o coração sufocado de amor, acena de volta. As meninas se dão os braços e giram, rindo alegremente, até caírem deitadas na areia.

Erguendo-se e cochichando uma no ouvido da outra, elas levantam os vestidos e entram no mar. *Não vão muito longe!*, grita Vanessa, mas elas fingem não escutar. Caminhando com as pernas abertas como garças desajeitadas, molhando a barra dos vestidos, elas examinam a água em busca de peixes e caranguejos, até que a mais nova se vira e grita: *Nós vamos nadar, mamãe!*

Mas vocês não sabem nadar!, Vanessa grita, apavorada. Inútil, elas mergulham na água e começam a se afastar, batendo as pernas esbeltas e afastando a água com as mãos. Rapidamente, levadas por uma forte corrente, elas ficam cada vez menores. Vanessa tenta correr até a beira do mar, mas seus pés estão presos, enfiados na terra como raízes de árvores, suas pernas paralisadas feito tocos sem vida. Ela abre a boca para chamá-las de volta, mas em vez de dizer às filhas para voltar para a praia, ela se vê gritando, *Nadem mais depressa! Saiam daqui, saiam agora!* O sol desaparece e o mar fica escuro, encrespado e forte, e os rostos amados se tornam meros pontinhos. Vanessa cerra os punhos, fecha os olhos, e grita, *Não voltem nunca mais! Eu matarei vocês se voltarem! Eu juro que matarei as duas!* As meninas desaparecem no horizonte, e Vanessa enterra o rosto nas mãos e chora.

Ladra, sussurra uma voz que parece vir de toda parte, ecoando e gemendo em seu peito. *Blasfema*. A terra amolece e ela atravessa um mar de lama escura e cai no fogo negro da escuridão eterna. Seus ossos quebram como gravetos. Girando a cabeça violentamente sobre um pescoço quebrado, ela vê as filhas estrebuchando ao seu lado, suas pernas frágeis vergando e se estilhaçando enquanto seus vestidos brancos queimam.

Então o pai está lá, sacudindo-a, abraçando-a.

— Vanessa, se acalme — ele diz, enquanto ela treme e chora.

— Foi só um sonho.

Ela relaxa os punhos e vê, na luz cinzenta da aurora, que fez pequenos cortes em forma de lua crescente nas palmas das mãos.

— O que você estava sonhando? — pergunta o pai, sonolento.

— Não me lembro — responde, e não importa quantas vezes o sonho venha assombrá-la, dissolvendo-se em seu cérebro quando recobra com dificuldade a consciência, ela sempre diz a ele que não se lembra. Sabe instintivamente que isto não é algo que se possa oferecer livremente a adultos, como uma flor ou um abraço. Este sonho, a encarnação da blasfêmia, é um segredo vergonhoso profundamente enraizado como um dente ou uma unha. E o pai,

O silêncio das filhas

resmungando um pouco enquanto beija sua testa suada, nunca tenta arrancá-lo dela.

Às vezes, ao longo da manhã depois do sonho, ela olha para a mãe e imagina o que gritaria se Vanessa estivesse nadando para longe dela, em direção às terras devastadas.

PRIMAVERA

CAPÍTULO UM

Vanessa

A longa aula de gramática terminou, e o Sr. Abraham está agora falando sobre encharcar e curar o couro. Enquanto divaga sobre técnicas para concentrar urina, Vanessa respira de leve e com cuidado, como se seus pulmões estivessem prestes a serem queimados pelo cheiro acre do couro curando em seus tanques. O odor meio avinagrado, meio almiscarado paira no ar durante semanas no início da primavera, e ela já decidiu que jamais irá se casar e nem mesmo morar perto de um curtidor de couro. Mantendo os olhos abertos e o rosto atento, ela mergulha em devaneios de verão.

Quando Letty estende a mão para trás para coçar o ombro e deixa cair um bilhete em sua carteira, Vanessa volta assustada ao presente. Usando as unhas roídas para abrir o pedacinho de papel, ela lê:

Você acha que foi a primeira vez dela?

Meia hora antes, Frieda Joseph rompeu em prantos enquanto tentava pronunciar a palavra "nabo". Não eram lágrimas de frustração, mas grandes soluços, como se tivesse levado um soco na garganta. O Sr. Abraham levou-a para fora da sala. Ele deve tê-la mandado para casa, porque voltou sem ela.

A cadeira de Frieda se destaca ali, vazia. Todas as meninas ao redor estão olhando cuidadosamente em outra direção. Tem uma mancha de sangue na madeira, brilhante e irregular, uma gota formando uma crosta no chão. Todo mundo sabe que ela não estava ali na véspera.

Vanessa fica calada, pensativa, e Letty se agita na cadeira e finalmente se vira para lançar um olhar questionador para ela. Incomodada, Vanessa sacode os ombros secamente para a garota.

Letty torna a olhar para a frente e rasga uma pequena tira de papel. Escreve algo com o lápis fino de carvão, se espreguiça acintosamente e o deixa cair na carteira de Vanessa.

Vanessa pega o papel e o coloca no colo, fazendo força para ler. O carvão está borrado e ela mal consegue distinguir as palavras: *Que bebezinha. Eu não chorei na minha primeira vez.*

Vanessa morde a língua, exasperada. Destacando cuidadosamente um pedaço de papel do seu maço, escreve, *Mentirosa*. Esticando-se para a frente, ela o deixa cair no colo de Letty como se fosse uma pequena borboleta amarela. Letty lança um olhar magoado para Vanessa e, então, se volta comportadamente para o Sr. Abraham e finge interesse. Vanessa começa a enrolar a ponta da trança nos dedos, desejando estar lá fora, correndo.

Todas as meninas usam tranças, macias e sinuosas sobre os ombros, e brincam com elas quando estão nervosas ou excitadas. Este é um tique profundamente arraigado, e quando se tornam mulheres e penteiam os cabelos para cima, seus dedos esvoaçam inutilmente no ar enquanto tentam lembrar o que está faltando. Bainhas são outro alvo favorito para dedos nervosos, e é raro um vestido de menina que tenha uma bainha direita, bem costurada. Hoje, elas estão vestindo o que quer que suas mães tenham achado adequado para maio, o que deixa algumas com frio e outras com calor. Alguns vestidos são cor-de-rosa escuro, outros são amarelo-alaranjados, enquanto outros são simplesmente da cor branca encardida da lã não tingida. Os vestidos são manchados e escuros nas axilas e sujos de restos de comida. O verão é época de tecer e costurar, e os vestidos serão encurtados ou encompridados, esfregados e reutilizados, ou dados para uma família com uma menina mais nova. Enquanto as mais velhas usam vestidos mais novos, as menores estão sempre nadando em trajes puídos prestes a se desmanchar.

Enquanto o Sr. Abraham continua falando, Vanessa queria que houvesse papel suficiente para desenhar, mas os viajantes decidiram alguns anos atrás que a ilha devia produzir seu próprio papel, em vez de confiar nos maços remanescentes das terras devastadas. O Sr. Joseph, o plantador de árvores, tem feito experiências, mas a produção deste ano é um grande fracasso; o papel se desmancha facilmente. Mesmo assim, eles sabem que não devem desperdiçá-lo. Quando Bobby Solomon desenhou uma ovelha soprando fogo numa de suas folhas de papel, seu professor, Sr. Gideon, deu-lhe uma surra tão grande que ele passou dias mancando.

O relógio parece girar mais devagar quando as três horas se aproximam, os ponteiros se arrastando e gaguejando. Vanessa pensa se o Sr. Abraham se lembrou de dar corda nele de manhã. É um objeto bonito, feito de cobre das áreas devastadas e cheio de pequenos mecanismos e rodinhas, como besouros amarelos infinitésimos, tão pequenos que dariam num dedo indicador. Por mais que o pastor Saul goste de falar sobre pecado e guerra, Vanessa não consegue deixar de pensar que eles estavam fazendo alguma coisa certa nas terras devastadas se inventaram instrumentos tão milagrosos.

Gabriel Solomon trouxe algumas partes para a escola no ano passado, roubadas do relógio de pé do pai dele, que recebeu os preciosos objetos dos viajantes. As crianças se reuniram em volta dele, sempre impressionadas por mercadorias das terras devastadas, implorando para tocar nas peças pequeninas e brilhantes. Às vezes, quando Vanessa vê as estrelas, imagina pequenas engrenagens de um relógio quebrado, atiradas na escuridão. Queria que seu pai fosse um relojoeiro, embora um viajante seja muito mais importante. *O viajante sagrado percorre as terras devastadas sem se tornar parte da doença,* o pastor Saul gosta de dizer. Vanessa uma vez perguntou à mãe de que doença ele estava falando, mas ela não sabia. Perguntou ao pai, e ele falou das doenças que assolaram as terras devastadas depois da guerra. Entretanto, ele se recusa a contar a ela sobre a guerra em si; nunca fala disto. Vanessa tentou várias formas graciosas de fazer perguntas ao pai — ele gosta da inteligência dela, mas, apesar dos esforços da filha, se recusa a falar da guerra. Ela também não consegue encontrar nada sobre isso na biblioteca. Tudo que aconteceu deve estar em livros, em algum lugar, mas nenhum daqueles a que tem acesso se mostrou útil.

Enfim o relógio marca cinco para as três. O Sr. Abraham apaga o quadro na frente da sala, limpando os detritos de giz da aula, e as crianças se levantam automaticamente com a cabeça inclinada e as mãos cruzadas. Cerimoniosamente, o Sr. Abraham pega um exemplar do *Nosso Livro*, o único livro escrito na ilha. É escrito a mão em papel das terras devastadas e encapado com o couro mais forte possível, mas mesmo assim ele tem que usar um dedo para evitar que as folhas soltas voem para o chão como folhas sagradas, mortas.

"*Do fogo da maldade nós brotamos, como um galho verde de uma árvore podre*", ele lê. "*Das terras devastadas da miséria vieram os homens trabalhadores do progresso e da esperança. Do terror da guerra vieram nossos ancestrais para nos protegerem do mal.*" Como as demais, Vanessa repete as palavras junto com ele: "*Da terra devastada e purificada pelo castigo vieram as flores da fé e um novo caminho. Com os ancestrais para nos guiar, cresceremos e prosperaremos em um caminho reto e estreito. Ó ancestrais, os dez primeiros santificados, rogai a Deus por nós e salvai-nos das impurezas. Amém.*"

"Amém", as meninas repetem. Em silêncio, saem em fila da sala e depois se espalham, seus calcanhares batendo no chão de madeira como um punhado de pedras atiradas no chão. As meninas se misturam com as outras turmas, fileiras de meninos de calças remendadas e camisas compridas, crianças menores gritando e correndo alegremente. Sarah Moses pega o braço de Vanessa enquanto elas descem correndo a escada na direção do ar úmido.

— Aposto que vai chover logo — Sarah diz, olhando para o céu nublado. Seus cabelos estão crespos da umidade e delineiam sua cabeça num halo irregular.

— Nem estamos em junho ainda — Vanessa responde zangada. — Nunca chove antes de junho.

— Os pássaros já estão se entocando nas árvores — Sarah retruca alegremente. — Mamãe diz que é um sinal. Tom passou o inverno todo amolando pedras.

Vanessa revira os olhos. Tom Moses sonha em fabricar armas, mas até agora só fez atirar pedras e sair correndo, gritando. — Ele não devia estar ajudando o seu pai a tecer? — ela pergunta irritada para Sarah.

— Ele ajuda — Sarah diz. — Nós fizemos muito tecido este inverno, o fio do Sr. Aaron está bom este ano. Teremos um monte depois do verão. O rebanho novo de ovelhas que eles trouxeram das terras devastadas ajudou muito. Às vezes, os cordeiros são manchados.

— Eu sei — Vanessa responde. Todo mundo gosta de olhar para os cordeiros manchados quando eles saem de dentro de suas mães. Quando crescem, parecem sujos de lama, embora as chuvas ainda não tenham começado. — Isso significa que o fio é marrom? — É amarelado — Sarah diz. — Não parecendo sujo, só diferente. — Vanessa balança a cabeça, pensativa, imaginando se os viajantes tiveram que pegar cada ovelha separadamente, ou se encontraram um rebanho inteiro delas. Animais novos são raros, mas isto foi um golpe de sorte; cerca de metade dos cordeiros da ilha tinha começado a morrer de uma doença desconhecida, e a lã há anos que era fraca e quebradiça.

Apesar do calor úmido, Vanessa aprecia a caminhada até em casa. Melros estão piando nas árvores, e o mato alto treme com a vida animal escondida no fundo; a corrida ritmada de um coelho ou o caminhar furtivo de um gato caçando. Evitando os campos de vegetação rasteira, ela caminha pelas campinas de vegetação alta até os joelhos, deixando que o capim roce em suas pernas com movimentos rápidos.

Em casa, a mãe fez biscoitos. Ben, o irmão de três anos de Vanessa, parece que passou o dia todo comendo-os. Achando graça, Vanessa limpa os farelos dourados de seus cachos louros e é recompensada com um sorriso molhado de leite. A mãe se aproxima dela com dois biscoitos de milho e mel num prato de barro e leite fresco na caneca favorita de Vanessa. Atentamente, a menina mexe o leite com um dedo e vê as bolhas de creme amarelado subirem à superfície. Molha um biscoito no leite e lambe devagar cada gota de creme agarrada à massa doce do biscoito.

Oito anos atrás, quando Vanessa tinha cinco anos e seus avós tomaram a poção final, a família se mudou para essa casa, deixando a velha para a irmã de sua mãe. Como a maioria das casas da ilha, é construída quase inteiramente com madeira das terras devastadas, tratada com uma tintura que a protege contra água feita pelo tinturista Sr. Moses. Embora a casa em si seja sólida e bem construída, a cozinha de Adam é a melhor da ilha. O pai, que gosta de construir coisas, começou a trabalhar na cozinha assim que seus pais foram enterrados, acrescentando gavetas especiais, que podiam guardar farinha ou grãos, e hastes de metal a distâncias diferentes da lareira, com uma porta de barro para fechar, de modo que o cômodo não se enchesse de fumaça. Colocou pedras cinzentas e roxas se abrindo em leque a partir da porta do fogão, e as mais próximas podiam ser usadas para manter a comida quente. Vanessa se lembra da mãe andando pela cozinha nova sorrindo, maravilhada, e lançando olhares de felicidade para o pai, cheios de um desejo estranho que Vanessa não conseguia avaliar.

A joia da coroa de toda a casa é a mesa da cozinha, também feita de madeira das terras devastadas, mas brilhando com tintas iridescentes douradas e vermelhas. Ela está há anos na família do pai, e traz as marcas do uso: uma mancha escura de queimado no meio, arranhões ao longo das pernas. Para protegê-la de outros estragos, a mãe cobriu-a quase completamente com uma manta de tecido grosso, mas Vanessa gosta de levantar as beiradas e passar os dedos pela madeira vermelha, vendo os traços de gordura deixados por sua pele.

— Cuidado para não derramar — diz a mãe quando Vanessa pressiona a mesa com os dedos. — O pai quer que você vá cedo hoje para a cama — acrescenta. — Ele diz que você não está dormindo o suficiente. — Vanessa olha para ela, mas a mãe está ocupada, raspando migalhas queimadas para dentro de um balde perto da parede. Suspirando, mergulha os dedos no leite e os pressiona sobre as migalhas restantes de biscoitos, fazendo uma pasta. — Ah, e Janet Balthazar está prestes a parir, então nós vamos ajudar. Provavelmente nos próximos dias.

Vanessa estremece. Janet Balthazar já teve dois bebês defeituosos, que nasceram azuis, pegajosos e mortos como minhocas mortas numa poça d'água. Se ela tiver um terceiro bebê defeituoso, não vai poder ter mais filhos. Seu marido, Gilbert, será incentivado a tomar outra esposa. Às vezes, as mulheres escolhem tomar a poção final a viver uma vida sem filhos. O pastor Saul gosta de elogiá-las.

Vanessa não consegue imaginar o quieto e chato Gilbert Balthazar tomando grandes decisões. Ele e Janet provavelmente ficarão velhos e tristes, e então morrerão tranquilamente e sem confusão, uma vez que ele é inútil demais para fazer qualquer coisa. Tomara que já tenha ensinado a alguém o ofício de ferreiro quando isso acontecer. Todos os meninos querem aprender, apostando que ele não vai conseguir ter filhos e terá que treinar o segundo filho de alguém. Está constantemente expulsando-os de perto do seu fogo e gritando para eles irem brincar.

— Nós temos que ir? — questiona Vanessa. Ela se lembra de Janet parindo seu último bebê defeituoso, que era horrível e repulsivo.

— É nosso dever — diz a mãe, o que significa sim.

— Eu posso entrar na biblioteca? — Vanessa pergunta.

— Se suas mãos estiverem bem limpas — diz a mãe. Vanessa recita baixinho a frase seguinte junto com a mãe: — Quero que se lembre da sorte que tem por ter livros tão perto de você. Ninguém mais na ilha tem esse privilégio.

Todos os viajantes são também colecionadores. Como não o seriam, se percorrem os detritos do passado da civilização? Cada família de viajante não apenas herda uma pilha de tesouros, mas aumenta essa pilha cada vez que o viajante visita as terras devastadas. Às vezes, é tudo uma mixórdia: louça florida delicada, joias cintilantes e peças de máquinas. Às vezes, há um tema; o viajante Aarons tem quadros e esculturas de cavalos, suas pernas fortes saltando enquanto seus pescoços delicados se esticam para a frente, misteriosos para crianças da ilha que nunca viram nada maior do que uma ovelha ou mais rápido do que um cachorro. O pai, como todos os Adam desde seu primeiro ancestral, traz de volta livros. A biblioteca deles é quase tão grande quanto todos os outros cômodos da casa somados. O pai escondeu alguns dos livros num armário fechado, dizendo que eles são apenas para os olhos dos viajantes, e Vanessa nunca conseguiu abrir a fechadura. Mas a maioria conta apenas histórias, e estes ele mantém orgulhosamente nas prateleiras que cobrem todas as quatro paredes. Os livros são fantásticos em sua variedade: alguns são pequenos como a palma de uma mão, outros tão grandes que Vanessa tem que apoiá-los na barriga para levantá-los. São cobertos pelo couro mais fino que ela já viu, ou por um tecido tão compacto que dói os olhos para enxergar a trama, ou por papel grosso cheio de ilustrações que nunca descascam. Vanessa acha que o livro mais bonito é o que tem uma camada muito fina de ouro na beirada das folhas, de modo que, quando está fechado, o livro parece um tesouro brilhante. Apesar de sua aparente glória, o livro *As inovações do Sacro Império Romano* não tem ilustrações para dizer a Vanessa o que foi o Sacro Império Romano, e nenhuma definição para contar exatamente o que ele inventou.

 O pai risca todas as datas de publicação dos seus livros, dizendo que os anos das terras devastadas são inúteis, mas deixa os nomes dos autores e tudo o mais. Os nomes espantam Vanessa por sua estranheza. *Maria Callansworth. Arthur Breton. Adiel Waxman. Salman Rushdie.* Na ilha, todo mundo tem o sobrenome de um ancestral. Nomes próprios são aprovados pelos viajantes, os nomes de pessoas das ilhas que já morreram. Vanessa acha o nome dela tolo; preferiria chamar-se Salman.

Existem livros na escola, livros enormes que os alunos compartilham durante as aulas. Na escola, eles não riscam as datas, mas isso não significa muita coisa, porque ninguém sabe em que ano os ancestrais chegaram na praia. Como nos livros do pai, os nomes dos locais de publicação são sensacionais, mas impossíveis de pronunciar. Filadélfia, Albuquerque, Quebec, Seattle. Os alunos inventaram histórias sobre como eram esses lugares antes de tudo se tornar terra devastada. A Filadélfia tinha prédios altos e dourados que brilhavam ao sol; Albuquerque era uma floresta sempre pegando fogo; Quebec tinha verões tão frios que as crianças morriam congeladas em segundos se ficassem do lado de fora; Seattle ficava sob o mar e mandava livros para a terra por túneis de metal.

Vanessa acha chatos muitos dos livros da biblioteca do pai. Uma vez, o pai deu um para ela dizendo que era bom para meninas, mas era sobre pessoas que não se tratavam pelos nomes próprios e que só pensavam em se casar (um processo que pareceu assustadoramente complicado). O pai achou graça do comentário dela e deu-lhe para ler *O chamado selvagem*, que ela leu oito vezes. Há cães na ilha, mas não grandes e fortes e ferozes, como no livro. Ela aprendeu muito com ele; tudo sobre trenós e competições e fogueiras ao ar livre, e lobos. Às vezes ela sonha que está sozinha no frio, viajando pela vastidão coberta de neve com lobos selvagens ao lado dela.

Hoje, Vanessa pega um livro chamado *Picasso cubista* e dá uma olhada nas ilustrações. As primeiras páginas foram arrancadas e o resto são só figuras. O pai diz que não sabe o que é Picasso ou cubista. Ela gosta das estranhas imagens mostrando coisas que não existem, pessoas adultas com olhos dos lados da cabeça, como defeituosos. Lindy Aaron uma vez deixou que ela tocasse num quadro, embora fosse proibido, e ele era áspero e grosso. Estas imagens parecem ser assim também, mas sob sua pele há apenas papel.

Após algum tempo, Vanessa se cansa de ficar em casa e sai. Fazendas e jardins se espalham, verdes, em zigue-zague sob o sol, e o pomar de Saul é uma linha escura e embaçada no horizonte. Como o pai é um viajante, ele recebe regularmente de todas as famílias da ilha os alimentos mais frescos e deliciosos que as plantações, os quintais e o mar têm a oferecer; a família de Vanessa só precisa, portanto, ter uma pequena horta, e o capim macio balança ao vento em volta da casa deles.

Um cachorro está correndo ali perto, castanho e magro. Vanessa o chama e ele vem saltitando alegremente. É Reed, um dos cães de Joseph. Reed põe a cabeça grande no peito de Vanessa e grunhe, e esfrega a cabeça como se quisesse entrar na sua caixa torácica. Vanessa coça as orelhas do cão, e o calor da testa de Reed se espalha por ela. Ela gostaria de ser um cachorro; não teria outra coisa a fazer a não ser correr ao ar livre e comer. Embora tantas ninhadas de cachorrinhos sejam afogadas que ela teria sorte se conseguisse sobreviver.

O jantar é carneiro com batatas. Vanessa não gosta de carneiro, embora a mãe sempre diga a ela para agradecer por qualquer carne que tenham. Suas tentativas de agradecer falharam; o carneiro tem gosto de terra. O pai o come com gosto, mordendo as fibras e mastigando com prazer. Olhando em volta, ela vê bocas mastigando, transformando a carne em lama, e cerra as mandíbulas, sentindo um enjoo no estômago. Morde um pedacinho de batata com manteiga e a pele tostada do carneiro. O pai acaba reparando e diz, "Vanessa". Forçando o carneiro pela goela, a menina quase não mastiga, fingindo que é um cachorro. Cachorros não mastigam, só engolem.

— Quer alguma coisa para ajudá-la a dormir esta noite? — a mãe pergunta. O pai franze a testa. Ele acha que poção para dormir é algo desnecessário e sempre fica desapontado quando Vanessa toma. Vanessa faz sinal que sim para a mãe, sem olhar para ele. Seu copo de leite noturno tem um gosto amargo.

Aquela noite, Vanessa quase não acorda. Quando o faz, o vento está fazendo tudo se mover ritmicamente, e galhos de árvore estão batendo nas paredes. *Já é quase verão*, ela pensa, e então a escuridão a envolve mais uma vez.

CAPÍTULO DOIS

Vanessa

A igreja fica metade no subsolo. A mãe diz que, quando era pequena, ela ficava quase toda na superfície, mas que vem afundando desde então. Quando os ancestrais vieram para a ilha, construíram uma enorme igreja de pedra antes mesmo de construírem suas casas. O que não sabiam era que uma construção tão pesada iria afundar na lama durante as chuvas de verão. A enorme igreja desaparecia pouco a pouco sob a superfície, seus paroquianos curvando inconscientemente os ombros cada vez mais enquanto a luz que vinha das janelas ia ficando tapada, como uma cortina preta sendo puxada para cima. Impávidos, os construtores acrescentaram mais pedras, e a igreja, em resposta, continuou afundando. A cada dez anos mais ou menos, quando o telhado está quase nivelado com o chão, todos os homens da ilha se juntam para construir paredes de pedra sobre ele, e o telhado se torna o novo chão. Vanessa perguntou à mãe por que eles não podiam simplesmente usar madeira, mas a mãe disse que era tradição, e seria desrespeitoso para com os ancestrais mudá-la. Todas as pedras que serviam da ilha já foram transformadas em paredes desaparecidas da igreja. Os viajantes têm que trazer aos poucos novas pedras das terras devastadas; se tentassem trazê-las todas ao mesmo tempo, a embarcação afundaria.

Vanessa não pode deixar de pensar que, se estivesse no comando, construiria a igreja de um modo diferente, para que durasse mais. Mas ela desconfia que quando for adulta não verá problema com o método atual de construir uma igreja. Nunca viu um adulto expressar outra coisa que não entusiasmo pelo processo de construir e depois afundar a igreja.

As pedras que os viajantes trazem são bonitas e multicoloridas, e Vanessa gosta de sua textura, do modo como sobressaem nas paredes de barro. Gosta de passar as mãos pelas pedras mais lisas, do mesmo modo que gosta de esfregar uma pedrinha redonda que guarda no bolso. Uma pedra tem o fóssil de uma pequena enguia impresso nela, e todas as crianças gostam de ver os desenhos graciosos dos seus ossos.

É decepcionante descer o longo lance de degraus e entrar na igreja escura. As janelas são cuidadosamente feitas de fragmentos maiores de vidros, o que faz com que pareçam fraturadas, como se alguém as tivesse quebrado e depois colado de novo. Atualmente, elas estão meio enterradas na lama preta. A luz do sol paira de leve perto do teto, espalhando-se em delicados véus. Vanessa sempre observa cuidadosamente as janelas, mesmo quando está ouvindo o sermão. Letty jura que um dia um animal enorme, como uma grande minhoca, mas com dentes, nadou de encontro a uma vidraça até achatar sua barriga branca sobre ela, retorcendo-se e mordendo até ir embora, contorcendo-se. Há várias lendas sobre enormes criaturas subterrâneas, maiores do que a própria igreja; elas rastejam na lama do verão, enroscando-se em volta das crianças num abraço forte e macio e depois engolindo-as inteiras.

O silêncio das filhas

Os bancos são de madeira encerada, a mais lisa encontrada na ilha. Embora estejam gastos com a marca de centenas de traseiros, Vanessa ainda desliza neles desconfortavelmente; ela nunca encontra um lugar para se ajeitar. O pastor Saul está em seu púlpito, emoldurado pela enorme parede de pedra atrás dele. Como sempre, está falando dos ancestrais. "Eles vieram de uma terra onde a família tinha sido dividida, onde pai e filha eram separados, onde filhos abandonavam as mães para morrer sozinhas. Nossos ancestrais tiveram uma visão, uma visão que não podia ser realizada em um mundo de fogo, guerra e ignorância. O fogo e a pestilência que se espalharam pela terra só não eram maiores do que o fogo e a pestilência de pensamentos e atos que pairavam como uma fumaça negra."

Existe uma velha tapeçaria, frágil como uma asa de mariposa e colossal como uma nuvem pendurada com cuidado na parede atrás dele. Ela ilustra a fundação da ilha, cada ancestral indicado por uma cor de cabelo ligeiramente diferente. Os ancestrais chegaram na praia, construíram a igreja, construíram suas casas, tiveram filhos, se reuniram com diferentes crianças sob as árvores frutíferas, percorreram a ilha domando a natureza ou berrando com as aves (é difícil dizer), consolaram os velhos, morreram e subiram ao céu. O pano usado para a tapeçaria, embora desbotado e rasgado, ainda é lindo: um tecido peludo verde entremeado de fios dourados, um pano grosso e liso como um corte de carne com borrifos marrons de água, um amarelo-claro que Vanessa sabe que um dia foi dourado e suntuoso como um pôr do sol.

Alma Moses, outra filha de viajante, uma vez contou a Vanessa que o pai dela mencionou uma máquina que funcionou mal nas terras devastadas e pôs fogo em tudo. Que praticamente o mundo inteiro pegou fogo. Um bocado do que o pastor diz se parece com isso. Primeiro fogo, depois pestilência. O flagelo. Mas, por outro lado, viajantes vão o tempo todo para as terras devastadas e voltam com tecidos, metal, papel, até animais, nada disso mostrando sinais de imolação. Talvez tudo tenha queimado e depois crescido de novo. Hannah Solomon, outra filha de viajante, disse que o pai contou a ela que foi uma doença, uma doença que apodrecia a pele e matava as pessoas na mesma hora. Outra menina, June Joseph, disse que então as pessoas mortas se levantavam e perambulavam por lá, incendiando as coisas com os olhos até seus corpos apodrecerem, mas June é conhecida por exagerar, e o pai dela é só um criador de carneiros.

Agora o pastor está falando sobre mulheres, o que até onde Vanessa pode dizer é o assunto favorito dele. Isso o deixa mais exaltado do que qualquer outra coisa. Ela o imagina andando pelo quarto à noite, atacando a mulher quando tudo o que ela quer é dormir. Ele tem dois filhos, então ela devia ser a única mulher disponível para ele repreender.

"Quando uma filha se submete ao desejo do pai, quando uma esposa se submete ao marido, quando uma mulher ajuda um homem, nós estamos venerando os ancestrais e sua visão. Nossos ancestrais estão sentados aos pés do Criador, e quando seus corações estão aquecidos, eles, por sua vez, aquecem o coração do Criador. Estas mulheres veneram os ancestrais com cada ato correto, com cada intenção certa. Sem dúvida, os ancestrais nos abrirão as portas do paraíso, e os avós de nossos avós nos receberão de braços abertos." Vanessa sente o pai olhando para ela e, relutantemente, tira os olhos da janela.

"Só quando esses atos de submissão são feitos de coração aberto e de boa vontade", o pastor continua, "só quando isso é feito com um espírito de integridade, é que podemos alcançar a verdadeira salvação." Vanessa sabe que se você não é salvo e vai para o céu, você mergulha para sempre na escuridão. Uma vez, antes de começar a ter seu pesadelo, ela perguntou à mãe se era isso que significava ir para o inferno, onde os monstros viviam. A mãe riu, mas depois ficou séria e disse que talvez sim. Graças a seu sonho, Vanessa agora conhece intimamente a escuridão no fundo da terra e o terror que provoca. Tenta ser virtuosa o tempo todo, especialmente em seus pensamentos. Imagina seu ancestral, Philip Adam, examinando cada pensamento indigno que ela possa ter e fazendo um xis preto num pedaço de papel.

"Homens, nós temos um papel nisso", avisa o pastor. "Temos que tratar nossas filhas com gentileza e sensibilidade. Não devemos feri-las por capricho, ou prejudicá-las, mas nos relacionar com elas como os ancestrais se comprometeram quando deixaram uma terra ameaçadora. Devemos entregá-las seguras, sensatas e amadas a seus maridos. Devemos permitir que nossas esposas se sintam cuidadas, tanto quanto se sentiam nos braços de seus pais quando eram crianças."

Vanessa se vira para olhar para Caitlin Jacob, que sempre tem marcas roxas de dedos em seus braços, justo quando as pessoas sentadas perto dela viram a cabeça para olhar para outra coisa.

"Nossa sociedade tem como base nossas mulheres", diz o pastor, "filhas e esposas zelosas, mas precisamos ajudá-las e protegê-las. Precisamos ser bons pastores. Precisamos nos lembrar dos ensinamentos dos nossos ancestrais e do motivo pelo qual eles vieram para esta terra."

Há um movimento no canto da visão de Vanessa, e ela percebe espantada que Janey Solomon está olhando para ela alguns bancos à frente. Vanessa e Janey são as únicas meninas na ilha com cabelos ruivos, o que lhes dá um certo status que teriam mesmo que não tivessem suas outras qualidades. O de Vanessa é castanho-avermelhado, que ela acha sem graça perto do de Janey, que é cor de fogo. Um vermelho quase cor de laranja, cujas mechas lançam um brilho cor de cobre. Ela parece emanar uma luz própria de onde está sentada.

Vanessa fita com hesitação os olhos de Janey, que são de um cinza quase sem cor, e de repente as pupilas dela se dilatam, até que seus olhos parecem negros. Franzindo a testa, Vanessa se lembra da última vez em que Janey a encarou, anos antes, e o que aconteceu depois com o pai na mesma semana. Seu coração bate mais rápido. Será que Janey pode ver o futuro?

Todo mundo tem medo de Janey. Ela ainda não menstruou aos dezessete anos, o que é inusitado. Dizem que não come quase nada, para evitar que isso aconteça, come apenas o suficiente para manter os olhos abertos e o sangue correndo nas veias. Vanessa tentou isso uma vez, para ver como seria não comer quase nada. Ficou cansada e com fome de tarde, e acabou jantando duas vezes.

Parte da aura de intimidação de Janey vem de lembranças do verão. Quando o verão chega, Janey e sua irmã mais moça, Mary, são imbatíveis. Até os meninos têm medo delas. Dizem que Janey arrancou o olho de Jack Saul e fez isso parecer um acidente. Dizem que o pai tem tanto medo dela que nem fala dentro de casa. Dizem que ninguém jamais encostou a mão nela sem se arrepender disso.

E agora ela está encarando Vanessa. Ofegante, Vanessa olha para ela, depois desvia o olhar, sem conseguir fitar aqueles olhos escuros. O que ela quer? Vanessa olha para o outro lado até se sentir tonta, e então torna a olhar para ela. Mas então vê que Janey está olhando para além dela, para outra pessoa — ou talvez olhando para o nada e correndo em círculos em sua estranha cabeça cor de fogo.

Vanessa observa a trança incandescente de Janey, tão brilhante que parece se mexer, retorcendo-se sobre seu ombro. Quando chega a hora de se levantar, Vanessa se esquece, e o pai toca no ombro dela. Ela dá um pulo. Está na hora da leitura das leis da ilha, que o pastor chama de mandamentos ancestrais, e as outras pessoas chamam de os "não deverás". *Não furtarás. Não ouvirás a conversa de teus vizinhos.* A mente de Vanessa divaga enquanto sua boca forma as palavras tão familiares que ela seria capaz de repeti-las dormindo. *Não deverás desobedecer a teu pai. Não entrarás na casa de outro homem sem seres convidado. Não deverás criar mais do que dois filhos. Não deixarás de dar a recompensa devida ao teu viajante.* Há muitos mandamentos, mas ela não se lembra de um tempo em que não os conhecesse. O pai uma vez lhe disse que antes só havia cerca de dez, mas o número aumentou à medida que os viajantes ficaram mais sábios. A voz da congregação cresce para sustentar seu murmúrio distraído. *Não deverás esquecer teu ancestral. Não tocarás numa filha que menstruou enquanto ela não entrar no seu verão de fruição.*

Vanessa se pergunta, como sempre faz, por que esses mandamentos usam frases tão formais quando nunca ouviu ninguém falar assim, a não ser quando recita os "não deverás". Nem o pastor fala assim. Ela se imagina dizendo para Fiona, "Tu me convidarás para ir à tua casa depois da escola para eu brincar com teu cão e comer teus biscoitos?", e tem que morder a língua para não rir. Um bebê começa a berrar, um longo urro que se torna um choro ritmado enquanto a mãe o embala, cantando os mandamentos para ele como se fossem uma canção de ninar: *Não permitirás mulheres que não sejam irmã, filha ou mãe se reunirem sem um homem para orientá-las. Não matarás.*

Depois dos mandamentos, a caixa de coleta é passada, e a agulha. O pai a tem no colo e está chupando o sangue do seu dedo. Você não tem que fazer isso enquanto não alcançar a fruição, mas Vanessa, sempre precoce, começou quando tinha oito anos. Ela pega a agulha com cuidado, a espeta no dedo e espreme uma gota de sangue na poça vermelha e gelatinosa. Depois, o sangue coagulado vai ser derramado sobre uma plantação que está em dificuldade. Para Vanessa, cuja família nunca teve que plantar, as plantações são buracos enormes para onde vai todo o lixo: fezes de animais, resíduos humanos, sangue, corpos mortos. Ela tenta não pensar no fato de sua comida vir desses buracos também.

Conversar é proibido depois do culto, até que a devoção em casa esteja terminada. A ponta do seu dedo tem gosto de metal. Levantando-se, as pessoas saem em fila dos bancos e sobem os degraus até a porta. Vanessa olha esperançosa para o céu, mas ele está muito azul. Ela sente cheiro de calor no vento. As últimas semanas antes do verão são sempre as piores.

Eles caminham em silêncio para casa, cumprimentando outras famílias que caminham na direção da igreja; os cultos irão se repetir a manhã toda. Quando chegam em casa, o pai abre a porta da sala do altar, que tem uma entrada separada. A maioria das casas não tem salas especiais para seus altares, mas o pai construiu uma quando Vanessa era bebê, e logo os outros viajantes o imitaram. A mãe a limpa fielmente, com um pano e água e sabão, mas ela sempre fica empoeirada. Mariposas voam, brilhando ao sol como pássaros pequeninos.

O altar é feito de madeira leve, encerada e trabalhada de uma forma que Vanessa nunca viu um entalhador da ilha conseguir fazer; é uma peça que o pai encontrou nas terras devastadas. Sobre o altar há um exemplar do *Nosso Livro*. Os originais viraram pó, e parte dos deveres do pastor é escrever cuidadosamente novos livros. Ao lado do *Nosso Livro,* tem uma vela de cera cheia de pontinhos pretos — mosquitos devem ter entrado na cera quando ela estava esfriando — e um retrato do primeiro Adam, Philip Adam, e a família dele. O pai diz que não é um desenho, mas uma forma de capturar um momento no tempo que as pessoas usavam antes do flagelo. Como os retratos nos livros escolares, mas brilhantes, nítidos e vivos. Vanessa supõe que isto significa que as pessoas naquela época eram quase deuses. De que outra forma poderiam captar o tempo em papel?

Philip Adam está em pé, alto, forte e louro, com um largo sorriso no rosto. Sua esposa, de cabelos escuros, está meio virada para ele, fitando-o com adoração, as mãos o tocando de leve. Ao lado deles, está um menino alto e magrela, sorrindo sem jeito e mostrando dentes demais. Do outro lado, está a filha dele, magra como a esposa, magra demais. Ela também é morena, seus olhos sombreados como buracos na cabeça, a boca uma linha escura. Aos pés deles, um bebê com um tufo de cabelo louro parece tímido. As pessoas podiam ter mais de dois filhos naquela época.

Na ilha, adorar a Deus é quase tão útil quanto adorar o sol: palavras de louvor ou palavras de súplica são incapazes de comover a qualquer um dos dois. Deus está sentado lá no alto, intocável, um criador que não tem mais nada para criar, um pai que perdeu interesse nos filhos séculos atrás. São os ancestrais, aqueles homens sagrados de antigamente, que protegem os mortais na ilha. São seus braços fortes e capazes que recebem os mortos no paraíso ou que os empurram para as trevas lá no fundo. Qualquer prece é passada dos lábios deles para os ouvidos de Deus, assim como qualquer falha ou blasfêmia. "Os ancestrais a tudo veem, em toda parte da ilha", diz o *Nosso Livro,* e durante algum tempo, quando era pequena, Vanessa achava que estava evacuando para uma plateia de ancestrais atentos.

Cada família está venerando seu ancestral neste momento. Outras famílias estão olhando para desenhos ou relíquias de Philip Adam, um dos dez primeiros ancestrais, e oferecendo a ele suas palavras de devoção. Parece de algum modo promíscuo que mais de uma família possa chamar Philip Adam de seu. Quando Vanessa se casar, ela irá venerar um outro ancestral, o que será estranho; passou tanto tempo olhando para o retrato milagroso do homem louro e bonito que tem medo de que o próximo ancestral seja uma decepção. Dizem que Philip Adam era um gênio. Passava noites sem dormir fazendo anotações sem parar que depois iriam ser condensadas no *Nosso Livro*, e depois caindo em transes e tendo que ser alimentado e lavado enquanto chorava. Reuniu os outros ancestrais e os convenceu a ir para a ilha antes do apocalipse que ele previu. Também foi o primeiro pastor e planejou a primeira igreja.

— Em vosso nome, Philip Adam — diz o pai, ajoelhando-se no pó e tocando o retrato com reverência. — Em vosso nome.

— Em vosso nome — repetem a mãe e Vanessa, enquanto Ben diz: — Em nome.

— Primeiro ancestral, dai-nos força. Ensinai-nos a sabedoria. Estendei vossos braços para Deus, trazei-o para nossas vidas, colocai-o em nossos pensamentos, sepultai-o em nosso peito. Fazei com que os homens sejam fortes como árvores, e as mulheres como videiras, os filhos, nossos frutos. E quando afundarmos na terra, tomai-nos em vossos braços e levai-nos para o reino de Deus, e não nos deixai olhar para os abismos da escuridão.

— Amém — dizem a mãe e Vanessa. Ben se distraiu com uma pequena mariposa. A mãe dá um beliscão nele, mas isso só o faz gritar e cerrar seus pequenos punhos.

CAPÍTULO TRÊS

Amanda

A Sra. Saul, esposa do viajante, com sua cara fechada e a língua ferina, não é quem Amanda teria escolhido para realizar o ritual, mas ela estava disponível, e Amanda, impaciente. Elas entram na maternidade, a chama da vela de Amanda oscilando e dançando nas paredes de cortes severos. A madeira exala o cheiro rançoso e metálico de sangue seco, os restos de centenas de gritos de bebês e gemidos de mães. Amanda franze o nariz. A Sra. Saul percebe.

— Você nunca esteve presente num parto antes?

Amanda não responde. Ela esteve, uma vez. A mãe a levou para mostrar que estava cumprindo seu dever materno, embora Amanda desconfie que ela não enganou a ninguém. Elas ficaram sentadas, caladas e taciturnas, enquanto Dina Joseph, a esposa do criador de cabras, gritava, se contorcia e dava à luz um bebê morto, azul com listras vermelhas e uma gosma branca. Dina soluçou, e Amanda ficou irritada por ter sido obrigada a assistir a essa dor crua e sangrenta. Ela olhou para a mãe, que parecia entediada, e de repente pensou, *Nós somos totalmente imperfeitas. Pelo menos quando estamos juntas.* Como se tivesse lido sua mente, a mãe olhou zangada para ela, e Amanda voltou a olhar para o montinho azul de carne e gosma nos braços de Dina.

A Sra. Saul suspira.

— Você conhece o ritual?

Amanda ouviu histórias na escola sobre bebês sendo arrancados de dentro de mulheres aos berros, examinados e colocados de volta lá dentro, mas ela não confia em seus informantes.

— Não muito bem — ela diz.

— Bem, não importa — a Sra. Saul diz rispidamente. — Ele não irá matá-la, e aí você vai aprender. Mas não se esqueça de guardar segredo. Os homens não sabem disso, nem devem saber. Isso é coisa de mulher. Somos nós que temos que nos preparar.

Amanda concorda com um movimento de cabeça.

— Sra. Saul? — ela diz.

— Você agora é uma adulta — a Sra. Saul responde. — Pode me chamar de Pamela.

— Hum — diz Amanda. A ideia de chamar a Sra. Saul pelo primeiro nome parece uma blasfêmia. — Por que tem que ser a esposa de um viajante?

— Você preferiria outra pessoa? — a Sra. Saul pergunta friamente.

— Não, não é isso — Amanda mente. — Só estou imaginando por quê.

— Porque, como esposas de viajantes, nós temos poder, e somos como viajantes entre as mulheres — diz a Sra. Saul com imponência, e Amanda balança a cabeça, embora tenha dúvidas quanto à precisão desta comparação.

Elas ficam em silêncio, respirando o ar que cheira a sangue, e então a Sra. Saul diz:

— Tem certeza de que quer fazer isso? Muitas não fazem. Não há nada errado em esperar até o nascimento.

— Sim. Tenho certeza. — Amanda faz uma pausa. — O que eu faço?

— Primeiro, tire o vestido.

Amanda segura a barra da saia e tira o vestido pela cabeça, depois desamarra o pano que segura seus seios inchados e fica nua. A Sra. Saul a observa.

— Cerca de quatro meses de gravidez?

— Por aí — diz Amanda.

— Você tem treze? Catorze?

— Quase quinze.

— Uma boa idade para ter o primeiro filho. Deite-se aqui, deixe-me pegar um pouco de palha. — A Sra. Saul pega um monte de feno que está no centro do cômodo. — Deite-se com as pernas esticadas. — Amanda obedece, olhando para o teto escuro. — Isso vai doer.

— Eu aguento bem a dor — Amanda responde secamente.

— Acredito que sim — diz a Sra. Saul, e Amanda olha desconfiada para ela. Estará a Sra. Saul elogiando-a?

Enfiando a mão no bolso do vestido, a Sra. Saul tira uma pequena faca, que logo reflete as chamas das velas no metal. Levando-a ao esterno de Amanda, ela começa a cantar.

Ela não canta palavras, mas cantarola uma melodia com sílabas sem sentido, uma melodia que oscila como a luz das velas. Tem uma voz bela e grave que Amanda jamais imaginou que pudesse sair da garganta azeda da Sra. Saul. A faca desce do esterno de Amanda até onde sua barriga se curva para cima. Respirando fundo, a Sra. Saul começa a cortar. Ela não corta até o músculo, mas o suficiente para passar pelas camadas de pele, e o sangue começa a sair em gotas que se tornam grossas esferas vermelhas. Amanda fica hipnotizada pela lenta incisão, a linha gelada em sua pele que parece ferver à medida que a faca vai cortando.

— Respire — diz a Sra. Saul, interrompendo o canto, e Amanda obedece.

Quando a Sra. Saul termina, Amanda olha para a própria barriga. A Sra. Saul fez um corte incrivelmente reto na sua barriga redonda, até o púbis. A canção a embala, a carrega de um lado para outro, na direção da dor e para longe dela. O sangue escorre dos dois lados do abdome, descendo por suas costelas e transformando-a em um estranho animal no escuro.

A Sra. Saul para de cantar, e Amanda aproveita a oportunidade para sussurrar:

— E agora?

Mas a Sra. Saul apenas olha zangada para ela e volta a cantar. Abre um saco pequeno de pano grosso e respira fundo como que para tomar coragem. Sua mão ergue algo branco e cristalino que ela esfrega e empurra com rapidez e violência para dentro da ferida de Amanda.

Gritando, Amanda arqueia o corpo, sentindo a ferida se abrir e a agonia penetrar em sua carne. A linha dolorida floresce, uma flor vermelha abrasadora, realiza uma trajetória enigmática em sua barriga, que queima até os ossos. Ela não consegue ter fôlego para expressar toda a sua agonia, e chora, soluça e engasga.

— Respire — diz a Sra. Saul.

Amanda tenta se virar, mas as mãos da Sra. Saul estão pressionando firmemente o seu abdome de cada lado. Ela não sabe quanto tempo fica ali deitada, se contorcendo e ofegando como um peixe estripado. Quando a dor começa a diminuir aos poucos, em ondas de alívio, sua atenção se fixa nas mãos da Sra. Saul.

— O que a senhora está apalpando? — ela pergunta baixinho.

Ela não consegue saber pela expressão do rosto da Sra. Saul. Fechando bem os olhos, tenta mover algo em suas entranhas, fazer o seu bebê se mexer. Após alguns minutos, torna a abrir os olhos e vê que a Sra. Saul tem lágrimas escorrendo pelo rosto.

— É uma menina — Amanda diz acusadoramente.

— É uma menina — diz a Sra. Saul, balançando a cabeça, parando de cantar. — Ela não se mexeu. Ficou muda e parada, apesar da dor. É uma menina, que os ancestrais a ajudem.

— Os ancestrais não ajudam ninguém! — Amanda grita, e vê pela expressão da Sra. Saul que foi longe demais.

— Que eles possam perdoá-la — a Sra. Saul diz alto, pontuando cada palavra.

— Que eles me perdoem — Amanda repete obedientemente. Sua barriga suja de sangue dói e lateja, e ela começa a chorar. A Sra. Saul acaricia o cabelo dela, acalmando-a.

— Está tudo bem, Amanda — ela fala baixinho. — Nós fomos meninas. Estamos aqui agora. Nossas filhas irão suportar. Pense nos verões, pense no amor que você terá por ela.

Mas Amanda só consegue pensar no inverno obsceno, o tempo passado presa na cama por camadas de carne, trincando os dentes para não gritar, tantas e tantas vezes.

Eu não vou fazer isso, pensa. *Eu não vou fazer isso*. E então, *Pelos ancestrais, eu tenho que fazer isso de novo*. Ela chora com tanto desespero que corre por suas veias como uma doença. A Sra. Saul abraça Amanda e encosta a cabeça no seu pescoço. Seu cabelo cheira a leite de cabra, pó e sal.

— Chore agora — sussurra a Sra. Saul. — Chore muito. Quando terminar, levante-se e volte para o seu marido com um rosto alegre. Aguente. Eu aguentei e você também pode aguentar.

A filha de Amanda, tarde demais, chuta e gira em seu ventre.

CAPÍTULO QUATRO

Caitlin

Caitlin tem um sonho recorrente do qual tem pavor, de um mundo sem verão. Um mundo onde as chuvas nunca chegam e tudo acontece como acontecia antes. Um mundo onde existe calor sem liberdade. Às vezes ela tem medo de estar enlouquecendo, como o menino Solomon, que balbuciava coisas sem nexo e batia com a cabeça nas paredes. Os pais dele esperaram pacientemente que ele morresse para poderem ter outro filho mais útil, mas ele sobreviveu teimosamente durante anos, e quando desapareceu, de repente, todo mundo soube o que tinha acontecido. Caitlin preferia que isso não tivesse que acontecer com ela.

Quando desperta do sonho, ela agarra as orelhas e puxa-as até doer. A dor que percorre sua cabeça faz com que ela volte a ser Caitlin, que não é maluca, que sabe que nunca existiu um mundo sem verão e que não vai existir agora.

Caitlin está quase chegando no seu verão de fruição, mas se tiver sorte não vai sangrar logo. Algumas meninas esperam com ansiedade pelo verão de fruição, e ela sabe que também deveria ser assim com ela. Depois, vai se casar e morar em outro lugar. Joanna Joseph diz que todo mundo gosta, mas se você não gostar, pode beber coisas que ajudam você a gostar. Caitlin não sabe o que

O silêncio das filhas

a assusta mais, suportar tudo como Caitlin, deixar de ser Caitlin, ou acordar depois sem ter ideia do que aconteceu com ela.

Na sua cabeça, o verão de fruição é tão amedrontador quanto as terras devastadas e a escuridão dentro da terra. O pai fala muito sobre as terras devastadas. O pai de Caitlin não é um viajante, mas afirma que os viajantes contam coisas terríveis para ele. Tarde da noite, Caitlin pensa nas histórias que ele conta, exagerando-as e enfeitando-as, até que um pesadelo brota das sementes horríveis. Imagina cenas tão horripilantes que às vezes chora pelas crianças das terras devastadas, embora não tenha certeza de que existam crianças por lá. Embora devam existir, já que ela foi uma delas. Mas isso foi há muito tempo, e ela não se lembra.

Quanto à escuridão dentro da terra, a mãe diz que ela não vai ter que ir para lá enquanto for boa. Então Caitlin faz o possível para ser muito, muito boa.

A mãe é muito, muito boa. Às vezes, à noite, quando elas sabem pelos roncos do pai que ele não vai acordar, Caitlin se deita na cama ao lado dela. A mãe se enrosca em volta dela como um cobertor quente e protetor. Elas não cantam canções nem conversam como fazem durante o dia, mas a mãe abraça Caitlin com tanta força que ela mal consegue respirar. É bom sentir essa pressão. Às vezes ela consegue dormir, então. Caitlin ouviu dizer que tem um xarope que você pode tomar que faz com que durma em qualquer circunstância. Ela tem medo de pedir para tomar e ouvir um firme não, então prefere sonhar com um mundo dourado onde o sono vem como um sopro, inconsciente e inevitável.

Todo dia, depois da escola, ela tenta ajudar a mãe o máximo que pode. As tarefas da casa têm que ser feitas em silêncio e com cuidado para não incomodarem o pai. É difícil fazer tudo o que tem que ser feito, já que a casa de Caitlin está quase desmoronando. A mãe sabe escovar e varrer em silêncio, recolhendo e jogando fora a poeira, mas o pai esqueceu de consertar as partes podres da madeira. A cada dois anos, os homens têm que aplicar uma tintura feita pelo tinturista para evitar o mofo, mas o pai se esqueceu disso também. As paredes são uma profusão de preto e marrom, tufos saindo de um lugar na parte de baixo da parede e subindo até o teto em espirais de pontinhos pretos. Ela e a mãe às vezes pegam um pano e esfregam pacientemente, ou até mesmo usam as unhas para tirar as manchas, mas seus esforços são sempre em vão. Caitlin pode ver figuras no mofo, do jeito que as pessoas veem coisas nas nuvens. Uma árvore. Uma borboleta. Um monstro.

Outras casas, às vezes, parecem quase limpas demais, intactas demais, as paredes desconfortavelmente secas e nuas, a liberdade assustadora de não precisar saber que partes do chão evitar. Escadas que ela pode subir e descer livremente, em vez de ser obrigada a evitar os degraus podres.

A vida tem que ser vivida assim por causa do pai, que não gosta de ser incomodado. Ele leva muito a sério as instruções dos ancestrais de manter a ordem patriarcal em sua casa. Ela tem vergonha de todo mundo achar que o pai bate nela, mas sabe que é só porque ela fica roxa com facilidade. O pai às vezes brinca dizendo que um vento forte a deixaria roxa. Se ele encosta a mão na perna dela, um hematoma aparece. Se puxa o braço dela para enfatizar alguma coisa, ele fica roxo. Às vezes, ela nem sente. Caitlin odeia as marcas; é como se o seu corpo fosse um informante, contando tudo o que o corpo das outras pessoas guarda em silêncio. Seu corpo é tão loquaz, com seus hematomas e marcas cor-de-rosa e manchas marrons, que ela raramente fala, por não querer aumentar o barulho. Se ela não pode ser inteligente ou bonita, pode ser calada. E boa.

Caitlin é uma rara criança de primeira geração. A mãe e o pai vieram para a ilha quando ela era um bebê. Um monte de crianças costumava perguntar a ela o que se lembrava das terras devastadas, mas a resposta verdadeira é nada. Ela pergunta à mãe, que diz que também não se lembra. Pareceria estranho para outra pessoa, mas Caitlin acha que ela está dizendo a verdade. A mãe é tão maravilhosa, mas é diferente das outras mães: magra e pálida e curvada sobre si mesma. Se por milagre não há mais nada para fazer, ela às vezes fica horas sentada à mesa, olhando para o espaço. Se Caitlin pergunta no que está pensando, ela meio que sorri e diz, "Ah, eu estou só...", e nunca termina a frase. Quando o pai entra na sala, ela na mesma hora volta a ser uma sombra, esgueirando-se pelos cantos, removendo magicamente os pratos e enxugando bancadas sem ser notada.

É um pouco mais fácil conseguir que o pai fale sobre as terras devastadas, especialmente se estiver bêbado de polpa de vinho. O problema é que Caitlin não consegue achar as perguntas certas. Pergunta se havia uma grande fogueira, e ele ri e diz, "Se havia!", de um modo que ela não sabe se ele está brincando ou dizendo a verdade. Pergunta por que ele e a mãe vieram, e ele diz algo sobre os ancestrais e as advertências dos mandamentos sobre bisbilhotar. Pergunta se ainda existem cavalos, lembrando-se dos gigantes de longas pernas nas ilustrações dos livros escolares e nas pinturas de Aaron. Ele diz, "Cavalos! Por que você quer saber sobre cavalos?" Pergunta se há crianças nas terras devastadas, e ele diz, "Continue a fazer perguntas e haverá uma".

Ela nunca faz perguntas a ele se não estiver bêbado, ou se estiver bêbado demais. Ela tem que calcular o momento certo.

Uma vez conseguiu que ele confessasse que havia cães nas terras devastadas, e se tornou popular na escola durante dois dias, mas depois todo mundo voltou a ignorá-la. Caitlin sabe que eles gostariam que ela fosse mais inteligente e fizesse perguntas melhores. É difícil com um pai como o seu, mas ela não sabe como explicar isso para outra pessoa.

Nos momentos de calma, tardes em que a mãe fica olhando para a parede e o pai ronca na cama, sua mente está sempre correndo, correndo. Ela não consegue fazê-la parar. Estranhamente, o único lugar que parece tranquilo é a igreja. Apesar das palavras sombrias do pastor e da escuridão no fundo, e da decepção inevitável por ser tão má, a igreja é previsível. As pessoas se sentam nos bancos enquanto o pastor caminha e vocifera. Ela não tem que dizer nada, nem responder a nenhuma pergunta, e sabe que cada pessoa nos bancos tem que se sentar ali e ficar quieta, como ela. Às vezes, fecha os olhos e meio que cochila, de modo que ainda ouve o pastor, mas vê cores e lampejos de rostos por trás das pálpebras.

Neste domingo, ela está começando a cochilar no banco quando, de repente, um movimento perto dela faz com que arregale tanto os olhos que eles parecem não ter pálpebras. Janey Solomon havia se virado para trás e estava olhando para Caitlin, que quase grita de pavor. De todas as pessoas do mundo, Janey é a que ela mais teme. Mais do que o pai, mais do que os viajantes com seus encontros secretos e decisões indiscriminadas, mais do que Haley Balthazar, que uma vez deu um soco no estômago de Caitlin durante o recreio. Não é só a aparência esquisita de Janey, com seu cabelo brilhante e suas sardas abundantes, nem todos os boatos sobre como ela fica no verão. É que a própria Janey não tem medo de nada, isso é que mais mete medo em relação a ela.

O silêncio das filhas

Caitlin olha para baixo, para o vestido de tecido grosso com um buraco de traça. Olha para o teto como se tivesse encontrado algo interessante lá. Ela até tenta fazer um pequeno aceno na direção de Janey. O olhar de Janey não muda, ela apenas inclina a cabeça, como um cão ouvindo um leve ruído. Os olhos cinza-claros com grandes pupilas pretas passeiam pelos braços de Caitlin, que estão cobertos de hematomas que podem ser vistos através das mangas compridas. Caitlin sente uma vontade súbita de gritar, "Está tudo bem, eu fico roxa com facilidade!", mas é claro que preferiria morrer a gritar qualquer coisa na igreja. Os lábios de Janey se repuxam para um lado. Caitlin está pensando em se enfiar debaixo do banco quando Janey torna a se virar para a frente. Com o coração disparado, Caitlin estende vagarosamente a mão pelo lado da coxa, tateia pela madeira do banco como um aranha hesitante e segura os dedos da mãe. A mãe aperta de leve a mão de Caitlin, como um reflexo, e sorri inexpressivamente para a frente.

CAPÍTULO CINCO

Amanda

Amanda entra num dos seus transes no celeiro subterrâneo, enquanto está examinando cenouras. Está segurando um punhado delas, decidindo qual usar numa salada para o jantar, e então, de repente, alguma coisa muda. Sente um peso nos ombros, horas perdidas cobrindo-a como um manto. Subindo vagarosamente a escada, olha para o relógio. Cerca de duas horas desta vez. Hesita, depois suspira e torna a descer para o celeiro frio e escuro.

Amanda uma vez contou à sua vizinha, Jolene Joseph, sobre o tempo esquecido. Jolene riu e disse que era "loucura de gravidez", e que a mesma coisa aconteceu com ela. Amanda riu também, e não mencionou que tinha esses transes desde criança.

Seus episódios de esquecimento pioraram depois que o bebê começou a chutar. A princípio, Amanda pensou que estivesse com problemas digestivos, mas então viu que os movimentos eram muito regulares e rápidos para serem gases. Uma mariposa batendo freneticamente no vidro de uma janela depois estremecendo sobre o parapeito. A primeira vez que identificou o tremor, Amanda apertou a barriga com força e pensou, *Olá, garotinha.* Depois correu para a latrina e vomitou no buraco fedorento.

Perdeu a noção do tempo então, olhando fixamente para um mosaico de canos através de uma abertura de madeira desbotada cheirando a limo. Quando voltou a si, caminhou devagar para casa, pensando, *Não há como saber. Poderia ser um menino.* Agora ela sabe com certeza.

Amanda está com medo de que, ao ter uma filha, torne-se igual à mãe. A mãe odiou Amanda desde o momento em que ela nasceu. Amanda descobriu mais tarde que era o pai quem a alimentava, usando leite de cabra e um pano, quando a mãe se recusava. O pai trocava sua fralda, dava banho e brincava com ela enquanto a mãe ficava sentada na cama, olhando para o teto e chorando.

Quando Amanda tinha dois anos, Elias nasceu, e a mãe o adorou na mesma hora. O pai estava sempre ocupado consertando telhados durante o dia. A princípio, Amanda andava atrás da mãe e Elias, mas eles se fechavam numa concha feita só para mãe e filho, deixando-a perdida e confusa. Com o tempo, parou de buscar a companhia deles. Só ria e falava quando o pai estava em casa, quando ele a sentava no colo e esfregava seus pés, e enrolava cachos do seu cabelo castanho-claro ao redor dos dedos.

Amanda até dormia com ele em sua caminha, com a mãe e Elias esparramados na cama feita para dois adultos. Quando cresceu, começou a dar encontrões nele com seus joelhos, cotovelos e quadris. Quando tinha seis anos, o corpo do pai espalhado na cama a deixava acordada, e aí ela passou a não conseguir mais dormir. Até quando o pai estava dormindo profundamente ela levava um susto cada vez que ele se mexia, ficava tensa a cada ronco dele. Passado um tempo, começou a dormir enroscada em frente à lareira se estivesse frio, e deitada no telhado como um molusco se não estivesse. O pai a princípio achou graça, depois pediu, e depois mandou que ela dormisse na cama à noite. Mas assim que ele pegava no sono, ela se esgueirava para fora da cama.

Quando as outras meninas da escola descobriram que Amanda estava dormindo no telhado, acharam que ela era diferente e corajosa, uma rebelde destemida. Ela não se importou nem um pouco com isso. Considerando suas roupas puídas e seus sapatos rasgados — a mãe só remendava as roupas de Amanda quando estavam a ponto de cair do seu corpo —, era melhor ser vista assim do que como digna de pena.

Em breve, até dormir no telhado seria ficar perto demais do pai, e ela começou a vagar por ali à procura de outros lugares para dormir. Aprendeu que podia dormir no frio, mas não na neve. Então começou a dormir na ponta da ilha, onde a água salobra subia preguiçosamente na terra. O horizonte de manhã era sempre nebuloso, e ela não conseguia enxergar muito longe, mas gostava do modo como a luz passava pela neblina como um toque delicado, do modo como os contornos das árvores e da madeira jogada na praia iam ficando mais nítidos à medida que o sol nascia. Gostava dos caranguejos ermitãos, correndo por ali com um punho erguido em triunfo no ar, e do som dos peixes pulando na água. Ela até gostava de voltar para a cara feia da mãe e o afeto desalentado e enjoativo do pai, porque sabia que algumas horas tinham pertencido somente a ela.

Amanda não quer que sua filha durma no frio porque a mãe a detesta. Mas sua mãe provavelmente não planejou detestar Amanda. Isto simplesmente aconteceu.

Quando Andrew chega em casa, Amanda ainda está segurando um punhado de cenouras no celeiro. Sua vela está quase no fim. O celeiro é de pedra, cuidadosamente construído para que a lama não o invada durante o verão. A luz fraca salta e estremece nas paredes lisas, de tal modo que os frangos pendurados e as pilhas de batatas parecem vivos e ameaçadores, coisas com dentes.

— Isso é o jantar? — ele pergunta, rindo. Ele põe a mão na barriga dela e beija sua nuca. Pela primeira vez na vida, Amanda quer que ele vá embora.

— O jantar vai atrasar — ela diz. — Eu fiz uma longa sesta.

— Tudo bem — ele responde. — Na quinta-feira vai ter metade de um peito de carneiro na casa do Tim, defumado e pronto para armazenar no celeiro. Eu devia ter pedido um inteiro; o telhado dele vai durar décadas. Mais do que o resto da casa. — Ele está coberto de serragem e galhinhos, e ela se pergunta se esteve agachado debaixo de uma árvore.

Amanda nunca consegue acreditar que se casou com um homem que faz o mesmo serviço que o pai. Quando pensa nisso, sente uma ânsia de vômito e tenta forçá-lo de volta para dentro da garganta e concentrar-se na conversa.

— Eu não sei — ela responde. — Um peito inteiro poderia ficar um pouco passado antes que conseguíssemos comê-lo.

— Não com o apetite que você está — ele diz, sorrindo para ela.

— Eu não — Amanda diz, tocando a barriga. *Não diga ela.* — O bebê.

— O bebê — Andrew concorda.

— Na verdade, eu não estou com muita fome esta noite — ela diz.

— Quer que eu vá jantar na casa do George? — ele pergunta. George é o irmão mais velho de Andrew, outro especialista em telhados e um homem muito alegre. Ele tem duas filhas.

— Você não se importa? — Amanda diz, dando um sorriso forçado que parece uma mentira. — É que eu estou... tão cansada.

— É claro que não — ele diz, segurando a mão dela, e ela abre os dedos um a um para que ele segure uma mão e não um punho. Aquela noite, ela janta cenouras sem lavar, agachada no chão do celeiro, saboreando o gosto metálico da terra tanto quanto a doçura dos legumes.

Tarde da noite, ouve alguém soluçando na casa ao lado. Pelo tom, ela sabe que é Nancy Joseph, que começou recentemente a menstruar e então está enfrentando seu verão de fruição. Suspirando, Amanda se vira na cama, frustrada por não conseguir bloquear o som. Por fim, adormece, mas o choro se agarra à sua mente e a persegue em seus sonhos. Ela sonha com uma criança chorando desesperadamente, magra e encolhida, e Amanda paralisada e incapaz de dizer ou fazer alguma coisa para consolá-la.

CAPÍTULO SEIS

Vanessa

A mãe vive dizendo a Vanessa que a vez dela vai chegar, mas ela ainda acha partos nojentos. Vanessa já viu um bocado deles, animais e humanos, e o evento em si não a incomoda mais. É a ideia de *ela* ter que fazer isso que acha horrível. Ela não quer todas aquelas contorções e fluidos e cheiros. A mãe diz que ela vai mudar de ideia quando ficar mais velha, e Lenore Gideon disse a Vanessa que ela não tem escolha, de todo modo. Vanessa desconfia que ambas estão dizendo a mesma coisa.

Janet Balthazar está respirando com força, e a cada contração sua barriga vira uma pedra. A mãe está esfregando a barriga de Janet com óleo, e Killian Adam segura ervas fumegantes sob seu nariz, para amenizar a dor. O cheiro doce e bafiento da fumaça das plantas disfarça o cheiro de sangue e suor. Tem sempre ao menos uma esposa de viajante num parto, e apesar dos protestos de Vanessa, a mãe a arrasta para alguns todo ano. A pequena construção de madeira feita para partos — onde cabem três mulheres em trabalho de parto de cada vez, só para garantir — está cheio de filhas, levadas para aprender sobre seus tormentos futuros. A idade delas varia desde Hilda Aaron, que acabou de aprender a engatinhar e agora está dormindo tranquilamente na palha com o traseiro para o ar, até Shelby Joseph, que terá seu verão de fruição este ano e tem um ar horrorizado. Partos são o único momento em que mulheres não aparentadas que já passaram da fruição podem se reunir sem homens, e Vanessa já viu mulheres em trabalho de parto completamente ignoradas enquanto outras conversam rapidamente, afastando as crianças para longe. Mas a mãe nunca ignora uma mulher sentindo dor, e as outras a estão imitando. Ela inclina a cabeça na direção de Shelby, murmurando instruções e explicações. Janet grita, suas cordas vocais vibrando contra a pele.

Vanessa está junto das meninas menores, um grupo sobre a palha que está tentando se afastar de Janet Balthazar, mas que já está encostando nas paredes.

— É melhor que este não seja defeituoso — Nina Joseph diz para Vanessa, declarando o óbvio. Nina só tem sete anos, então Vanessa não se irrita com ela.

— Tenho certeza de que vai ser perfeito — Vanessa diz.

— Como você sabe? — pergunta Nina, e Vanessa se dá conta de que não sabe, está apenas repetindo o que a mãe disse.

— Bem, se não for, então...

— Minha mãe teve um defeituoso antes de mim e de Bradley — Nina diz.

— Acho que minha mãe não teve nenhum defeituoso — Vanessa diz, embora não tenha certeza.

As duas meninas estão posicionadas em um lugar de onde podem enxergar bem entre as pernas de Janet. As velas, colocadas em cumbucas de água, derretem e piscam e desenham formas ondulantes na pele nua de Janet. Há um jato de sangue e água e um cheiro forte, e juntas elas se levantam e se afastam para um lado, onde só o que podem ver é uma coxa tremendo. Depois que o parto termina e a casa fica vazia, as filhas são responsáveis por limpar a palha suja e espalhar uma palha nova para receber a nova inundação de sangue. Vanessa não está nada feliz com a tarefa que a aguarda. Ela a faz lembrar do dia, cerca de um ano antes, em que encontrou uma pilha de trapos empapados de sangue na cozinha, marrom e duro, cheirando a cobre. A mãe estava de cama se recuperando de uma dor de cabeça. Quando Vanessa perguntou à mãe se ela tinha começado a se dedicar a abater animais, querendo fazer uma brincadeira, o rosto da mãe endureceu. "De certa forma", ela disse, e Vanessa havia ficado com medo de perguntar mais alguma coisa. Nos dias seguintes, a mãe se arrastou pela casa, irritada e fraca, e o pai ficou sentado, olhando para o fogo, seus olhos muito brilhantes. De uma forma nada típica, Vanessa se sentiu perturbada demais para pesquisar o que estava acontecendo.

Inga Balthazar se aproxima. É uma menina gorducha de dez anos, com brilhantes cachos castanhos, que sempre parece contente, como se tivesse acabado de comer um bolo inteiro.

— A mãe disse que o bebê está vivo, ela sentiu ele chutando — anuncia. — Que nome será que vão dar a ele? Jill Saul acabou de morrer, então talvez o chamem de Jill.

— Então quando o bebê está chutando quer dizer que não é defeituoso? — Nina pergunta a Vanessa.

— Não, às vezes eles nascem vivos — Vanessa diz, pensativa. Ela ouviu dizer que no ano anterior Wilma Gideon teve um bebê que parecia um peixe estripado.

— Não nascem bebês defeituosos na minha família há três gerações — Inga diz com orgulho, obviamente recitando algo que ouviu. — Nossa linhagem é pura.

— Não é não, o seu irmão é burro e feio — Nina responde. Inga fecha os pequenos punhos, mas então Janet berra e elas se viram para olhar.

— Papai diz que eles podem trazer coisas das terras devastadas para diminuir a dor — diz Inga —, mas que é artificial.

— Eles diminuem a dor para outras coisas — Vanessa diz.

— E nem trazem nada das terras devastadas, cultivam as plantas aqui mesmo. Lembra quando o Sr. Saul, o pescador, quebrou o braço e ele virou para trás? — Ela não viu isto, mas uma parte dela gostaria de ter visto.

Inga faz sinal que sim com a cabeça, com um ar de dúvida.

— Não sei por que isso é diferente. Talvez se você não sentir dor, o bebê não viva.

— Isso não faz sentido — diz Nina.

— Eu imagino como é lá nas terras devastadas — diz Vanessa. — Os partos. — Tanto Nina quanto Inga se viram para olhar para ela, com as testas franzidas.

— Eu pensei que não tivesse sobrado ninguém lá — diz Nina.

— Não, há pessoas lá, mas são só uns poucos defeituosos — Inga diz. — Quer dizer, principalmente defeituosos.

— Então por que seria diferente? — Nina pergunta.

Vanessa diz:

— Eu achei que era tudo diferente.

— É tudo pior — arrisca Inga. — Aposto que você não tem amigas ao seu redor e nem ervas, e se o parto demorar muito, alguém abre a sua barriga e tira o bebê e deixa você morta.

— Por que alguém iria tirar o bebê? — diz Nina, franzindo a testa.

— O pai diz que as crianças são preciosas nas terras devastadas — Inga responde. — As que não são defeituosas. Elas valem mais que ouro. Não existem muitas delas.

— Por que não?

— Por causa da guerra, das doenças e dos crimes. — Inga conta as causas rapidamente com os dedos. — Ele disse que eu viveria cerca de dois minutos nas terras devastadas, antes que alguém me matasse.

— Se você é tão preciosa, por que iriam matá-la? — indaga Vanessa.

Janet torna a gritar, mais alto. Outro jorro de água e sangue, com traços pretos. A palha sob ela murcha e escurece como os fios finos de cabelo na linha da sua testa. Ela está coberta de suor, cada músculo tremendo sob a pele, os lábios arreganhados. No ar quente e abafado da casa, consertada cada vez que um sopro de ar frio entra pelas frestas no inverno, Vanessa sente o cheiro do hálito de Janet; ele é azedo, cheio de dor e pânico.

— Por que não dão a ela uma bebida para dormir? — Vanessa murmura. — A mãe me deu uma ontem à noite. Eu mal acordei.

Nina fica pensativa. — Papai diz que eu nunca deveria tomar isso.

— Por que não?

— Não sei.

Elas todas se viram quando Janet berra e geme como uma ovelha pega numa armadilha.

— Olha ali a cabeça! — grita Sharon Joseph, que está ajoelhada entre as pernas dela. — Empurra! — Janet geme, ofegante.

Alguma coisa escorrega para o colo de Sharon. Ela entrega para Shelby, dizendo a ela para sugar a gosma da garganta do bebê. Shelby faz uma careta, e Sharon dá um tapa nela. Inclinando-se para a frente, Shelby dá um beijo dramático no bebê, cospe sangue e muco na palha e tem uma ânsia de vômito.

— Ele está vivo! — Inga diz, surpresa. — Eu não estava esperando isso.

— Foi você que nos disse que ele estava vivo — Nina responde.

— Sim, mas não esperava que ele *continuasse* vivo.

— É uma menina — diz Sharon, olhando para a mãe e Janet, e as três mulheres começam a chorar.

Risos para um menino, lágrimas para uma menina. Todo mundo no parto deve chorar se for uma menina, e agora está todo mundo chorando. Os ombros de Sharon balançam ritmicamente. Surpresa, Vanessa sente seus olhos se encherem de lágrimas, que descem quentes pelo seu rosto. Ela olha para Nina, que está com o rosto escondido nas mãos. Nina faz um som indistinto, depois um som mais agudo, enquanto as lágrimas escorrem pelo rosto de Vanessa, pingando na palha já molhada e salgada. O cômodo está tão cheio de ruídos que ela calcula que ninguém irá ouvir se ela berrar o mais alto que puder. Então fecha os punhos, lambe as lágrimas que cobrem seu lábio superior, inclina o corpo para trás e grita como se estivesse sendo massacrada.

Vanessa uma vez perguntou à mãe por que todo mundo chora pelas meninas. Não parece justo que os meninos sejam recebidos com festa e que todo mundo tenha chorado quando ela chegou ao mundo num rio de sal e sangue. A mãe disse então que ela iria entender quando fosse mais velha.

CAPÍTULO SETE

Caitlin

Esta noite, quando Caitlin fecha os olhos, em vez de ver um ancestral de cara fechada ou um monstro aterrador, vê Janey Solomon. Ela está olhando para Caitlin, com a boca torta, e Caitlin percebe que ela não está zangada nem aborrecida, apenas pensativa. Enterrando o rosto no travesseiro, Caitlin sorri de leve.

Algumas horas mais tarde, quando Caitlin ainda está cochilando, ela ouve umas batidinhas na sua vidraça, o que significa que Rosie está acordada. Abrindo cautelosamente a janela, tentando não fazer nenhum barulho, Caitlin salta para o telhado. Ele geme alto com o peso dela. Caitlin fica triste ao pensar que um dia ela provavelmente ficará tão grande que o telhado ruirá sob seu peso — embora, na verdade, o telhado possa desabar amanhã. Ela também não consegue dizer a Rosie para parar de atirar pedrinhas em sua janela, mesmo sabendo que vidraça de janela é algo mais precioso do que qualquer outra coisa na ilha, e o pai ficaria furioso com ela se a janela quebrasse. Além disso, se dissesse a Rosie para parar, Rosie era capaz de começar a subir no telhado e bater com força numa parede — ou pior, ignorar Caitlin inteiramente.

Mais magra e mais leve do que Caitlin, Rosie está empoleirada na beira do telhado, esperando. Caitlin imagina que os Gideon lastimem ter uma casa tão perto da dela, mas gosta da proximidade de Rosie. Arrastando-se de bunda com a ajuda dos calcanhares, desce pelo telhado de madeira até estarem as duas agachadas uma em frente à outra, a centímetros de distância, como duas gárgulas. Rosie desmanchou as tranças para a noite, e seu cabelo cai sobre os ombros em mechas castanhas.

— Eu senti uma gota de chuva — sussurra Rosie.

Cailin olha para o céu, que está limpo e escuro e pontilhado de estrelas.

— Acho que não.

— Senti sim! — Rosie tem nove anos e é muito teimosa. Caitlin costuma pensar que se fossem da mesma idade, Rosie provavelmente bateria nela em vez de conversar. Mas os quatro anos a mais de Caitlin fazem com que Rosie tenha por ela um certo respeito. — Acho que o verão chegou.

— Acho que ainda não chegou de verdade — Caitlin diz, as palavras amargas em sua boca. Ela engole em seco para tirar o gosto, mas ele fica grudado em sua boca como uma película. — Está quase chegando, mas ainda não chegou.

— Eu não quero mais esperar — Rosie reclama. — Meus sapatos estão muito apertados. A mãe me bate por beliscar Gerald quando ele merece. E isso dói.

A palavra *dói* faz Cailin estremecer, com pena dela.

— Ele vai chegar — ela cochicha. — Eu prometo. Talvez só faltem alguns dias.

— Escuta — diz Rosie. — Você me conta se ouvir a chuva chegar?

As duas meninas ficam caladas, respirando o ar abafado da noite e o hálito uma da outra. Caitlin ouve grilos, um cão latindo, um galho se partindo, a respiração leve de Rosie. Ouve seu próprio coração, batendo contra o peito.

— Não estou sentindo chuva nenhuma — Caitlin diz finalmente. — Sempre que a minha tia vem aqui, ela e a mãe brigam e quebram coisas. Fazem muito barulho.

Elas ficam ali agachadas por mais algum tempo, e então Rosie cochicha:

— Na noite passada eu rezei aos ancestrais para o pai morrer.

Uma onda de medo percorre o corpo de Caitlin, como se tivesse escapado por pouco de cair do telhado.

— Você não pode rezar para os ancestrais pedindo isso. Eles irão machucá-la. Você tem que seguir os mandamentos. Eu não peço isso aos ancestrais e...

Caitlin não termina a frase, mas as duas sabem o que ela está pensando: *Meu pai é dez vezes pior do que o seu.*

— Por que não? — Rosie parece ofendida, como se Caitlin tivesse acabado de confessar algo obsceno.

— Eu não posso rezar por isso, não teria coragem. É assim que são as coisas, é assim que deve ser. Filhas devem se submeter à vontade do pai, isto está no *Nosso Livro*. Foi isso que os ancestrais *quiseram*.

Rosie estreita os olhos como se fosse argumentar, e então encolhe os ombros com um ar culpado. Seus ombros sobem e descem com força sob a camisola. — Eu sei. Não funcionou.

— É claro que não funcionou. E é melhor parar com isso, senão vai para a escuridão no fundo da terra. Você pode até ser exilada. — Caitlin tenta manter um ar severo, sentindo que deve mostrar à menina mais nova a gravidade do seu crime.

— Eles não podem me exilar pelo que eu penso. Eles não sabem o que eu penso.

— *Pensamentos tornam-se palavras* — Caitlin cita um trecho do *Nosso Livro*. — *Palavras tornam-se atos, atos tornam-se hábitos.*

Cuida dos teus pensamentos, para não acabares lutando por algo em que jamais acreditaste realmente.

— Como você sabe tudo isso de cor? — Rosie pergunta.

Caitlin dá de ombros.

— Não sei. Eu consigo me lembrar das coisas, às vezes.

— Mas não do que realmente conta — diz Rosie, referindo-se ao fato de Caitlin não conseguir lembrar-se das terras devastadas.

— Mas não do que realmente conta — Caitlin suspira.

Passado um momento, Rosie diz baixinho:

— Os ancestrais não atendem mesmo às minhas preces.

Caitlin olha para Rosie e vê que ela está quase chorando.

— Bem, um dia talvez eles atendam — ela diz, para confortá-la.

— Sim, se eu rezar para o que eles querem que eu reze.

— Bem... não era para isso que você deveria rezar?

— Isso não é justo. É como... como me dizer que posso comer o que quiser e depois me deixar escolher entre apenas três coisas que eu já comi centenas de vezes.

Caitlin franze a testa, tentando digerir isso.

— Os ancestrais amam você — ela diz por fim, com simplicidade.

— Não amam não. Eles amam meu pai. Por isso é que ele ainda está vivo.

— Eles amam a todos.

— Não seja ridícula. Todo mundo sabe que eles gostam mais dos homens.

— Então por que as mulheres foram escolhidas para serem os receptáculos sagrados dos bebês? — pergunta Caitlin, imitando a lógica do pastor Saul.

— Já *viu* uma mulher tendo filho? — diz Rosie. — Você chama aquilo de *sagrado*?

Caitlin fica quieta, abraçando os joelhos. O som dos grilos aumenta e diminui, aumenta e diminui, como ondas do mar trazendo a maré. Rosie é uma criança irritadiça, todo mundo sabe disso, mas Caitlin nunca viu essa lucidez cheia de amargura.

— O que mais você pede em suas orações? — ela pergunta baixinho.

Rosie inclina a cabeça na direção de Caitlin.

— Eu gostaria que fosse verão o tempo todo — ela cochicha em resposta. — Gostaria que o pai estivesse morto, que todos eles estivessem mortos. Gostaria de poder viver sozinha, sem ninguém em volta, exceto alguns cachorros e gatos e cabras. Eu gostaria de virar homem.

Caitlin também inclina a cabeça, de modo que suas testas quase se tocam, e ela sente os cabelos curtos e sedosos da têmpora de Rosie roçando em sua pele. Por um longo tempo, elas escutam os ruídos abafados da noite, respirando fundo e suspirando com um anseio tão palpável que suas gargantas ficam apertadas.

Finalmente, Rosie se levanta.

— Tenho que voltar para a cama. — Então ela torna a se agachar. — Seu pai deixa você tomar a poção para dormir?

Caitlin sacode a cabeça.

— Não. Quer dizer, ele é tão... bem, ele provavelmente não notaria se a mãe desse para mim. Mas se ele descobrisse, ficaria zangado.

Rosie franze os olhos.

— Meu pai também não. Não sei por quê. Não sei que mal faz.

Caitlin encolhe os ombros.

— A maioria das meninas que eu conheço não toma.

Rosie suspira e elas ficam caladas por alguns instantes. Então diz:

— Espero que o pai não venha atrás de mim.

Caitlin concorda com um movimento de cabeça. Então, a ideia de que o pai possa ir atrás *dela* inunda seu cérebro, e ela engatinha pelo telhado e entra no quarto sem fôlego. Só quando está encolhida sob as cobertas é que se lembra de que ele nunca vem tão tarde. Ainda assim, fica tão nervosa que passa horas olhando pela janela, ouvindo o coração bater forte no peito como se estivesse golpeando-a por seus erros. No dia seguinte, ela adormece na aula e é castigada com a palmatória.

VERÃO

CAPÍTULO OITO

Caitlin

Mil mãos batendo palmas uma vez, um chute num barril de chuva vazio — o som desliza sobre Caitlin e ela acorda de repente, sentando-se na cama. Não consegue respirar. Aos poucos, percebe que está sozinha e segura, e respira com mais facilidade. Um dedo tamborila no alto do telhado, multiplicando-se em um punhado de dedos, meninos entediados na igreja, alunas inquietas na escola. Logo as batidas se tornam mais fortes e rápidas. Uma gargalhada sobe em sua garganta, e ela engole em seco para abafá-la. Está chovendo. O verão chegou.

Ela não se mexe por alguns instantes, com medo de acordar a mãe ou o pai e eles a impedirem de ir. Ela sabe que eles não vão fazer isso — não podem —, existe até um mandamento a respeito disso. Toda criança tem um verão, menos Ella Moses, suas pernas estão imóveis por ter caído do telhado alguns meses atrás, e as crianças muito pequenas, que mamam no peito ou que mamaram até pouco tempo. Mas, mesmo assim, Caitlin sente um peso enorme descendo sobre si, mantendo-a deitada na cama, impedindo-a de respirar até ela ficar achatada como capim pisado. Caitlin presta atenção e ouve o pai roncando. Ele nem acordou ainda. Vagarosamente, ela sai da cama e abre a janela.

Escuridão e água se misturam para formar uma massa grossa, um turbilhão. Ela ouve um grito, depois outro e, em seguida, um coro ao longe, o som da fuga. Põe o braço para fora da janela e sente a chuva tão grossa que parece que ela está pondo a mão dentro d'água. Ali parada, tenta pensar, tenta se preparar, mas não há o que preparar. Ela pode simplesmente ir.

Caitlin pega sua linda colcha, cor-de-rosa, que estará destruída antes de a noite terminar, e a coloca sobre os ombros. Saindo pé ante pé do quarto, ela vê um figura preta agachada diante dela, um monstro voraz, e tapa a boca com a mão para abafar um grito.

— Espero que você tome cuidado — diz o monstro, na voz do pai.

Ela balança a cabeça, embora não consiga enxergar no escuro, e fica ali parada. Se ele não sair da frente, ela vai ter que voltar para a cama e fingir que não ouviu nada, que nem está viva. Mas então ele recua, dizendo:

— Você sabe que pode ficar, se quiser...

Em resposta, ela simplesmente segura as pontas da colcha e corre tanto que quase tropeça.

A chuva a atinge como uma pá. Ela fica parada e sente a pancada de chuva atingir sua cabeça, molhando-a até os ossos. A colcha fica logo encharcada, pesando em seus ombros. Ela dá um passo, e seu pé afunda na lama que acabou de se formar. A memória funciona, ou algum impulso primitivo, e logo ela está correndo no escuro, sem fazer ideia de para onde está indo.

— Ui. — Caitlin bate em algo macio e cai no chão. Um corpo, pequeno e molhado como o dela. Uma mão encosta em seu rosto, tateando.

— Quem é você? — pergunta uma voz de menina.

— Caitlin Jacob. E você?

— Alice. Alice Joseph.

Elas param por um momento, como que dando graças antes de um banquete, e depois saem correndo ao mesmo tempo, de mãos dadas. A colcha escorrega pelos ombros de Caitlin e vai batendo pelo chão. Caitlin e Alice se chocam com paredes de casas, árvores e cercas, e por fim caem no chão, rindo. Caitlin ergue o rosto para o céu e sente a água suavizar a expressão assustada que ela sabe que sempre traz no rosto.

— Parece o fim do mundo! — diz Alice, acompanhando o movimento de Caitlin e olhando para a fonte de toda aquela água e alegria.

— Talvez seja — diz Caitlin. — A ilha está presa a alguma coisa no fundo ou simplesmente flutua?

— Acho que flutua — Alice responde, e então ri porque sua boca está se enchendo de água.

— Vamos correr mais um pouco! — grita Caitlin, e elas se levantam e correm no que parece ser um pomar, caindo muitas e muitas vezes. Ela sabe que amanhã estará toda roxa, mas a lama encobrirá as manchas. A colcha se enrosca em troncos e pedras, como se não pudesse ir mais longe e estivesse implorando para descansar, mas Caitlin a arrasta consigo, ouvindo o tecido rasgar. De repente, Alice choca-se com uma construção e diz:

— Acho que é um celeiro!

— Como você sabe?

— Sente só o cheiro! — Caitlin fareja, mas só consegue sentir cheiro de chuva. — Vamos entrar?

Caitlin hesita entre a visão de uma cama quente de feno e a excitação de correr mais. Antes que possa dizer alguma coisa, elas ouvem gritos vindos de outra direção e correm na direção deles.

Elas brincam de pega-pega, trocando gritos com o outro grupo e correndo na direção dos sons, calculando quando se afastaram demais e correndo de volta. Subitamente, Caitlin dá um encontrão em alguém, e eles caem numa confusão de pernas e braços.

— Peguei você! — diz uma voz que ela reconhece como sendo de Richard Abraham.

— Não, eu é que peguei você! — ela o corrige e tenta prendê-lo no chão no escuro. Ele se debate e se solta como um peixe assustado, gritando "Vem me pegar!" na direção de onde Caitlin está deitada. Ela rola no chão e corre na direção dele enquanto ele grita, "Vem me pegar! Vem me pegar!". Por fim, ela dá um salto, e ele cai na frente dela com um ruído alto.

— Não valeu! — Richard grita alegremente, e tenta arrancar a colcha dela. Caitlin puxa a colcha de volta, e eles brincam de cabo de guerra na chuva até que Caitlin ganha, escorregando para trás e caindo sentada no chão. Richard passa por ela, sua pele molhada roçando a dela, e desaparece.

— É minha! — ela grita alegremente. Ela sai correndo numa direção a esmo, sacudindo os braços no escuro e rindo alto, como não teria coragem de fazer em casa. É verão e a colcha é dela, a chuva é dela, a noite alegre é dela. E há mais dias e noites à frente.

CAPÍTULO NOVE

Janey

Janey sente alguém respirando lentamente na curva do seu corpo adormecido. Ela está dobrada sobre a irmã, Mary, como um cobertor de ossos e pele. Abrindo os olhos, vê um mar de grama, encharcada e perfumada, cheia de poças escuras. Piscando os olhos, olha para o corpo de Mary. A camisola dela está rasgada, como se tivesse sido atacada por um monstro, suas pernas pintadas de lama e hematomas e restos de grama. Estendendo as mãos na direção do sol nascente, Janey vê que estão arranhadas e manchadas de sangue. Ela já está nua, suas pernas e braços sardentos cobertos de terra e cascas de ferida. Tornando a fechar os olhos, boceja e ajeita o corpo como um cachorro contente se preparando para uma soneca. Janey tem um ar tranquilo quando dorme. Quando as pálpebras cobrem seus olhos inquietos, ela parece aquilo que é: uma moça de dezessete anos magra demais, mirrada e grande ao mesmo tempo, com cabelos ruivos flamejantes. Quando abre os olhos, transforma-se em outra coisa completamente diferente. Seus olhos ardem com um fogo que é quente e acolhedor, mas que está só esperando para lançar chamas pelo chão de madeira e incendiar sua casa.

— Bom dia, dorminhoca. — Ela ouve um murmúrio e abre os olhos para ver os belos olhos verdes de Mary fitando-a alegremente. Sorrindo, ajeita a cabeça sobre as mãos e fita o rosto de Mary. Mary tem treze anos, ainda é uma criança, mas não por muito tempo. Suas maçãs do rosto e seus lábios cheios indicam maturidade, e seu corpo é macio e esbelto, mas está criando formas. Janey tenta evitar que ela coma, para protegê-la do abismo da vida adulta, mas Mary não suporta passar fome, ao contrário de Janey. Janey absorve a fome, flutuando na onda de súplicas de seu corpo por comida até se transformar numa luz que aquece seu corpo. Mary tem fome e come maçãs sem que Janey saiba.

Janey não sabe ao certo quanto tempo ela vai ficar sem chegar à fruição, mas espera que seja eternamente. Não consegue imaginar a si mesma com um marido, cozinhando, olhando para o rosto de um homem, ou deitada com as pernas abertas, berrando e pondo no mundo uma nova vida. Só de pensar nisso faz com que o mundo fique mais sombrio. *Nunca. Prefiro a morte.* Ela olha para Mary, que tornou a dormir, respirando profundamente, os olhos rolando sob as pálpebras.

Ela se vira para olhar para o campo amarelo encharcado, onde incontáveis pezinhos fizeram buracos e poças. Há sempre uma estranha paz na manhã seguinte à primeira chuva, quando todas as crianças estão dormindo e a ilha está inundada de água de chuva. A neblina da manhã é branca e espessa, uma colcha fria cobrindo as copas das árvores. Uma ou outra borboleta esvoaça, azul, dourada e laranja, batendo as asas brevemente e navegando em correntes invisíveis de vento. Pássaros chilreiam hesitantemente, como se estivessem fazendo uma pergunta, sem saber se serão respondidos por outra chuvarada.

O silêncio das filhas

Janey e Mary irão encontrar algumas das outras crianças mais tarde, juntar-se a elas e imaginar quem serão seus amigos desta vez, mas a primeira noite do verão elas sempre passam sozinhas. Janey gosta de correr até chegar na praia, depois mergulhar na água e bater os braços. "Estou indo embora!", costuma gritar. "Vou embora nadando!" Mary só entra na água até a cintura, embora esteja agradavelmente fria e pareça sugá-la de leve, puxando-a para dentro. Todo mundo sabe que há monstros espreitando no fundo, desejosos de carne fresca.

Na noite anterior, Mary ficou mergulhada até a cintura, meio atolada pela chuva. Janey finalmente saiu da água, ofegante, a pele azul de frio, e se atirou na areia molhada.

— Um dia, eu vou — disse ela, com a chuva fustigando o seu rosto.

— Você vai nadar. — Mary riu.

— Eu vou ameaçar o barqueiro com uma faca — disse Janey. — Vou matá-lo, a menos que ele nos leve até o outro lado.

Janey e Mary espionaram o barqueiro dos juncos perto do cais, observando os viajantes embarcando. Ele tem um rosto que parece de pedra, lascado e esburacado, com pelos brancos espetados, como um estranho musgo. Seu chapéu esquisito fica enfiado na cabeça e esconde seus olhos, mas suas mãos são fortes e tensas, cobertas de veias cinzentas. A maioria das crianças não pensa nele como estando vivo do jeito que as outras pessoas estão. Janey normalmente obriga as pessoas a fazer o que ela quer, mas não sabe como poderá forçá-lo a fazer alguma coisa.

Tirando esse pensamento sério da cabeça na primeira noite de verão, ela abriu a boca e bebeu a água da chuva, tossindo e engasgando, depois engolindo e falando sobre encontrar sua própria ilha para ir viver nela.

— Eu vou nadar e achar uma ilha melhor — disse. — Só eu e você.

— O que nós vamos comer? — Mary perguntou, sorrindo numa de suas brincadeiras favoritas.

— Vamos comer frango e maçãs — Janey disse, com imponência.

— E se não houver frangos e maçãs?

— Então nós comeremos... cabras e espinafre.

— Eca! E se não houver cabras e espinafre?

— Então nós comeremos peixe e batatas.

— E se não houver peixe e batatas?

— Então nós comeremos... — Ela fez uma pausa. — Cães e milho.

Mary começou a rir.

— Eu não quero comer um cachorro!

— Ovos e milho, então.

— E se não houver ovos e milho?

— Então nós comeremos terra e pedras.

Mary riu mais alto, em antecipação.

— E se não houver terra e pedras?

— Então eu comerei... — ela gritou. — Você! — Quando Mary ouviu a palavra, deu um pulo e saiu correndo, gritando, e Janey correu atrás dela para dentro d'água.

Enquanto Janey está sorrindo, recordando a luta das duas na água, Mary começa a gemer e resmungar, virando-se e encostando as costas no corpo de Mary.

— Eu estou com tantos machucados — Mary informa, espreguiçando-se.

— Eu estou com mais — Janey responde, bocejando e sacudindo o corpo como uma cabra espantando uma mosca.

— Não é verdade!

— É verdade!

Elas se levantam, examinando as pernas e apontando para os machucados que podem muito bem ser manchas de lama. Mary estende a mão para limpar a lama das pernas de Janey para provar o que disse, e Janey começa a limpar as dela. Começam a rir, já que suas mãos estão igualmente imundas, e Janey ouve o estômago de Mary roncar.

— Vamos ver o que deixaram — Mary diz. — Quero tomar café.

Janey suspira, mas não quer perturbar a paz da manhã.

— Está bem — ela concorda secamente, tentando não perder a paciência com a irmã. Estendendo o braço, arranca um pedaço de casca de árvore para desmanchá-lo com as unhas. Ele descasca com a facilidade de uma pele queimada de sol.

A casa mais próxima é a de Saul, enfiada atrás de uma pedra e sombreada por algumas árvores grandes, brancas e pretas. Quando elas se aproximam, o cachorro de Saul, Goldie, salta para lamber o rosto de Mary com as patas apoiadas em seu peito. Janey acaricia a barriga dele, e Goldie se atira sobre ela com alegria. Passando os dedos por trás das orelhas dele, ela tira cuidadosamente uma pulga do pescoço dele e a esmaga.

— Em breve não vai haver nenhum cachorro por aqui — diz Mary.

— Não — diz Janey, que agora está coçando as costas dele enquanto ele se mexe para trás e para a frente com prazer, as orelhas esticadas para trás e a língua para fora. — Temos que aproveitar enquanto podemos. — Ela beija o nariz de Goldie, e ele bufa e lambe o rosto dela.

Na porta da casa de Saul não tem nada, uma vez que Goldie ou alguma outra criatura faminta puxou o pano que cobria o prato e comeu o que havia lá. Elas atravessam os campos e vão até a casa dos Abraham, que têm uma travessa coberta por uma tigela funda de barro de cabeça para baixo. Sobre a travessa há pequenas batatas cozidas, frias. Mary come duas com as mãos sujas. Janey brinca com as orelhas de Goldie e dá uma batata para ele, depois engole de má vontade metade de uma batata como uma concessão à sua fome constante. Janey gosta que os adultos sejam obrigados a alimentá-las durante o verão, mesmo que ela não coma quase nada. Isto faz com que ela se sinta poderosa, como se fosse uma ancestral que tem que ser apaziguada, ou um viajante recebendo tributo.

— Você precisa comer mais, Janey — Mary diz.

— Eu estou bem — Janey responde distraidamente, encontrando outra pulga. — Comi um pouco.

— Muito pouco — Mary retruca.

— Eu vou comer as pulgas de Goldie — Janey responde, sorrindo, e depois vai até o barril de chuva dos Abraham, usando um balde para tomar alguns goles.

Mary revira os olhos e aceita o balde, bebendo a água fresca.

— Anda, vamos continuar.

De mãos dadas, elas caminham pelos campos batidos pela chuva, as plantas inclinadas para trás como paroquianos observando um milagre vindo do céu. O cheiro acre de fertilizante humano e animal há muito se desmanchou em algo mais doce e poeirento. Um abrigo de cabras já foi coberto por um fazendeiro responsável, e elas passam por casas fechadas com pratos vazios nos degraus da frente. Janey avista uma figura se movendo, e aponta, e então ela e Mary saem correndo. É só Melanie e John Joseph, mas logo elas estão correndo atrás deles.

É o segundo verão desde que Amanda se tornou mulher, e Janey ainda sente o estranho vazio deixado pela ausência dela.

Ela está furiosa com Amanda por tê-la abandonado, embora parte dela saiba que está sendo ilógica. Implorou a Amanda para não comer, para fazer sua infância durar, para ficar com ela, mas Amanda sacudiu os ombros e disse, "De que outra forma eu vou conseguir sair da minha casa?".

Janey não fala com Amanda desde o seu verão de fruição. Quando passa por ela, Janey vira o rosto, quase com violência. Enquanto Mary aperta o passo, Janey tenta esquecer Amanda e concentrar-se em caçar outras amigas, que estão imundas, alimentadas e prontas para correr.

CAPÍTULO DEZ

Amanda

O verão chegou e Amanda está dentro de casa, odiando a si mesma por reclamar do calor e dos insetos como as outras pessoas. Mais de um ano atrás, Amanda tinha, como Nancy, deitado na cama e chorado com a aproximação do seu verão de fruição. Por um golpe de sorte, ela começara a sangrar pouco antes do final do verão anterior. Sangue escuro tinha surgido no meio da lama preta que cobria suas coxas, aterrorizando os meninos, fascinando as meninas e atraindo todos os mosquitos da criação até ela se lavar e se cobrir de novo de lama.

Com esse golpe de sorte, ela teve um ano extra para amadurecer e se preparar, muito mais do que meninas como Janice Saul, que tinha começado a sangrar em maio e ainda era pequena como uma criança quando iniciou o seu verão de fruição. Isto significou também um ano de sono tranquilo em sua cama, pois agora o pai não podia tocá-la. Mas, mesmo assim, ela ficou aterrorizada, pois seu corpo estava prestes a ser atirado em um mundo de homens e maternidade e sangue. Ela não ousou falar do seu medo com nenhuma de suas amigas, para não parecer fraca ou descobrir que todo mundo que conhecia estava empolgado com os acontecimentos. Ergueu a cabeça e fingiu despreocupação, e à noite ficava acordada, torcendo as mãos e arrancando a pele dos lábios com os dentes, como se fosse casca de cebola.

Era uma tradição as mães acompanharem as filhas — ou as arrastarem — até a casa onde começava o verão de fruição. A mãe de Amanda podia odiar a filha, mas insistiu em manter as aparências. Aquela manhã, enquanto Amanda fazia sua higiene matinal com as mãos trêmulas, escovando o cabelo até ele brilhar e escovando os dentes com sal, parando para esvaziar a bexiga a cada cinco minutos, o pai soluçava em seu quarto. Odiou aquele som, infantil, bisonho e invasivo, e teve que morder a língua para não gritar para ele calar a boca.

Quando ela apareceu com seu vestido de ir à igreja, a mãe estava olhando pela janela, com os braços cruzados em volta do corpo. Elias não estava à vista. Amanda imaginou se o pai ia secar as lágrimas e vir dar-lhe um último abraço, mas os soluços no quarto continuaram. A mãe virou-se para examinar Amanda, deixando seus olhos duros percorrerem das tranças bem-feitas até os sapatos de couro limpos, e fungou.

— Bem — ela disse. — Vamos.

Quando Amanda começou a caminhar silenciosamente uns poucos passos atrás da mãe, desejou pela centésima vez que tivesse uma mãe normal, uma que sussurrasse palavras de consolo ou de sabedoria. Amanda sabia que se ninguém estivesse olhando, a mãe estaria pulando de alegria como uma criança no verão por estar enfim livre dela — mas, talvez, não. O verão de fruição de Amanda era o primeiro passo da mãe em direção à morte. Quando Amanda tivesse filhos, seus pais só viveriam até os viajantes considerarem que o pai não era mais útil, e então beberiam sua poção final e seriam enterrados nos campos. Isso geralmente não demorava muito, particularmente para aqueles que ganhavam a vida com seus corpos. O pai nunca reclamou, mas ela o via mancar às vezes e sabia qual era o seu ombro ruim. Às vezes homens velhos, com medo de deixar o mundo, trabalhavam gritando de dor, até surgir um viajante para aconselhá-lo a ter uma morte tranquila.

Amanda viu crianças sujas de lama saltando ao longe como peixes no mar, e, mais perto, duas passaram correndo por ela e pararam, tão subitamente que uma deu um encontrão na outra. "É Amanda", uma delas murmurou, e elas se deram as mãos e ficaram olhando enquanto Amanda passava devagar, como se fosse um ser do outro mundo ou um animal exótico. As duas estavam provavelmente gratas por não serem elas. Ela ficaria feliz se estivesse no lugar das meninas.

Quando se aproximaram da casa dos Aaron, a mãe segurou nervosamente o braço dela enquanto andavam. Amanda achou que a mãe ia inclinar a cabeça e começar a murmurar coisas sem sentido, fingindo oferecer um apoio que não tinha nenhuma intenção de dar. Não tendo o hábito de sentir a pele da mãe, Amanda ficou surpresa com sua flacidez e secura, e teve que fazer força para não retirar o braço. Elas pararam perto da porta.

— Adeus, Amanda — disse a mãe cerimoniosamente.

— Mãe? — Amanda disse, e a mãe virou-se para olhar para ela. Lutando para não demonstrar o medo que estava sentindo, Amanda sentiu uma lágrima escorrer pelo rosto e disse, desconsoladamente: — Você tem alguma coisa para me dizer?

A mãe franziu os lábios.

— O que eu teria para dizer a você? — perguntou, com um olhar duro.

Amanda se soltou do braço da mãe como se ela fosse um inseto. Respirando fundo, ergueu o queixo e deixou a mãe para trás de bom grado.

Abriu a porta devagar, esperando não chorar nem gritar para não envergonhar a si mesma enquanto as outras tomavam chá e olhavam estarrecidas para ela. Respirando fundo, entrou e encontrou um grupo de cerca de quinze meninas da sua idade, algumas agachadas no chão, outras aceitando com coragem, e uma vomitando num canto.

Recordando aquele momento, Amanda admira o modo como Renata Aaron lidou com elas. Ela as limpou, acalmou e as fez sentar no chão para tomar leite e comer bolo.

— Eu quero que saibam que nenhuma de vocês será forçada a fazer nada — disse a Sra. Aaron. Algumas das meninas suspiraram de alívio, mas Amanda não acreditou muito nela. — Eu também quero que saibam que no primeiro mês aqui não haverá nenhum contato físico. Estou falando sério. Vocês irão ficar conhecendo esses ótimos rapazes apenas conversando com eles.

— O que acontece depois de um mês? — perguntou Ursula Solomon, com a boca cheia de migalhas.

— Nós vamos nos reunir de novo e decidir o que fazer — a Sra. Aaron disse alegremente.

Na idade delas, doze, treze e catorze anos, um mês ainda era uma vida. As meninas se agitaram e se entreolharam, buscando permissão para relaxar a postura e parar de trincar os dentes.

— Agora, lembrem-se de que não podem se casar com alguém que tenha o mesmo sobrenome que vocês — disse a Sra. Aaron. — Então, é melhor não perderem tempo conversando com eles, embora seja sempre bom serem simpáticas. E ninguém que seja um pai, filho, tio ou irmão de alguém da família de vocês. Essa é a regra. Mesmo que os amem ou queiram casar com eles. Então, não os amem.

— E se não pudermos evitar? — disse Jennifer Abraham, e alguém deu uma risadinha.

— Bem, eu sugiro que vocês os ignorem. Não faz sentido alimentar um fogo que vai ter que ser apagado.

Houve uma pausa, e a Sra. Aaron continuou:

— Eu quero que saibam que todos os rapazes que atingiram a idade e estão prontos para casar são homens bondosos e gentis. Vocês não precisam ter medo de serem machucadas ou maltratadas. — Ninguém olhou para Paula Moses, que tinha hematomas recentes em volta dos pulsos. — Homens bondosos e gentis — a Sra. Aaron repetiu enfaticamente.

Se eles são homens bondosos e gentis, então como foi que o pai de Paula Moses se casou?, pensou Amanda, e a Sra. Aaron olhou zangada para ela, como se ela tivesse falado alto.

— Como sabem — a Sra. Aaron disse —, vocês irão passar cada noite em uma casa diferente, indo de casa em casa durante o dia. Todo mundo está animado para receber vocês. Eu sou a primeira de muitas mulheres que irão ajudá-las e guiá-las.

"Vocês viajarão em grupo, sempre tendo umas às outras, e os homens irão se encontrar com vocês no final do dia, quando tiverem terminado o trabalho. Vocês passarão a noite inteira juntos. Eu quero que respeitem as casas das outras pessoas e não quebrem nada, nem tentem machucar ninguém."

Amanda imagina quem foi que, no passado, quebrou coisas e machucou pessoas.

— Vocês querem perguntar alguma coisa? — perguntou a Sra. Aaron.

As meninas se entreolham. A ideia de levantar a mão e fazer uma pergunta diante de um desconhecido tão enorme e vasto é risível. Por onde elas começariam? Mas então Ursula se manifestou:

— E se eu não gostar de nenhum dos homens?

— Bem, acho isso pouco provável. Toda menina que passa pelo verão de fruição encontra um marido.

Mas elas não gostam necessariamente deles, pensa Amanda.

Todas as meninas, em um momento ou outro durante verões passados, subiram em uma janela para assistir a um verão de fruição. Mesmo no primeiro mês do verão, elas viam o que acontece, o que desmentia completamente o que a Sra. Aaron estava dizendo. Mas queriam desesperadamente acreditar nela. Elas tinham um mês, e tudo podia acontecer em um mês. Podiam fugir, mudar, morrer. Então não fazia mal que elas se deixassem acalmar, e aceitassem uma segunda fatia de bolo, e juntassem as cabeças para cochichar.

Pareceu haver uma tomada coletiva de fôlego quando os homens entraram, trazidos cedo no primeiro dia. Algumas das meninas se juntaram como se estivessem se preparando para se defender, mas os homens se mostraram tão silenciosos e quietos que até as mais assustadas logo relaxaram. Andrew contou a Amanda que o Sr. Aaron tinha feito um discurso antes para eles, comparando as meninas a camundongos assustados. "Vocês precisam acalmar e atrair um camundongo assustado", ele disse. "O que vão fazer? Entrar com estardalhaço e agarrar o que quiser? Eles vão fugir em um segundo. Podem até morder vocês! Vocês precisam entrar lá na ponta dos pés e mal olhar para elas. Ofereçam comida e bebida como ofereceriam uma refeição a um ancestral caso ele aparecesse na sua porta. Deitem-se no chão e mostrem submissão, se isso as ajudar a pensar que vocês não estão lá para comê-las."

A primeira noite foi só de conversa amável enquanto os homens, de forma cerimoniosa e submissa, ofereciam às meninas mais fatias de bolo de mel ou xícaras de leite. O que é mais surpreendente, eles pareciam estar realmente interessados nos detalhes corriqueiros da vida das meninas. O mais moço tinha pelo menos dezessete anos; ver um adulto tão fascinado por sua conversa infantil era como ficar bêbada pela primeira vez. Todos os homens eram tão bonitos, altos, com olhos brilhantes e barbas exuberantes. Logo algumas das meninas mais corajosas estavam brincando e rindo.

Aquela noite, depois que os homens foram embora, as meninas se juntaram, cochichando sobre de quem tinham gostado e não gostado, sobre o que tinham conversado, sobre quem daria o melhor marido. No dia seguinte, elas foram juntas para a casa de Callan Moses, rindo alto da chuva e das crianças sujas, e depois se deliciando com as sobremesas que as aguardavam. O mel era precioso na ilha, e nunca tinham provado tanta explosão de açúcar. Janice, que não podia parar de chorar e vomitar e se encolher nos cantos, ganhou uma bebida especial da Sra. Moses para "ajudá-la a relaxar". Aquilo a deixou calma, alegre e incapaz de andar em linha reta. Quando passou o efeito e ela começou a soluçar de novo, ganhou mais bebida. Foi a primeira a se deitar debaixo de um dos homens, rindo e soluçando, os olhos embaçados e escuros. Foi Thomas Joseph quem a tomou, acariciando-a como se ela fosse algo precioso e novo, enquanto ela olhava para o teto num estupor alcoólico. As meninas, conversando com outros homens, ficaram envergonhadas demais para olhar. Elas lançaram olhares rápidos e fascinados na direção do casal copulando, enquanto os homens se agitavam e olhavam e se aproximavam mais das meninas que estavam desejando.

No final da primeira semana, Amanda se sentou no colo de Dale Joseph e o beijou. No final da segunda semana, ela estava correndo nua num quarto da casa de Byron Jacob, rindo de quatro homens que a perseguiam e prometendo se entregar àquele que conseguisse pegá-la. As meninas tinham descoberto o poder que possuíam, o poder de fazê-los rastejar e implorar. Elas podiam dizer sim ou não, e os homens obedeciam; podiam brincar com eles como se fossem bichos de estimação ou marionetes. Os homens queriam agradar suas futuras esposas, fazer com que elas desejassem seus estranhos corpos masculinos com músculos fortes e órgãos genitais pesados, escuros, quase cômicos. As meninas rastejavam sobre os homens como animais curiosos, experimentando, examinando, cheirando, mordendo. Algumas acharam o ato sexual repulsivo e se submetiam com rostos duros e resignados, como mulheres velhas carregando um enorme peso. Para surpresa de Amanda, alguns homens pareciam preferir esta submissão emburrada.

Amanda achou excitante fazer sexo com eles, enquanto antes do seu verão de fruição sexo tinha sido apenas cansativo. Havia certos aspectos, no entanto, que ela não conseguia suportar. Odiava sentir o peso de um homem sobre ela e não gostava de ser tocada no pescoço. O pior era ser acordada de surpresa por uma mão lasciva. Mordeu Garrett Jacob com força quando ele tentou acariciar seus seios durante a noite, e quando acordou, viu que ele estava com a mão ensanguentada e olhando zangado para ela. Envergonhada e culpada, pediu desculpas e deixou que ele fizesse tudo o que quis com ela depois — atos que tinha certeza que os ancestrais não teriam aprovado.

Uma noite, ela acordou com o som de alguém soluçando. Este tinha sido um som comum nos primeiros dias, mas a maioria das meninas já tinha deixado de chorar pela infância perdida. Aquelas que ainda choravam eram silenciosas, dormiam encolhidas de lado, com lágrimas escorrendo pelo rosto. Engatinhando, nua, Amanda encontrou a origem do som: Janice estava encolhida num canto do quarto, tremendo como costumava fazer antes.

— Janice — ela murmurou. — O que aconteceu?

Janice tentou falar, mas não conseguiu. Alguns homens sonolentos reclamaram do barulho, e Janice tapou o nariz e a boca com as palmas das mãos como se estivesse tentando sufocar a si mesma. Amanda sentou-se ao lado dela e a abraçou. Era estranho sentir a pele de uma menina contra a dela em vez da pele de um homem, a maciez e o consolo que aquilo proporcionava. Janice encostou a cabeça no ombro de Amanda, que sentiu as lágrimas quentes que escorriam dos olhos de Janice.

— Eu não consigo fazer isso — ela disse.

— Como assim? — disse Amanda. — Você está fazendo um ótimo trabalho. Foi a primeira, lembra? Todos os homens a amam.

— Eu não me lembro, não de verdade — disse Janice. — Eu bebi o que me deram para beber, e tudo pareceu certo, mas então o efeito passou e, agora, eu sou eu de novo. E não consigo fazer isso, simplesmente não consigo.

— Mas, Janice — Amanda disse. — Quer dizer, como você fazia... antes? Quer dizer, sem dúvida já fez isso antes. — Ela ficou ruborizada no escuro.

— Nunca fiz — respondeu Janice. — Quer dizer, não assim.

— Ah — Amanda disse, espantada demais para tentar saber mais. — Bem.

— Eu preciso ir embora daqui — Janice disse, falando mais alto. Ela segurou Amanda. — Você vem comigo? Nós podemos fugir?

Amanda ficou sufocada ao pensar na impossibilidade e ao mesmo tempo na promessa de uma fuga. — Mas, Janice, para onde nós iríamos?

Houve um longo silêncio, e então Janice disse:
— Eu preciso de mais daquela bebida. Preciso agora.
Amanda podia sentir o coração de Janice batendo como as asas de um passarinho.
— Espere — disse Amanda, e embora soubesse que não devia fazer aquilo, acordou a Sra. Solomon, a anfitriã do momento.
— O que foi? — a Sra. Solomon perguntou, sonolenta. — Alguém está machucado?
— É Janice — respondeu Amanda. — Ela... está passando mal.
— Ah, a que vem sendo drogada — disse a Sra. Solomon. — Ela já deve ter se acostumado nesta altura.
— Não — Amanda disse, e tornou a repetir. — Ela está passando mal.
A Sra. Solomon se levantou resmungando e foi com Amanda até o canto onde estava Janice. Ela segurou o punho fechado de Janice com suas mãos hábeis.
— Janice — a Sra. Solomon falou calmamente. — Você agora é uma mulher. É isso que as mulheres fazem. É assim que você se casa e tem filhos.
— Eu não acho que quero ser uma mulher — Janice disse, soluçando.
— Por favor, minha querida — disse a Sra. Solomon. — Você não tem escolha.
Janice voltou a chorar, e Amanda viu impaciência no rosto da Sra. Solomon, mas também tristeza e preocupação.
— Meu bem, você está machucada? Algum dos homens machucou você? Você precisa me contar se alguém fez isso.
Janice sacudiu a cabeça.
— Eu mal me lembro do que aconteceu.

— Então por que as lágrimas?

— Eu... eu só... — Ela não completou a frase, procurando uma explicação para a sua angústia. — Eu só quero que as coisas voltem a ser como eram antes. Quero um verão normal.

— Logo você vai ter filhos, que terão os verões que você teve um dia — disse a Sra. Solomon.

— A senhora sente saudade, Sra. Solomon? — Amanda perguntou de repente. — Do verão?

Uma expressão de tristeza surgiu no rosto banhado de sol da Sra. Solomon. — Todas nós sentimos, meu bem — ela disse, suspirando. — Mas não se pode ser criança para sempre. Esperem aqui, meninas. Eu já volto. Você tem sorte por eu ter os ingredientes; alguns homens não gostam de ter essas coisas em casa. — Janice se encostou em Amanda silenciosamente, seus músculos tremendo. Logo a Sra. Solomon voltou e ofereceu a Janice uma caneca cheia de um líquido de cheiro forte.

Janice olhou para a caneca, seu rosto infantil parecendo subitamente fino e velho, e então a segurou com as duas mãos e bebeu tudo. Respirando fundo, fechou os olhos, esperando a droga fazer efeito. Amanda pegou a caneca, cheirou-a e lambeu o líquido amargo.

No final do verão, elas estavam cansadas. Cansadas de ir de uma casa para outra, cansadas de dormir encolhidas ao lado das outras meninas, cansadas de brincadeiras e farras. Suas noites com os homens tinham passado de sexo selvagem para conversas amistosas e até mesmo cochilos compartilhados. Os homens tinham que voltar para suas vidas normais durante o dia, cuidando da lavoura, ou fabricando cerâmica, ou o que quer que suas famílias fizessem, e seus rostos estavam abatidos de falta de sono. Foi nessa época de calmaria que Amanda e Andrew começaram a conversar. Ela o achava tímido e engraçado, e gostava das ruguinhas que ele tinha nos cantos dos olhos, da faixa branca em seu cabelo escuro.

Ela se lembra de estar deitada ao lado de Andrew — não recorda em que casa eles estavam — sentindo a respiração um do outro. Suas mãos ásperas a acariciavam devagar, traçando o arco do seu quadril e a depressão da sua cintura, percorrendo suas costelas uma por uma até debaixo do seu braço e depois fazendo o caminho de volta. Os dedos dele causavam uma sensação gostosa em sua pele, acalmando seus nervos. Para Amanda, esse foi o ato mais prazeroso do verão.

O cheiro dele era estranho, brutal, excitante: uma mistura de terra, cobre, alho-poró e a poeira fina que se junta no pelo dos animais. Ela ergueu um dedo e o passou pelo rosto dele. Ele sorriu, beijou a ponta do dedo e depois fechou os olhos.

Olhando para ele, Amanda tentou imaginá-lo como seu marido. O verão tinha sido tão frenético e tumultuado que mal havia ocorrido a ela que no final dele ela seria esposa de alguém. Imaginara a si mesma em queda livre, numa mistura estonteante de sexo e doces que duraria para sempre.

Em breve, a geada viria e crianças enlameadas, de olhos vermelhos, começariam a voltar para casa. Ela iria pentear o cabelo para cima — sabia como fazer, as meninas tinham praticado sem parar o verão inteiro — e entraria no mundo como uma adulta. Sua metamorfose estava completa: já se sentia mais séria, pesada, pisando com firmeza no chão.

O que ela faria como mulher? Teria filhos, é claro. Cuidaria da casa. Deitaria sob o marido. Conversaria sobre coisas chatas que não significavam muita coisa. De repente, apesar dos anos de desespero para fugir do pai, ela sentiu uma saudade enorme dele.

Ele era a única pessoa que conversava realmente com ela. Era a única que a conhecia de verdade.

Sentindo os músculos dela ficarem tensos, Andrew abriu os olhos.

— O que foi?

— Eu não quero me casar — ela confessou baixinho.

Ele franziu a testa.

— Bem, nós não somos obrigados a fazer isso — ele respondeu devagar.

— Não, eu quis dizer que não quero nenhum tipo de casamento.

Ele se apoiou sobre um cotovelo, e ela se virou de barriga para cima.

— O que você quer fazer então? — Ele pôs a mão entre os seios dela, como que para sentir seu coração bater e ter certeza de que ela estava com saúde.

Ela pensou. O silêncio subiu por seus tornozelos, passou por seus joelhos, envolveu sua cintura e então cobriu o seu rosto como um lençol sufocante. Não havia resposta sensata para a pergunta dele. Ela ficou apenas olhando para ele.

— Você sabe o que eu mais quero do casamento? — ele perguntou.

Ela sacudiu a cabeça.

— Acordar de manhã com minha esposa do meu lado — ele disse. Encostou a mão no rosto dela, e ela sentiu que estava tremendo.

Ela pensou: *Será que quero casar com ele? Não é que eu não queira casar com ele. Prefiro casar com ele do que com qualquer um dos outros homens.*

Ela então disse baixinho:

— Meus pais não dormiam na mesma cama.

— Bem, mais tarde, eu suponho. — Ele sacudiu os ombros. — Tanta coisa para fazer. Filhos para desviar a atenção.

Ela piscou os olhos com força.

Andrew estendeu o braço livre e a puxou para si. Ela sentiu seu corpo musculoso e peludo contra o corpo nu.

— Imagine, nós poderíamos acordam assim todas as manhãs — ele murmurou. E embora ela soubesse que nunca seria a mesma coisa, que não teriam o calor suave do verão, a respiração leve dos amigos adormecidos, a doçura cobrindo seus dentes, a felicidade e o cansaço das noites em claro, ainda assim se inclinou para ele, concordando.

Eles não foram os primeiros a concordar em se casar, nem os últimos. Havia uma filha de viajante, Flora Saul, no meio das meninas naquele ano, e foi quase que imediatamente fisgada pelo belo e esperto Ryan Joseph. As duas meninas com seios inchados e enjoo matinal também foram escolhidas logo. Fertilidade comprovada era uma grande vantagem, e compensava não saber quem era o pai do seu filho mais velho. Diversas meninas haviam sido escolhidas pelos homens muito antes na igreja ou em jantares nas vizinhanças e foram persistentemente perseguidas até serem capturadas. Os homens que sobraram tiveram que decidir entre as meninas que ninguém mais tinha querido. No fim, os três que estavam sozinhos olharam para a drogada Janice, a feia Wilma, e Beth, cuja irmã tinha tido três filhos defeituosos, e eles tomaram suas decisões. Havia um homem para cada menina, e mesmo que não estivessem animados em ficar com as que haviam sobrado, era melhor do que não ter uma esposa.

Quando Amanda finalmente disse adeus para as outras meninas, com quem tinha discutido, abraçado, rido e cochichado, ela se sentiu sortuda. Não tinha sido obrigada a aceitar alguém que a desagradasse; Andrew era forte, capaz e carinhoso. E o mais importante, ela podia finalmente escapar de casa. Enquanto esperava pelo dia do casamento, realizado quando a primeira folha mudasse de cor, ela simplesmente fingiu que não estava lá. Quando a mãe gritava, ela não ouvia, seus pensamentos voltados para o seu futuro com Andrew. Quando o pai tentava tomá-la nos braços só para um rápido abraço, ela mal olhava para ele.

Quando Andrew a carregou para dentro da casa dele, ela riu e beijou sua testa. Levou vários meses até ficar grávida, mas quando ficou, a alegria dos dois foi imensa.

Agora a lembrança da alegria dele tem um brilho sujo na superfície, um tom escuro que ela não consegue tirar. Antes, vomitando e cansada e com uma nova vida dentro dela, ela achou que tinha tudo o que sempre desejara.

Ela estava errada. Sente-se tão consumida pelo pavor que não sabe ao certo o que sobrou dela. Fica deitada, imóvel e largada. Dentro dela, sua filha está se mexendo, nadando alegremente numa poça de sangue e água do mar. Sua filha só conhece umidade, escuridão e sons abafados. Sua filha não a deixa dormir. O verão chegou, e ela está presa na cama, presa sob o peso da menina. Amanda pensa em Janey, três anos mais velha do que ela, a terra cobrindo seu corpo reto e inocente. Sente uma pontada de inveja tão aguda que se encolhe e faz força para não gritar.

CAPÍTULO ONZE

Vanessa

No quinto dia do verão, os mosquitos chegam tão subitamente quanto as chuvas, só que, em vez de caírem do céu, sobem do chão. Em nuvens douradas e barulhentas, eles varrem a paisagem, alimentando-se de tudo o que tenha sangue nas veias. Os bons fazendeiros já colocaram telas contra mosquitos nos cercados de ovelhas e cabras; os preguiçosos estão correndo e praguejando, dando tapas em si mesmos com uma das mãos e pendurando telas com a outra. Os cachorros ganem e correm para dentro, espantando nuvens de insetos dos olhos e focinhos. Os gatos desaparecem nos buracos e refúgios misteriosos para onde gatos vão, ou aqueles que são mais tolerantes com pessoas se abrigam dentro de casa, aceitando bocados de manteiga e pedacinhos de frango com um ar resignado e merecedor. As crianças se atiram na lama, rolando, rindo e esfregando-a no rosto e nos cabelos. Elas acabam cobertas por uma armadura de barro, que reaplicam incessantemente nas dobras dos cotovelos, dos joelhos e das nádegas.

Elas riem de si mesmas, rolando e contorcendo-se na lama como minhocas, os dentes brancos nos rostos pretos. Os mosquitos as atacam inutilmente, grudando na pele imunda como peninhas iridescentes. Vanessa costuma pensar do que os mosquitos se alimentam, já que todas as pessoas, cães e rebanhos estão ou dentro de casa ou protegidos, exceto durante corridas rápidas até a latrina lá fora para esvaziar os penicos. Talvez de coelhos e ratos. Ela perguntou uma vez ao Sr. Abraham, mas ele não sabia. O pai saberia. Mas é verão, e não precisa pensar nele durante meses.

O pai tem sempre um ar de alegre resignação antes do verão.

— Eu corria por aí como um doido, então você também pode fazer isso — diz. Ele implica com a mãe, dizendo que fez sangrar o nariz de alguma menina quando ambos eram crianças, e ela sacode a cabeça. A voz dele assume um tom professoral, ligeiramente mais alto e com vogais mais agudas. — Os verões são a pedra angular da nossa sociedade — diz num tom grandiloquente. — Eles mantêm a família saudável. Se você não tivesse um período de liberdade, enlouqueceria em um ano.

— James — a mãe diz, franzindo a testa, olhando para o chão.

— Não coma comida podre — o pai alertou Vanessa pouco antes de as chuvas chegarem. — Só beba água de chuva. Não brigue muito para não se machucar. Não deixe entrar lama em você. Volte para casa se ficar doente.

Vanessa balançou a cabeça obedientemente. Ninguém volta para casa quando fica doente. No ano passado, Alicia Solomon pegou uma tosse que se transformou em febre, e ela começou a cuspir catarro com sangue. Passou dias tremendo, se debatendo e gritando, e suou tanto que a lama escorreu dela aos borbotões. O irmão teve que ficar afastando os mosquitos e cobrindo-a de lama outra vez. Um dos olhos de Alicia ficou vermelho. Ela ficou com uma aparência tão terrível que as crianças menores saíam correndo quando olhavam para ela. Mas não voltou para casa, e ninguém tentou fazer com que voltasse. No fim, se levantou, trêmula e com dor de cabeça, e seu olho foi ficando cor-de-rosa até ficar branco de novo.

Com os cães, as pessoas e os animais protegidos por barreiras, o mundo do lado de fora parece bem maior. As casas encolhem e parecem caixas, enquanto os campos se estendem, amplos, e as árvores sobem na direção do céu. Até o horizonte parece mais comprido, com mais mar e praia. As crianças são as únicas que podem andar livremente, e elas também crescem, erguendo-se sobre seus domínios.

Chelsea Moses faz o melhor bolo da ilha, e todas as manhãs ela coloca um do lado de fora, coberto de manteiga e mel e cidra de maçã. Ela diz que faz isto pelas crianças, mas Vanessa está convencida de que faz porque gosta de vê-las brigar. Muitas se agacham para dormir perto da porta para estarem alertas de manhã cedinho, e depois que a saia dela desaparece dentro de casa, elas esperam um segundo e correm atrás do bolo. Com umas vinte crianças atrás de um único bolo, logo a coisa vira uma guerra. Algumas vezes, Vanessa participa, não só porque adora doces, mas porque gosta de atacar braços e pernas com as próprias mãos, socando rostos escorregadios, pulando sobre corpos para agarrar um punhado de cobertura de bolo. Ela come mais lama do que bolo, mas o gosto é doce por causa das migalhas e, às vezes, salgado do sangue de um lábio cortado. Vanessa sabe que devia passar fome como Janey, mas a ideia de ficar sem aquela mistura de lama e mel e sangue é insuportável demais.

Depois que as crianças se dispersam, Vanessa corre para a árvore mais alta da ilha, um sicômoro, e sobe. Ela gosta de suas folhas de três pontas, e da casca manchada que parece que tem uma doença. Espera que um dia a árvore cresça o suficiente para ela poder enxergar as terras devastadas. O pai diz que a árvore deve ter raízes com quilômetros de extensão, porque senão teria caído durante uma tempestade. Na verdade, quando o vento sopra, ela balança tão delicadamente quanto um gavião numa corrente de ar, rugindo como um rio distante.

Vanessa adora trepar em árvores. Gosta de fingir que é um macaco, que nunca viu na vida real, mas o pai tem um livro com figuras deles. Ela imagina que eles se movem como ela, com braços e pernas bem abertos, escalando os galhos. O macaco é seu animal favorito, exceto pelo cavalo, com seu focinho longo e engraçado, e seu pescoço gracioso arqueado como um arco-íris.

O pai a fez prometer não contar a ninguém sobre o que lê, mas Vanessa acha chato conversar sobre seu conhecimento proibido somente com ele. Às vezes, ela tenta desenhar um cervo na terra e explicar às outras crianças como ele corre rápido e joga o rabo para trás, mas quando volta para casa e olha para a imagem verdadeira, percebe que nenhuma delas reconheceria um cervo se o visse. Imaginariam um animal com pernas bambas, dois olhos do mesmo lado da cabeça, tão gordo que cairia no chão sob o próprio peso.

No alto da árvore, ela estica o pescoço, mas só o que consegue ver é água e uma massa de nuvens. O problema de esperar a árvore crescer é que ela também está crescendo, ganhando peso e se desenvolvendo. Em breve, vai se tornar uma mulher, e então nunca mais poderá trepar em árvores. Ela nunca viu um adulto trepar numa árvore. Talvez eles quebrassem os galhos e despencassem no chão.

Vanessa observa a neblina se mover, dançar e se esfiapar, lenta e espessa como sangue em água. Ouve seu próprio coração batendo, e sua respiração, e compreende que não há mosquitos ali em cima para cantar sua canção de verão. Começa a imitar o zumbido deles com sua voz mais aguda, e então canta um salmo da igreja, substituindo a letra por palavras sem sentido porque não quer pensar no pastor Saul. "Ó neblina", ela canta, "ó cachorro e mosquitos no tronco da árvore. Um dia vai nevar, mas agora, ó não! Bolo e batatas, batatas e café, não para um defeituoso, tão bom de fazer! Sozinha aqui em cima, tão longe de casa, cantando uma canção, eu queria poder ficar mais tempo, cantar minha canção de verão." Ela para de cantar e ouve os ecos distantes das crianças brincando. Tomando coragem, ergue a voz alegremente e canta o xingamento favorito do pai, o que faria com que ela levasse um tapa, caso algum adulto a ouvisse dizer aquilo. "Foda-se! Foda-se! Fodam-se, pai e mãe, foda-se, irmãozinho, fodam-se todos, fodam-se o barco e a neblina, fodam-se a escola e a igreja e os ancestrais e foda-se a fruição, foda-se, foda-se a ilha também!" Ela faz uma pausa, esperando que os ancestrais furiosos ataquem como um enxame de abelhas zangadas, ou que a árvore e o chão desapareçam enquanto ela mergulha na escuridão do inferno. Um pássaro canta. Animada, ela xinga e canta até ficar rouca. Depois, se arrasta para um galho menor, se agacha e urina sobre os galhos mais baixos, esperando que não haja ninguém abaixo dela, mas meio que esperando que haja. Voltando, ela ajeita os quadris numa curva da árvore e contempla o céu. Só vai precisar sair dali quando precisar comer, e isso pode levar muito tempo.

CAPÍTULO DOZE

Amanda

Amanda nunca prestou muita atenção no que a mãe fazia em casa. Mas depois de se casar com Andrew, ela se viu numa casa — *sua* casa — que tinha que varrer quando nunca tinha usado uma vassoura, com jantares que ela devia preparar quando não sabia nem acender o fogo. Outras meninas aprendiam essas coisas assim que aprendiam a andar, mas a mãe tinha preferido não ensinar nada a ela, tomando conta da casa sozinha enquanto Amanda corria solta pelos campos.

Tudo o que ela fazia depois do casamento, mesmo coisas do dia a dia, parecia estranho. Devia usar vestido até o meio das canelas e andar em vez de correr, devia usar um coque no alto da cabeça o tempo todo, devia sorrir e cumprimentar os adultos em vez de passar por eles sem prestar atenção. Quando ela via as velhas amigas que tinham sua idade, mas que ainda não tinham passado por seu verão de fruição, devia sorrir para elas como um adulto sorri para uma criança. Odiava isso, e via que elas a odiavam.

Não que quisesse voltar para o ódio da mãe, os olhares indiferentes de Elias e os abraços do pai. Ela amava Andrew e queria ser sua esposa. Mas queria correr e gritar, abraçar as amigas e dormir na praia também.

As noites eram estranhas e agitadas, o toque de Andrew familiar, mas estranhamente perturbador. Depois que ele adormecia, ela geralmente tinha crises de tremedeira, como se seu corpo estivesse sendo agitado por um vento forte. Eles tinham feito sexo muitas vezes durante o verão de fruição, mas agora, numa cama de casal, aquilo parecia errado. Às vezes, ela saía e andava descalça pela terra fria, olhando para a lua branca brilhando no meio da neblina. Durante os primeiros meses, só dormia depois que sentia Andrew se levantar e ir para a cozinha de manhã. Então ela caía num sono profundo, como se alguém a estivesse enterrando num buraco, e só acordava no início da tarde.

Insegura, ela passava a vassoura no chão, empurrando a poeira de um canto para outro. Depois, tentava remendar alguma coisa, ou cozinhar alguma coisa, e Andrew chegava em casa e a encontrava perdida sob uma pilha de panos ou de verduras. Ela gostava que ele risse e a levantasse, e usasse as roupas mal remendadas e comesse os pratos horríveis. Ela o amava até ele apagar os lampiões, mas depois tinha vontade de rastejar para longe como algo invertebrado e primitivo.

Três meses depois de seu casamento com Andrew, o pai foi visitar. Mantivera-se afastado, o que espantou Amanda, que esperava mais contato com ele. (Não esperava nada da mãe e de Elias, e eles mal falavam com ela na igreja.)

Então, quando estava começando a ficar frio e a gear, o pai apareceu na porta com um sorriso e um coelho morto. Amanda nunca tinha tirado a pele de um coelho antes, e o pai se sentou à mesa e a viu cortar e puxar as tiras de pele dura e esticada enquanto um sangue marrom escorria pelos cantos da mesa até o chão.

— Sinto saudades suas, Amanda — disse o pai enquanto pegava um pano e se ajoelhava para limpar o chão. — Não tenho mais com quem conversar.

— Pode vir me visitar — ela respondeu, os dedos deslizando sobre veias inchadas e músculos escorregadios. — Estou surpresa por você não ter vindo antes.

— Sua mãe não gosta que eu venha.

— Isso não me surpreende.

— Ela diz que agora que você está fora da família, que eu deveria tratá-la como uma pessoa qualquer.

Amanda franziu a testa.

— Mas as pessoas visitam os filhos, e todo mundo tem a mãe para ajudar quando ganha seu primeiro bebê. — Ela fez uma pausa. — Embora eu preferisse receber conselhos de uma cabra.

— Você está grávida? — A voz dele tremeu um pouco.

— Acho que não. — Ela e Andrew estavam começando a ficar preocupados, depois de três meses de sangramento regular toda vez que a lua ficava escura.

Houve um longo silêncio. Amanda tinha tirado a pele das costas e da barriga do coelho, mas estava com dificuldade para soltá-la das juntas e das patas. Ela se enroscava em seus punhos. Imaginou se deveria cortar fora a cabeça e sentiu uma onda de irritação com o pai por não oferecer mais ajuda.

— É estranho pensar em você tendo um filho — ele disse. Estava olhando para a carnificina sobre a mesa, revirando as mãos entre os joelhos.

— É estranho — ela concordou, e se sentou à mesa com ele. Seu vestido estava manchado de vermelho na cintura, as mangas sujas de gosma. — Eu vou ter que esfregar este vestido com sabão. Espero que as manchas do chão saiam — disse, tentando falar naturalmente.

O pai concordou, desviando os olhos e se mexendo na cadeira.

— Andrew não pode mostrar para você como limpar e cortar um coelho?

Você não podia fazer isso?, ela teve vontade de responder, mas disse:
— Eu não sei. Se ele não puder, uma das esposas pode.
— Suponho que sim. — Ele segurou o pano onde ela estava enxugando as mãos e brincou com as beiradas, sujando as pontas dos dedos. Isso fez o estômago dela revirar. — É uma pena que sua mãe não lhe tenha ensinado mais coisas antes de você sair de casa.
— Ela me odeia. Você sabe disso. Mas agora eu estou fora daquela casa, então não preciso mais ligar para ela.
— Eu gostaria que você não estivesse.
— Não estivesse o quê?
— Fora de casa.
— Eu estou contente por estar fora de lá.
Ele se encolheu como se ela o tivesse esbofeteado. Com a testa franzida, olhou para ela.
— Você está contente? Você é feliz? Completamente feliz?
Amanda pensou nas noites quando saía de casa para olhar a lua e ficava lá parada até os pés ficarem dormentes.
— Não *completamente* feliz, mas eu amo Andrew e tenho certeza de que vou melhorar nas coisas que tenho que fazer.
— Você parece tão mais velha com o cabelo para cima.
— É estranho. Como se eu estivesse usando as mesmas roupas durante anos e alguém as tivesse tirado de mim.
Ele concordou:
— É assim que eu me sinto sem você.
— Como vai Elias? — ela perguntou, querendo mudar de assunto. — Ele já começou a trabalhar com você?
— Um pouco. Acho que não gosta. Ele me disse que quer ser pescador.
— Bem, pescadores também têm filhos — ela disse inexpressivamente. Teria que cumprir seu destino de mulher, e Elias teria que cumprir seu destino de filho do pai.

— Ele é inteligente. Poderia ter sido um viajante se eu tivesse nascido viajante. — A voz do pai mostrava admiração, mas distanciamento, como se estivesse falando do filho de outra pessoa. — Antes que eu me dê conta, vai estar pronto para sair de casa. Ele não quer deixar sua mãe, é claro.

— É claro.

— Não sei o que ela vai fazer quando ele sair. Mas se eu posso sobreviver sem você, ela pode sobreviver sem ele. Embora vá se sentir solitária. Eu me sinto.

Amanda balançou a cabeça, sem saber o que dizer.

— Eu não queria vir vê-la. Queria deixar você se estabelecer, mas também sabia que isso me deixaria muito infeliz.

Amanda encolheu os ombros.

— Sinto muito. Não sei o que posso fazer. Os filhos crescem e vão embora.

— É a vida, é a vida. Eu já vi outros perderem as filhas e senti pena deles. Agora eles podem sentir pena de mim.

— Não muita pena — ela disse, com um meio sorriso. — Comigo correndo pela ilha o tempo todo e dormindo na areia, eles devem achar que você está melhor se vendo livre de mim.

— Eu sofria toda vez que acordava e você não estava lá.

— Eu era... — Amanda tentou pensar no que ela era. — Jovem. Zangada.

— Mas não é mais.

— Zangada? Acho que não. Estou só... cansada. — Ela suspirou. — Talvez eu já tenha crescido agora. Não sei. É bom ver você. — O que não era de todo mentira. A familiaridade do rosto dele aquece algo dentro dela.

— Você já pensou como seria se pudéssemos viver juntos para sempre?

Amanda olha rispidamente para ele.

— Não. É claro que não.

— Eu pensei nisso. Só viver juntos, você me esperando toda noite quando eu voltasse para casa e me dando até logo toda manhã. Você cuidando da horta, do barril de chuva, das galinhas. Nós poderíamos ficar juntos para sempre.

— Não, não poderíamos. Ninguém faz isso. — Ela subiu o tom de voz mais depressa do que desejava, e o volume aumentou sua pulsação. Não se lembrava de ter se levantado, mas agora estava em pé, olhando para o pai sentado na cadeira. — Você não pode fazer isso, é contra os mandamentos.

— Eu não estou dizendo que deveria acontecer. Sei que você tem que se casar e ter filhos. Andrew é um homem bom. Você escolheu bem.

— Sim. — A voz dela ecoou na cozinha, e percebeu que estava quase gritando. Envergonhada, sentou-se rapidamente, olhou para o sangue no chão e falou baixinho: — Eu não sei o que você quer, vindo até aqui e falando desse jeito.

— São só desejos, Amanda. Desejos tolos. Eu sou um velho agora, não vou viver muito tempo mais. O bastante para Elias ter filhos, eu espero, mas depois que você tiver um filho... bem, sinto que isto será o início do meu fim.

— Talvez eu seja estéril — a voz dela embargou —, a esposa de Elias tenha filhos defeituosos e você possa viver muito tempo.

— Você sabe que eu não quero isso. — Ambos ficaram calados, um pássaro pontuando o silêncio de vez em quando com um chilreio. Amanda se sentiu estúpida, desajeitada e ridiculamente consciente dos seus seios soltos sob o vestido. Redondos, ridículos, vergonhosos. Ela se levantou, com os braços cruzados na altura do peito, e o pai se levantou também.

— Venha. — Ele estendeu os braços, e ela se deixou abraçar por hábito, sem nem pensar no que estava fazendo até estar com a cabeça no ombro dele. Ela sentiu o cheiro do cabelo dele e estremeceu sem querer. O pai não pareceu notar. — Minha menina — ele murmurou, embalando-a.

Amanda finalmente se soltou, com delicadeza, mas apressadamente. Os braços do pai permaneceram abertos, pendurados no ar como se estivessem suspensos por barbantes, o rosto dele revelando um misto de esperança e desespero.

— É melhor eu ir — ele disse baixinho, com os braços ainda abertos. — Sou um velho tolo.

Ela pigarreou.

— Não vou mais deixar você me distrair! Tenho que dar um jeito de transformar esse coelho em comida — ela disse, o mais alegremente possível, como se eles acabassem de ter uma conversa agradável tomando chá e comendo bolo. — Venha jantar um dia desses, para se encontrar com Andrew.

— Sim — disse o pai, fazendo uma pequena reverência que ela nunca tinha visto, e saiu da casa segurando ainda o pano sujo de sangue.

Amanda se sentou na cadeira, sentindo como se seus ossos tivessem derretido. Pondo a cabeça entre os joelhos, olhou para as manchas vermelhas no chão até elas parecerem significar alguma coisa, como se estivessem escritas numa língua que ela quase podia decifrar. Com os braços em volta da cabeça, soltou o cabelo, suas lágrimas deixando marcas rosadas nos pingos de sangue no chão.

CAPÍTULO TREZE

Amanda

Amanda acorda no escuro, sentada nos calcanhares, uma esfera de luz fria e leitosa brilhando sobre ela. Assustada, solta um grito e suas mãos começam a examinar o rosto, a barriga, as pernas, para confirmar que está inteira. Sua filha está inquieta, revirando-se em seu ventre como que para acordá-la daquela ausência.

Amanda estica os braços para baixo, enterrando as mãos na lama fria e acetinada, e percebe que está do lado de fora. Há vultos ao longe que, quando ela ajusta os olhos, vê que são casas e árvores.

De repente se dá conta dos mosquitos chupando seu sangue por baixo da pele. Reagindo a um impulso que vem dos verões da sua infância, deita-se de costas na lama. Prendendo a respiração, começa a se debater como um peixe sem ar, cobrindo os membros e o torso de lama fria, e depois, ficando de joelhos, ela pega dois punhados de lama e esfrega no rosto, espalhando-a sobre as pálpebras, descendo pelo rosto até o pescoço, deixando que escorra entre seus seios inchados.

Ela enfia a mão por baixo da camisola e passa lama por suas coxas e virilhas, até a barriga estufada da gravidez. Seu bebê se revira de prazer. Cansada, Amanda cai de costas outra vez. A lama não só afasta quase todos os mosquitos que zumbem a sua volta, mas alivia a pele toda picada. Quanto tempo ficou sentada, ausente e com a pele desprotegida, como uma suplicante diante de um buraco luminoso no céu noturno? De repente Amanda está soluçando, lágrimas salgadas tirando a lama de suas pálpebras. Virando-se de lado, ela se encolhe e chora desconsoladamente no escuro. Nas últimas semanas, chorou tantas vezes em silêncio, com as lágrimas escorrendo pelas têmporas e caindo e se acumulando em seus ouvidos, tremendo de leve no esforço de respirar normalmente e não acordar Andrew, que roncava satisfeito em seus sonhos felizes onde não há motivos para lutar. Agora ela geme como se estivesse arrancando alguma coisa, a casca de uma ferida que volta a sangrar e sangrar.

Sua filha começa a girar em sua gaiola de água, cada vez mais depressa. Ela bate com força na bexiga de Amanda, e Amanda, sem se importar, urina na camisola molhada e na lama sob ela e continua a se lamentar.

Quando sua garganta está seca e os pulmões fracos, ela fica ali encolhida, as coxas apertadas contra a barriga. *Eu posso fazer isso com você*, ela diz para a filha silenciosamente. Sua filha faz uma pausa, estremece e começa a girar na direção oposta. Amanda põe a mão direita sobre o osso púbico, sentindo a água sob a pele girar e dançar na pequena bolsa do útero que não pertence mais a ela. Suas lágrimas secaram e os mosquitos já estão de volta, e ela esfrega o rosto por cima da lama como um cão se coçando. *Eu sinto tanto*, pensa, levantando-se com a ajuda das mãos e fitando nervosamente a lua fria. Amanda sai andando na direção de uma das casas para tentar encontrar o caminho de casa.

Andrew irá acordar quando ela atirar baldes de água fria de chuva sobre a pele, nua e tremendo sob a luz do luar? Sentirá a umidade do seu cabelo no braço quando ela voltar para a cama? Se ela começar a chorar, isto irá simplesmente colorir os sonhos dele com o calmo balanço de um mar invernal?

Passos leves ao longe: as crianças do verão, procurando brincadeiras ou um lugar confortável para dormir.

CAPÍTULO CATORZE

Janey

Mostrando o caminho, com Mary atrás dela como uma sombra menor e mais escura, Janey entra na briga. Ela não sabe exatamente com que crianças está brigando, embora reconheça os cachos de Brian Saul sob uma pasta de lama e a trança preta e embaraçada de Lisa Aaron.

As crianças estão brigando por um lugar melhor na praia, onde as baratas-de-praia gostam de nadar nas águas rasas. Para Janey, elas parecem monstros alienígenas que poderiam ser encontrados nas profundezas escuras da terra — embora, do tamanho de um prato e na velocidade de uma lesma, elas sejam quase bonitas.

Um tanto desajeitada e sem enxergar direito, Mary nunca briga tão bem quanto as outras crianças, mas ela acompanha Janey e se atira contra qualquer corpo que se mova. É difícil machucar alguém, porque todos ficam muito escorregadios em segundos. Punhos escorregam em vez de acertarem em cheio a pele, unhas deslizam por braços e pernas cobertos de lama sem arranhá-la, e até os dentes escorregam na carne coberta de lama e batem com força, causando uma sensação desagradável. Não importa como uma briga começa, ela sempre termina do mesmo jeito: crianças sujas se debatendo e se contorcendo num emaranhado de membros e torsos, como se tivessem se fundido num ser abominável com um monte de pernas imundas.

    Brigar faz com que Janey se sinta viva de um jeito que nada mais consegue fazer: não vagando sozinha na noite escura, tendo apenas seus pensamentos tumultuados como companhia; não correndo até seu coração quase sair pela boca e seus pulmões se tornarem prata, brilhante e intratável; não embalando Mary nos braços enquanto fita um céu coberto de estrelas, sabendo que as verá caminhar em seu ritmo lento até de manhã. Brigar faz o sangue de Janey ferver. Não é a promessa de machucar os outros, pois ela raramente tem a intenção de machucar, nem é a perspectiva de vingança contra seus inimigos, já que tem poucos inimigos que ela leva a sério. É algo sobre o calor na contração de um músculo, a velocidade e a rapidez de cálculo, o impacto do contato físico íntimo quando, tirando as crianças pequenas e Mary, ela não deixa ninguém tocar nela. No fundo de sua mente está a compreensão que ela evita: essa é a única vez em sua vida em que a violência dos seus pensamentos se torna carne. Ela grita, bate, ataca enquanto sua mente fica estática, enquanto seus punhos e dentes e unhas se tornam uma massa agitada iluminando a turbulência interior.

    Ela sabe que há boatos de que ela gosta de atacar pessoas com pedras ou quebrar seus ossos, mas eles são infundados. Entretanto, é uma boa lutadora, talvez a melhor da ilha, e nunca, nunca se cansa. Pode ficar tonta, e sua visão pode falhar nas bordas como se houvesse montes de pássaros negros mirando nela, mas cansaço, desistência são coisas que ela desconhece.

    Urrando de raiva e dor, as crianças perdedoras recuam em grupo e se agacham mal-humoradas mais adiante na praia. Patty Aaron, a irmãzinha de Lisa, começa a se aproximar do território perdido, mas Janey rosna para ela, arreganhando os dentes como um cão raivoso, e Patty torna a fugir. Ficando em pé bem ereta, Janey contempla a água majestosamente. Ela relaxa e sorri quando Mary se aproxima e olha encantada para uma barata-de-praia, depois toca uma concha lisa e estremece. Greta Balthazar, de quatro anos, na água ao lado delas, olha desconfiada para a barata-de-praia, com uma expressão de dúvida. Quando o bicho se move irritado, ela grita e sorri, revelando seus dentinhos afiados. O irmão dela, Galen, está cobrindo de novo a pele de lama.

— Lave o cabelo, Greta! — diz ele alegremente, depositando dois punhados de barro marrom na cabeça dela e alisando-o até ele escorrer pelo pescoço fino da menina.

Janey sente algo frio nas costas e vê que Mary está fazendo a mesma coisa. O barro salgado junto do mar tem um cheiro diferente das veias vermelhas que correm pela terra. Este barro tem cheiro de água do mar e de peixes recém-abatidos. Ela se abaixa e esfrega a lama sobre a pele, espremendo-a entre os dedos. Ajudando Mary a refazer a camada sobre suas costas e pernas, então passa delicadamente a lama em volta dos olhos verdes de Mary para que não entre nos olhos dela. No final do verão, todos estão com os olhos vermelhos e irritados.

Mais tarde, as outras crianças, tanto as vencedoras quanto as perdedoras, vão embora. Janey vai para mais perto da vegetação que cobre a praia e começa a construir um forte. Quebra gravetos e longos galhos flexíveis e os espeta na areia para servirem de estrutura. Depois ela e Mary tecem galhos para fazer as paredes, num ritmo calmo, até não estarem pensando em nada. Escurece, e Mary boceja e adormece, mas Janey continua trabalhando. Ela está feliz demais, ativa demais para dormir, e o tempo passa enquanto as estrelas cruzam o céu e o sol torna a nascer. Quando

Mary acorda de manhãzinha, o forte está quase pronto, e as paredes foram cobertas de barro, grosso e liso.

Janey sorri quando vê que Mary está acordada, a lama em seu rosto rachando como um ovo imenso e horrendo para revelar a pele macia e sardenta por baixo.

— Você se esqueceu de dormir? — Mary pergunta.

— Não está lindo? — Janey diz.

Está. Janey sempre foi boa em construir coisas com as mãos. Os pequenos trechos de parede que Mary construiu estão ásperos e irregulares, os gravetos espetados para fora do barro. As paredes de Janey estão perfeitas, lisas e uniformes.

Mary se vira de barriga para baixo e boceja.

— E agora?

— Agora nós viveremos aqui para sempre.

— Mas eu quero tomar café.

Janey revira os olhos.

— Baratas-de-praia devem ser comestíveis.

— Que nojo!

— Ah, deixa disso — diz Janey. — Nós podemos ficar aqui para sempre. Nunca vamos sair daqui de dentro. — Não consegue imaginar um futuro mais perfeito. Ela, Mary, a praia, uma casa que elas mesmas construíram.

— Isso seria um tédio.

— Seria perfeito. — Janey se deita de costas na areia, olhando para o teto poroso acima delas, para os raios leitosos de sol que entram pelas frestas. — Nós vamos contar histórias uma para a outra o dia todo, e contemplar as estrelas à noite. Vamos viver de peixe e água. — Ela boceja. — E nunca vamos ficar velhas.

CAPÍTULO QUINZE

Amanda

Amanda agora odeia os verões. Ela sabe por que os adultos deixam as crianças correrem livres: estão cansados demais para agir diferente. Quando a temperatura sobe, o sol queima as plantas até elas murcharem, e só as chuvas da tarde conseguem refrescá-las. Amanda está abrigada do sol, mas ela também murcha. Não pode abrir a janela nem as portas, a menos que queira convidar uma nuvem faminta de mosquitos para dentro de casa. Telas são preciosas demais para desperdiçar em casas; são poupadas para os homens que trabalham ao ar livre, abrigos de animais e paredes ou telhados que desabam durante o verão. Na sua casa, há apenas fendas mínimas nas paredes e parapeitos das janelas que deixam entrar uma leva pequena, mas constante, de chupadores de sangue dourados. Ela está sempre dando tapas nos braços e nas pernas, deixando traços de sangue e marcas nas mãos, tentando encontrar a fonte dos zumbidos zangados e desistindo depois de dar dois passos. A parte de trás dos joelhos e as dobras sob seus seios pingam suor. Não se importa de dar comida para as crianças lá fora cobertas de lama; neste calor, comer chega a ser repulsivo. Quando Andrew diz que ela e o bebê precisam comer, ela engole pedacinhos de mingau frio. Ela cochila no calor do verão, virando-se devagar numa poça de suor como um pedaço de carne no molho.

Às vezes, quando começa o temporal, Amanda perde o autocontrole e corre para fora para ficar em pé na chuva, deixando a água morna escorrer sobre ela. Os mosquitos atacam esperançosos, mas os pingos de chuva os arrancam de sua pele antes que consigam chupar seu sangue. As crianças fogem dela, desacostumadas de verem um adulto do lado de fora, no verão, tomando chuva. Ela adoraria arrancar o vestido, passar lama no corpo e correr na direção da árvore mais próxima. Mas a lama iria cair em bolhas dos seus seios e barriga, grudar no cabelo entre suas pernas, respingar de sua carne quando ela corresse. Ela iria deixar todo mundo enojado.

Andrew volta para casa e a encontra com os braços de fora e a cabeça jogada para trás, deixando a chuva encharcar suas roupas e sua pele. Ele a leva para dentro.

— Você não pode fazer isso, Amanda — ele diz, franzindo a testa. — Todo mundo pode ver você.

É verdade, e ela não tem dúvidas de que a notícia vai se espalhar pela ilha em poucos dias. Amanda Balthazar enlouqueceu. As mulheres têm poucas distrações durante o verão além de fofocar.

— Mas está tão quente — ela choraminga, odiando a si mesma.

— Não é assim que se enfrenta o calor — ele responde, abraçando delicadamente sua barriga encharcada. Ele não sugere outra maneira de enfrentá-lo, ela observa irritada.

— Tenho certeza de que você está tão incomodada e se comportando de forma tão... estranha porque está grávida. No próximo verão, você vai se sentir melhor.

Ela não diz nada, deixando que ele culpe a gravidez pelo seu comportamento.

Andrew leva Amanda para a cozinha e oferece a ela um vestido seco, mas ela sacode negativamente a cabeça. Ela se senta à mesa, pingando água no chão sujo, enquanto ele corta uma maçã seca para ela e lhe oferece um copo de água tépida. Amanda não sente fome nem sede, mas come um pedacinho de maçã para agradá-lo. O rosto dele relaxa.

— Imagine quando contarmos essa história para os nossos filhos — ele diz, rindo. — O dia em que a mãe enlouqueceu e ficou parada na chuva.

A maçã é doce e enjoativa, difícil de engolir.

— O que você diria se eu dissesse que quero sair? — ela diz de repente, alto demais.

— Sair de casa? Agora? Você vai ser comida viva pelos mosquitos.

— Não, ir para as terras devastadas.

Ele ri, depois franze a testa quando vê que Amanda não mudou de expressão.

— Você está falando sério?

— Sim. E se eu quiser deixar a ilha?

— Bem, você não pode. Quer dizer, como poderia?

— Não sei. Mas imagine que eu tivesse uma maneira de sair.

— Como o quê?

— Eu não sei, apenas imagine. Você iria embora comigo? — Ela se inclina para a frente e segura as mãos dele.

— Deixar a ilha?

— Sim.

— Amanda — ele diz, pondo as mãos sobre os ombros molhados dela. — Por que eu faria isso?

— Só para ver como é lá.

— Por que eu iria querer ver isso?

— Para ver com nossos próprios olhos. Para vivermos sozinhos. Deve haver comida lá, senão o que as pessoas que dão coisas para os viajantes comeriam? Eles trazem arroz, não trazem? Nós não cultivamos arroz. Quem cultiva o arroz? As telas. Alguém fabrica *papel*, e ele é muito melhor do que o nosso.

— Eles pegam os que os mortos deixaram para trás — Andrew diz, sacudindo os ombros.

— Mas nem todo mundo está morto. Quer dizer, eu ouvi dizer que há pessoas defeituosas e aberrações que andam pelas terras devastadas. E famílias vêm das terras devastadas, às vezes, o que quer dizer que pelo menos algumas pessoas não são defeituosas nem aberrações, certo? Pelo menos algumas. Caitlin Jacob não é defeituosa.

— Tudo bem. Mas por que você iria querer criar nosso bebê lá?
Ela faz uma pausa.

— Eu simplesmente... preciso ir.

Andrew está olhando para os olhos dela, como que tentando ver o mínimo de sensatez neles. Ele a segura de leve pelos braços.

— Amanda, nós não podemos ir. Eu não quero ir. Nós temos uma casa aqui, comida, família e toda uma comunidade. Essa vida é um presente dos ancestrais, por que você iria querer jogar fora tudo isto? — Ele olha perplexo para ela.

— Você está apenas repetindo o que ouve na igreja. Eu sinto que as coisas poderiam ser diferentes lá.

— É claro que seriam.

— Eu acho que talvez as coisas aqui não estejam certas.

— Que coisas?

— A ilha. O modo como nós vivemos. Eu preciso muito sair daqui. — Ela se solta do marido, depois agarra os pulsos dele e os aperta com força, na esperança de que ele possa sentir o desespero correndo por suas veias. Ela chega mais perto dele, imaginando como convencê-lo. Deveria beijá-lo? Chorar desesperadamente? Cair de joelhos?

Ele encosta a palma da mão no rosto de Amanda, e ela sente os calos arranharem sua pele.

— É o bebê? Você está assustada porque está grávida? Eu me lembro de a mãe dizer que sentiu algo semelhante quando estava grávida de mim. Esse sentimento de que tinha que ir embora.

— Eu só sinto que o nosso bebê estaria melhor se morássemos em outro lugar.

— Mas não temos outro lugar para morar. — Ele dá um abraço em Amanda, seus braços musculosos deixando-a sem fôlego. — Eu sei que é frustrante às vezes, a mesma conversa, as mesmas pessoas, a mesma comida. É um tédio. Os verões são quentes demais e o inverno chega quase em seguida, e a primavera é curta demais. Eu não culpo você por querer fugir às vezes. Mas estamos seguros aqui, temos uma vida aqui. Podemos criar nossos filhos em um lugar que é seguro e protegido.

— Eu preciso sair daqui.

— Eu sinto o mesmo de vez em quando. — Ele ri, passando a mão pelo cabelo suado, que fica arrepiado para cima. — Especialmente quando as crianças estão correndo como loucas e fico correndo no calor, torcendo para encontrar uma sombra, ou correndo na chuva, querendo parar e ficar encharcado para me refrescar. Como você fez. Mas eu nunca quis ir para as *terras devastadas*. Não posso acreditar que queira ir para lá.

Amanda suspira, os olhos quentes com a pressão das lágrimas.

— Está quente demais. Eu vou para o celeiro lá embaixo.

— Quer que eu vá com você?

— Não, eu vou sozinha.

Ela imagina a expressão magoada de Andrew quando se vira de costas para ele. Sabe que ele vai suspirar e esfregar as rugas nos cantos dos olhos, passar a mão de novo pelo cabelo e imaginar o que fazer com ela. Ele não vai falar nada com o irmão. Vai rir e contar as pequenas dores e preocupações da gravidez como qualquer marido faria. Vai se preocupar com ela e pensar em maneiras de torná-la feliz, e sua preocupação só vai fazer com que ela se sinta pior.

Na escuridão úmida do celeiro, Amanda começa a roer uma cenoura. Depois, ela enfia as unhas no chão lamacento, arranca um punhado de terra e enfia na boca.

CAPÍTULO DEZESSEIS

Amanda

O crepúsculo cobre a ilha como uma gota de tinta azul dissolvida na água. Amanda está olhando pela janela da cozinha, roendo as unhas sujas de uma das mãos e torcendo com a outra o vestido manchado de suor. Por fim, ela endireita o corpo, larga o vestido e vai pegar a tela antimosquitos que Andrew lhe deu na noite anterior.

É um presente extravagante, talvez difícil de conseguir. Os outros homens irão implicar com Andrew sem piedade por causa disso. As mulheres raramente recebem telas no verão, porque não há necessidade de ficarem do lado de fora — as únicas exceções são uma visita a uma vizinha ou uma festa, o que os homens não veem como algo crucial. As esposas podem pedir aos maridos um pedaço de tela, mas a maioria tem mesmo é que correr o mais rápido que pode. Telas são preciosas, material que só existe nas terras devastadas, suas linhas intrincadas de metal flexível ofuscando a vista e frustrando os mosquitos sedentos de sangue.

Andrew beijou-a carinhosamente quando deu a tela para ela.

— Não estou dizendo que quero que você fique parada na chuva — ele disse fingindo severidade, e ambos riram. — Mas se você se sentir, sei lá, presa aqui dentro, como eu sei que tem se sentido, talvez possa sair um pouco. Onde ninguém possa vê-la. Eu sei que não é perfeito, mas é o melhor que posso dar para você.

Comovida, Amanda encostou a cabeça no peito dele por alguns instantes, ouvindo seu coração bater com força.

Ela ainda não aprendeu como enrolar-se na tela direito, e se bate lá dentro para levantar os braços e dobrar a ponta sobre a cabeça. Precisa enrolá-la bem apertada em volta dos tornozelos, e acaba dando passinhos ridículos, sempre prestes a tropeçar. E, no entanto, a tela lhe dá mais liberdade do que a maioria das mulheres da ilha jamais sonhou ter: a liberdade de sair de casa no verão e caminhar sem pressa até onde quiser. Ela tem certeza de que os viajantes não aprovariam. "Fodam-se os viajantes", ela murmura, seus lábios vibrando prazerosamente com o palavrão.

Com passos trôpegos e curtos, Amanda caminha desajeitamente para fora da casa. Ela tem um par de sapatos, e dá três passos antes de chutá-los longe. Eles não só deixam seus pés molhados de suor, mas as solas de madeira a impedem que sinta o chão. Com a visão atrapalhada pelos fios cinzentos de arame, ela corre um risco grande de tropeçar e cair — e provavelmente de se levantar enquanto alguém não a encontrar enrolada como um pão de forma. Ela geme, imaginando as crianças a encontrando, grávida e exausta e meio enterrada na lama. Ela diminui ainda mais o passo enquanto luta para manter o equilíbrio.

Os mosquitos pousam na tela como fumaça, atraídos pelo calor de seus esforços. A tela os mantém a distância, mas seu zumbido fica mais alto, até que Amanda só consegue ouvir aquele ruído agudo perto do cabelo e voando em bandos nas pontas dos seus dedos. Ela deixa os pés enlameados deslizarem na direção da praia, do lugar onde, todos os verões, Janey gosta de construir seus fortes com Mary.

O silêncio das filhas

Janey raramente dorme no verão; Amanda se lembra de sua própria exaustão feliz sob a luz do luar, implorando a Janey para parar de falar ou de construir para ela poder descansar, às vezes simplesmente deixando Janey falando sozinha e indo para um lugar mais silencioso para se deitar na areia. Enquanto a lama entre seus dedos se transforma em grama, em pedrinhas, em areia, ela olha com atenção e tenta determinar se as duas meninas e a cabana ao longe são reais ou simplesmente uma lembrança feliz.

Enquanto ela arrasta os pés na direção da visão, a menina mais alta se vira e se agacha.

— Quem está aí? — grita.

Amanda vê a figura menor e mais larga de Mary se levantar e chegar para mais perto de Janey. Quando ela se aproxima, Janey dobra o corpo como que para dar um bote.

— Quem é você? O que está fazendo aqui?

— Sou eu — ela diz baixinho, enquanto se aproxima. — Sou eu. Amanda.

— *Amanda?* — Janey diz espantada, e então fica de pé, olhando, indecisa. — Amanda, é você mesmo?

— Sou eu — responde Amanda, perto o bastante para ver o modo como a lua delineia as maçãs do rosto de Janey, seu cabelo brilhante.

Janey solta uma gargalhada, dobrando o corpo de tanto rir.

— Amanda! — ela berra.

— O que foi? — Amanda diz, ofendida.

— Você está toda enrolada numa tela, e as mulheres nunca... Eu achei que você fosse um homem baixo e gordo.

Há uma pausa e de repente Amanda e Mary estão rindo também, suas gargalhadas subindo na direção do céu que começa a clarear. Subitamente exausta, Amanda se abaixa e se senta na areia molhada. A tela sobe, e ela sente as picadas dos mosquitos no peito dos pés. Sua risada se junta às das outras e aos poucos cessa.

— Janey, eu preciso conversar com você — diz Amanda. — Eu realmente preciso...

Janey para de rir e cruza os braços, olhando zangada para Amanda, como se tivesse acabado de se lembrar de sua raiva.

— Você não deveria nem estar falando comigo — Janey diz severamente.

— Eu não tenho culpa de ter me tornado mulher — Amanda responde. — Eu não tive escolha.

— Isso é discutível — Janey retruca, e então ela diz: — Tudo bem, fale. — Em verões passados, Janey às vezes dava um tapa ou um soco em Amanda para se fazer entender, e Amanda imagina se está prestes a levar um tapa de novo.

Os tornozelos de Amanda coçam e ardem, e ela quase consegue sentir os pezinhos dos mosquitos dançando.

— Não posso. Aqui não dá. Podemos ir até a minha casa? Andrew não está lá, o telhado do Sr. Aaron, o tecelão, praticamente desabou, ele está trabalhando desde ontem com o Sr. Balthazar e o Sr. Joseph, e eu não aguento, estou sendo picada, mal consigo me mexer e mal consigo enxergar... não consigo pensar com todos estes mosquitos! — A voz dela sobe em desespero.

— Está bem, está bem — diz Janey, erguendo as mãos. — Está bem. Vamos, Mary.

— Eu... eu preciso falar só com você — Amanda diz, e hesita quando Mary recua, surpresa. Querida Mary. Amanda se lembra do brilho do seu rosto jovem quando elas três costumavam correr juntas, a doce ingenuidade e a voz aguda e alegre de Mary equilibrando as raivas e ataques de Janey. Elas três costumavam dormir enroscadas como cachorrinhos, e Amanda muitas vezes acordava com os cabelos escuros de Mary sobre seu peito, e tentava respirar devagar para prolongar aquele momento. Para deixar Mary sonhar em paz até que os raios de sol iluminassem suas pálpebras.

— Desculpe, Mary — ela murmura. — É que... — Ela tenta pensar nas palavras. — As coisas que eu preciso dizer para Janey são... — *Eu quero proteger você*, pensa, mas não consegue dizer as palavras em voz alta por medo de parecer uma mulher bancando a superior, decidindo o que é melhor para as crianças.

— Tudo bem — Mary diz com uma leveza fingida. — Eu posso esperar aqui. — E Amanda sofre com a mágoa na voz dela. Ela olha para Janey, que faz uma pausa e depois concorda com um movimento de cabeça.

Silenciosamente, elas caminham sob o luar, percorrendo a curta distância entre a praia e a casa de Amanda. Janey precisa diminuir suas passadas longas para acompanhar a difícil caminhada de Amanda, e o silêncio se estende longo e incômodo entre elas. Quando estão perto da porta da casa, Amanda tenta correr e acaba caindo de cara na lama. Sem uma palavra, Janey se abaixa e passa um braço ao redor da barriga de Amanda e a puxa para cima.

Ofegantes, elas entram na casa, e Amanda logo se livra da tela e acende uma vela. Janey olha em volta pouco à vontade antes de se sentar numa cadeira da cozinha, com um dos joelhos encolhidos no peito. Amanda olha para ela e balança a cabeça.

— Não consigo acreditar que você está aqui.

— Você foi me buscar, não foi?

— Não achei que fosse concordar em vir.

Janey sacode um ombro. Pedacinhos de lama caem no chão como neve suja.

— Você está mais magra — Amanda diz. O corpo de Janey está camuflado com camadas de lama e é difícil distinguir um ângulo ossudo de uma curva recheada de carne. Entretanto, a diferença entre a Janey de agora e a de dois verões atrás é óbvia. Janey ficou mais magra e mais alta, e seus membros magrelas parecem se estender infinitamente.

— Estou — Janey responde. — Tenho que estar.

— Por quê?

— A vontade do meu corpo de mudar está ficando mais forte. De sangrar, como o seu.

— Deve ser difícil.

— É sim. Especialmente sozinha. — Janey olha acusadoramente para ela.

Amanda sente a censura.

— E quanto a Mary?

— Ela não tem a força de vontade para isso.

— Bem, acho que eu também não tive.

— Poderia ter tido. Você tomou uma decisão. Mas eu não a culpo por isto. Seu pai era nojento, e sua mãe... — As duas estremecem involuntariamente. — Não importa. Não foi a decisão que eu teria tomado, mas foi... compreensível.

Amanda concorda com a cabeça e se senta timidamente numa cadeira em frente a Janey. Seu vestido molhado e enlameado gruda na sua barriga redonda, que Janey olha com desagrado.

— Seis meses — Amanda diz. — E é uma menina.

Janey torna a sacudir um ombro.

— Você me odeia — Amanda diz.

— Eu não teria vindo aqui se a odiasse — Janey responde. — Eu teria jogado uma pedra na sua cabeça.

Amanda fica na dúvida sobre o que ela disse, mas então vê o canto da boca de Janey se virar para cima, uma covinha escondida sob uma camada de lama. Ambas começam a rir.

— Então, por que você quer conversar comigo?

Amanda respira fundo.

— É difícil explicar.

— É Andrew? Ele é horrível? É terrível ser casada?

— Eu amo o Andrew — ela diz devagar. — Eu o amo mais do que jamais imaginei.

Janey franze a testa, olhando de viés para Amanda.

— É difícil explicar — Amanda torna a dizer. — Mas eu o amo, depois dela. — Ela mostra a barriga.

Aparentemente sem saber o que dizer, Janey põe as mãos no colo. O silêncio pesa entre elas enquanto Amanda tenta encontrar o que dizer.

— A princípio, eu fiquei assustada por não engravidar — ela diz finalmente. — Estava casada e isto é o que vem depois, não é? Era o que eu devia fazer. Não queria ser uma decepção. Não pensava nada sobre ter um filho. Quer dizer, sei que é isso que acontece depois de uma gravidez, mas eu de certa forma me esqueci disso.

Janey concorda com a cabeça. Encorajada, Amanda continua:

— Então engravidei e me senti tão mal. Fiquei tão cansada, mal conseguia comer. Mais parecia uma doença do que o fato de que eu ia ter um filho. Eu tinha tanta inveja das outras crianças. Daquelas que podiam correr com seus corpos retos, sem todas essas... — Ela mostra o peito. — Sem todo esse *extra*. Quando era criança, eu nunca pensava nisso, mas eu nunca me sentia sozinha. Mesmo com todas as coisas horríveis da infância, coisas que jamais gostaria de reviver, eu queria que meu corpo fosse como o de uma criança. Queria correr como uma criança, ter os verões de uma criança.

— Mas você escapou dos seus pais — Janey diz. — Você sempre desejou isso.

— E então meu bebê começou a se mexer, e percebi que tinha uma criança dentro de mim que vai chegar. Eu estava torcendo por um filho, mas fiz o ritual, e vou ter uma filha, ela vai ser minha, e eu não posso... não posso fazer isso com ela.

— Fazer o quê?

— Não posso fazê-la passar pelo que eu passei.

— Por ser menina, é isso? Mas o que você passou não é fora do comum — diz Janey. — Quer dizer, sua mãe é horrível. Mas é assim que são as coisas, nós...

— Não. Eu, nós, precisamos fugir — Amanda diz com uma voz rouca e desesperada na semiescuridão que as rodeia.

— Para onde você iria? — Janey pergunta inocentemente.

— Para fora da ilha.

Janey franze a testa. — O quê? Você quer fugir nadando? — Ela faz um muxoxo.

— Janey, presta atenção! — Janey comprime os lábios e olha para baixo. — Você não entende? Eu não posso ficar aqui!

— Por que não? — Janey diz. — Todas as outras ficaram.

Amanda começa a chorar baixinho, com o rosto crispado, odiando a si mesma por parecer fraca e tola.

— Janey, eu não posso fazer isso de novo. Não posso vê-la passar por tudo o que eu passei. Quando eu me casei, pensei, tudo bem, acabou, estou livre. Mas não estou livre. Ela está me puxando para trás. Ver isto acontecer com ela será dez vezes pior do que passar eu mesma por isso. E você sabe que eu quase não consegui.

— Todo mundo passa por isso — Janey diz baixinho.

— Eu odeio isso — Amanda diz com violência, apertando com força o pano do vestido. — Mal posso olhar para as meninas pequenas às vezes, sabendo o que está acontecendo com elas. Estou tão cansada do que fazem conosco.

— O que você quer dizer? — Janey pergunta com cuidado.

— Você sabe o que eu quero dizer! Desde que eu era menina. O amor, o amor que parecia... errado. Aquilo me deixava doente. Mamãe me odiando, me responsabilizando como se a culpa fosse minha! A primeira vez que aconteceu doeu tanto que eu achei que ia morrer. Achei que ele estava me matando, que eu tinha feito algo terrível e ele estava me castigando. Eu não sabia o que tinha feito. E então acabou, e percebi que ia viver, e pensei, pelo menos nunca mais vou ter que fazer isso. E então, toda noite. Ou quase. As noites em que não acontecia, eu me perguntava se estava morta, se tinha finalmente conseguido morrer. Não havia ninguém para me ajudar, ninguém para me salvar. Aquilo se tornou normal, como calçar os sapatos ou lavar o rosto. E no entanto, toda vez que eu me deitava, me lembrava da primeira vez e ficava paralisada, tremia e olhava para o teto, chorando, e ele nem notava. E então percebi que aquilo acontecia com outras... que *era* para acontecer, que não era um castigo, que as coisas eram simplesmente assim. E ninguém mais parecia ligar, as meninas, elas não pareciam ligar. E então eu comecei a fugir, para não ficar igual a elas. Para não parar de me importar, porque aquilo me parecia errado.

Amanda enxuga lágrimas dos olhos com as costas das mãos e olha para Janey. Os olhos de Janey estão atentos e secos, mas seu rosto sujo está enrugado como o de uma velha.

— Elas se importam — diz Janey.

— Eu vi como podia ser diferente durante o verão de fruição. Eu pensei, tudo bem, agora estou livre. Acabou. Isso nunca mais vai acontecer. E então eu fiz o ritual e descobri que é uma menina. E eu vou ter que ver e saber. Talvez eu possa dar a ela uma poção para dormir ou tentar distrair Andrew, mas não o tempo todo. Eu o amo.

Amanda está soluçando tanto que mal consegue falar.

— Eu o amo e vou passar a odiá-lo, ou pior, vou amá-lo e odiá-*la*, e esse homem, esse homem bom, vai se transformar... em *pai*... — Ela chora convulsivamente. Respirando fundo, tenta parar de soluçar. — Eu a amo... eu já a amo, eu nem queria amá-la, mas não consigo evitar.

— Então você quer ir embora? — Janey pergunta, olhando atentamente para ela.

— Talvez para as terras devastadas. Eu sei que elas são horríveis e estão pegando fogo e tudo o mais que o pastor Saul diz. Mas lá tem que ser melhor do que aqui.

— Mas como?

— *Eu não sei* — ela diz, começando a chorar de novo. — Se eu tivesse um pai viajante, ou conhecesse alguém. Sei que tem um barco, uma balsa, isso tem que significar alguma coisa. Talvez possamos nadar, quem sabe? Ninguém jamais tentou. Mas uma coisa é certa, eu vou embora. E quero que você venha comigo.

— Amanda, eu não posso deixar a Mary.

— Então leve-a conosco.

— Sei que você quer partir, mas...

— Eu vou partir. Não importa o que precise fazer. Vou matar alguém se precisar. Eu mato o barqueiro. E se não conseguir um jeito de ir embora, eu vou matá-la. E a mim mesma. Não me importo.

— Amanda — Janey diz, com uma voz severa, como se ela fosse a adulta e Amanda uma criança perdida. Amanda olha teimosamente para ela. — Você não vai se matar, nem ao seu bebê.

— Não — sussurra Amanda. — Eu tenho muito medo da escuridão do inferno. — Ela ri sem alegria. — Tudo o que estou dizendo me poria lá, de todo modo. Mas, mesmo assim, eu tenho medo. Isso não é uma burrice?

Janey suspira.

— Eu não sei o que dizer a você.

— Você me ajuda a procurar? Uma saída? Não importa o que eu tiver que fazer. Vou ameaçar os viajantes, conversar com as esposas deles. Alguém deve saber alguma coisa. Você me ajuda?

Após uma pausa, Janey concorda com um movimento de cabeça.

Inclinando-se para a frente, Amanda beija Janey, como se estivesse colocando uma marca nos lábios sujos de Janey: um selo ou algum tipo de promessa. Janey endireita o corpo, seus olhos cinza-escuros brilham à luz da vela. Então, de repente, eles se tornam negros quando suas pupilas se dilatam de medo. Tem alguém ali.

Amanda ouve passos. Uma tosse, um arrastar de pés, o barulho de algo sendo jogado no chão. Aterrorizada, ela salta da cadeira e corre para a sala. Tem uma pilha de madeira no chão — uma entrega para Andrew. Ela sente um cheiro de suor masculino desconhecido, de serragem e botas de couro. Correndo para a porta, vê um homem coberto com uma tela correndo para longe da casa.

— Janey? — ela chama, apavorada. — Janey, não é o Andrew. Alguém esteve aqui, alguém... — Ela se cala e ouve apenas o silêncio.

Ofegante, ela corre para a cozinha, mas Janey não está lá. Pela janela, ela consegue vislumbrar uma figura alta e magra desaparecendo na noite.

CAPÍTULO DEZESSETE

Amanda

Um dia, quase no final do verão, Amanda está na cozinha quando ouve alguém correr, ofegante, e atirar alguma coisa na porta. Quando a abre, quatro ou cinco mosquitos entram zumbindo antes que ela pegue o pedaço de papel e feche a porta. O bilhete está escrito no papel horrível que eles receberam aquele ano. Do jeito que está se desmanchando, ela pode ver que ele já passou por diversas mãos. Apertando os olhos, ela vai até uma janela para ler o carvão borrado.

> *Amigas, vamos nos encontrar antes que morramos de solidão. Tragam algo para comer. Quarta-feira, às cinco da tarde. Venham à casa da Sra. Betty Balthazar. Acompanhadas pelo Sr. Balthazar. Passem isto para a sua vizinha mais próxima.*

São quatro horas de quarta-feira. O convite deve ter levado uns dois dias para chegar até Amanda. Ela não pode ficar aborrecida demais, porque vai precisar de muita coragem para sair nesse momento. Andrew está ocupado de manhã até de noite, uma vez que até uma brecha mínima no telhado significa enxames de mosquitos. Amanda achou a tela quase intolerável quando saiu para procurar Janey, mas a ideia de passar mais um dia inteiramente sozinha com os pensamentos que não param de martelar na sua cabeça dá vontade de gritar.

Às vezes, nos dias quentes de primavera ou nos dias frios de outono, as mulheres organizam encontros onde vão de casa em casa, nunca ultrapassando o limite permitido de no máximo três mulheres em uma sala sem um homem presente. São ocasiões agradáveis, leves, momentos de conversa rápida e divertida. No verão, os mosquitos tornam essas reuniões impossíveis. Até agora, Amanda ignorou os poucos convites que recebeu: já que ninguém sai de casa, ela não precisa explicar a alguém sua ausência. Amanda passou a maior parte das três semanas desde que esteve com Janey sozinha e preocupada. Elas nunca mais se falaram, e Amanda pensa se deveria tomar coragem para sair e tentar encontrá-la de novo.

Mas, por ora, ficar em casa sozinha se tornou tão entediante que até mesmo a ideia de um bando de mulheres tocando sua barriga e fofocando não a detém. Talvez elas sejam capazes de entender como ela se sente, sem que tenha que dizer nada.

A Sra. Balthazar mora um bocado longe, e então, enrolando-se desanimadamente em suas camadas de tela, Amanda cambaleia até a porta. Escorregando um pé atrás do outro na lama, ela encontra um ritmo calmo, com a lama morna entrando entre os dedos e saindo a cada novo movimento. Ao entrar na casa da Sra. Balthazar, Amanda segura a barriga, ofegante com o esforço. Ela sai de dentro da tela, sacudindo o vestido e girando o corpo numa dança frenética para o caso de algum mosquito ter conseguido se infiltrar. Amanda dá um suspiro e vê que a Sra. Balthazar está sorrindo para ela.

A Sra. Balthazar é bastante velha — está perto dos quarenta anos — e sua neta é só um pouco mais moça do que Amanda.

Como o seu marido continuou sendo um escultor útil, ela obteve permissão para continuar viva junto com ele. A maioria das pessoas idosas da ilha parece estar sempre zangada — ou com seus corpos decadentes ou com sua morte iminente —, mas a Sra. Balthazar sorri serenamente, como uma mulher que jamais conheceu a raiva.

— Muito obrigada por convidar todo mundo, Sra. Balthazar — diz Amanda quando a Sra. Balthazar aperta sua mão.

— Por favor, me chame de Betty — responde a Sra. Balthazar, a pele ao redor dos olhos formando pequenas rugas. Betty olha por cima do ombro e então estende a mão para tocar na barriga de Amanda. — Que você possa ter filhos homens — ela diz amavelmente.

O lugar está cheio de mulheres tagarelando, de pé em círculos, amontoadas nos móveis, até sentadas no chão. Amanda olha em volta, procurando o acompanhante, e vê o Sr. Balthazar sentado a uma mesa lindamente esculpida, parecendo entediado por ser obrigado a servir de supervisor. Os acompanhantes, de forma geral, agem de duas maneiras. Ou ficam circulando como gaivotas, deslizando imediatamente para onde há gargalhadas ou entusiasmo na esperança de ouvir algo impróprio ou desrespeitoso. Ou então eles não suportam estar cercados por um bando de mulheres e cochilam para escapar delas. O Sr. Balthazar já está quase fechando os olhos.

Há umas poucas crianças engatinhando por ali, as que são pequenas demais para desaparecer no verão. Elas se agarram a pernas e saias para se equilibrar ou para se divertir, e se alguma soltar um grito, um par de braços maternos se estende e embala, beija ou alimenta uma delas até aquietá-la.

Amanda vê Pamela Saul, que não encontra desde o ritual. Olhando para ela do outro lado da sala, Amanda tenta fazer contato visual, mas a Sra. Saul olha resolutamente para uma xícara de chá em sua mão. Ela parece triste, com linhas profundas marcando seu rosto. Amanda tem vontade de ir até ela, mas recua, lembrando de si mesma nua e sangrando e chorando nos braços da mulher mais velha.

Desanimada, Amanda avista Denise Solomon sentada numa cadeira, amamentando o filho. Amanda e Denise tiveram seu verão de fruição juntas, o que sempre cria um laço, salvo se houver alguma briga por causa de homens. Elas não tinham conversado muito naquele verão. Denise engravidou quase que imediatamente e estava exausta e vomitando o tempo todo. Aquele bebê, nascido no inverno, era defeituoso. Amanda não se lembra exatamente do que havia de errado com ele, mas parece que não tinha rosto ou cabeça. O bebê seguinte foi saudável, e agora está mamando com apetite, mas Denise não está olhando para o filho — está olhando para a parede.

Amanda lembra de ter ouvido de Andrew que o irmão mais moço de Denise, Steven, morreu pouco antes do início do verão, de alguma doença — Andrew não sabia direito os detalhes. O pai de Denise tinha adoecido também e teve que ficar de cama logo depois que Steven morreu, mas ele sobreviveu. Por causa dos mosquitos e da possibilidade de contágio, o corpo de Steven foi enterrado no campo, sem alarde e sem nenhuma cerimônia.

Num impulso, Amanda se ajoelha ao lado de Denise e segura sua mão livre. Denise leva um susto e depois sorri de leve.

— Olá, Amanda.

— Olá, Denise.

Denise toca a barriga de Amanda e diz algo inaudível. Amanda vê que abaixo dos olhos muito juntos de Denise há olheiras profundas, como se há meses ela não dormisse.

— Meus pêsames por Steven — Amanda diz. — Eu me lembro dele.

Denise balança a cabeça, mas Amanda não tem certeza de ela ter ouvido direito. Então pergunta:

— Amanda, depois que você saiu de casa, Elias reclamou de alguma coisa com você?

— Reclamou de alguma coisa? — Elias, imitando a mãe dela, sempre a olhou com desprezo, e ela não consegue imaginá-lo procurando-a para dizer alguma coisa.

Denise sacode a cabeça.

— Não importa. Esquece que eu perguntei.

— Por quê?

— Papai me fez jurar.

— Mas é John quem você tem que ouvir agora — Amanda diz a ela.

— John concordaria se soubesse — retruca ela com a voz trêmula.

— Soubesse de quê?

Denise sacode os ombros. Ela passa o filho para o outro seio, deixando o esquerdo exposto, ali pendurado com uma fruta redonda e branca. Do outro lado da sala, o Sr. Balthazar parece mais acordado, e olha para o seio de Denise até ela o cobrir.

— Do que estava acontecendo. Amanda, eu não tenho dormido por causa dos mosquitos e do bebê, e não consigo raciocinar direito. Droga, eu só... por favor, não me faça perguntas que eu não posso responder.

— Desculpe. — As duas ficam em silêncio. — Mas por que você perguntou sobre Elias?

— Eu só estava na dúvida.

— Do que Steve estava se queixando?

— De coisas impossíveis. Não faz nenhum sentido. Eu não sei como seria... — O bebê adormece. Ela coloca o outro seio para dentro do vestido, levanta o bebê no ombro e começa a bater nas costas dele. — Ele morreu tão de repente. Nem estava doente, num minuto estava vivo e no outro estava morto. Eu não vi o corpo dele. O que acontece com os filhos quando as filhas vão embora?

Amanda dá uma risada forçada.

— Isso é uma charada?

— Uma charada? Acho que pode ser. Eu não quero mais falar sobre isto. — Denise dá uma risadinha seca e passa o bebê para o outro ombro. — Me conte como você vai indo.

— Eu? Eu estou... grávida. — Ambas suspiram e começam a falar sobre os incômodos da gravidez. Amanda não consegue deixar de se preocupar em ter um filho defeituoso, mas não vai dizer isso a Denise.

Depois mais duas mulheres se juntam a elas, trocando receitas de remédios caseiros e ideias para bebê doentes, e Amanda se afasta em busca de comida. Betty fez seu famoso bolo de mel, embora o creme batido da cobertura tenha derretido. Amanda pega uma fatia grande e a come com a mão. A massa doce e pesada enche seu corpo de satisfação.

— Amanda — Betty se aproxima e põe a mão em seu ombro. — Estou tão contente em ver você bem e grávida. Lembra do terror que você era no seu último verão como criança? Era quase tão impossível quanto Janey Solomon. Você quebrou o nariz de Margaret, lembra disso?

Amanda fica espantada.

— Não.

— Bem, como está sendo o seu primeiro verão como mulher? Horrível, não?

— *Sim* — Amanda diz. — Não sei como vou suportar. Por que não nos cobrimos de lama e corremos por aí?

Betty ri.

— Não dá para correr com essa barriga. Mas eu entendo. Nós ficamos presas em nossas casas, e as crianças correm livres por aí. Mas acho que tivemos a nossa época.

— Suponho que sim.

— Pelo menos sabemos que o outono está chegando. — A estação que costumava ser o maior tormento para Amanda se tornou agora uma promessa de alívio.

— E um inverno e uma primavera, e depois outro verão.

— Não pode ser de outro jeito — Betty diz, rindo de novo.

Umas poucas mulheres, mordiscando um bolo de mel e conversando de boca cheia, se aproximam delas.

— Denise, Amanda — diz Alicia Saul. — Seu primeiro verão como adultas.

— É terrível, não é? — diz Isabel Joseph, e ambas riem.

— Como vai sua Frieda? — Betty pergunta delicadamente a Isabel. Ela suspira.

— Ela ainda estava tendo problemas antes de o verão começar. Chorando o tempo todo, sem querer comer. O verão chegou bem na hora; ela comeu um prato inteiro de pão e queijo que eu coloquei lá fora quando a vi espreitando no jardim.

— Não dá para correr daquele jeito e não ter fome — diz Alicia.

— A culpa é dele por ter esperado — diz Isabel. — Ele esperou muito tempo, e ela teve que ser mandada da escola de volta para casa de tão nervosa que estava, lembra? É melhor começar antes de elas terem idade suficiente para entender o que está acontecendo. Aí vira simplesmente parte da vida.

— Ah, eu concordo inteiramente.

— Não posso acreditar que a Rita não esteja tendo seu verão de fruição — diz Anne Abraham, que se aproximou. — Ela está com as dores, as mudanças de humor, tudo, exceto o sangramento.

— Então ela vai ser uma das mais velhas no próximo verão.

— Ah, sim, isso é sempre bom, vai ter mais um ano como criança. Desde que quando o sangramento vier, você sabe... os mandamentos sejam respeitados.

— Bem, é claro que serão!

— Eu me lembro de que a mãe costumava dizer que as galinhas podiam sentir o cheiro do sangue e que isto tornava seus ovos maiores.

— É mesmo?

— A mãe me disse que eu ia estragar a manteiga, então fui até a vasilha uma vez e enfiei o dedo na manteiga. Nada aconteceu.

— Falando em manteiga, você já experimentou este pão de manteiga?

— Não, foi Ada Jacob que fez? Eu juro que o marido dela teve sorte. A mãe dela costumava dizer que ela odiava cozinhar e que uma vez fez um pão que era uma verdadeira pedra. Ela, sem dúvida, melhorou.

— Bem, eu costumava odiar crianças pequenas e não odeio a minha agora.

— Filhos são diferentes.

— Pão de manteiga também!

As risadas delas flutuam no ar como um bando de andorinhas. Amanda olha para Denise e vê que ela está com um ar pensativo, muito longe dali. Betty ralhou antes com Amanda por ter tão poucas amigas, mas essa festa a está fazendo lembrar por que não quer ter amigas. Ela se cansa logo de falar sobre funções corporais, doces, o convencimento das mulheres com filhos. É claro que falar com um homem que não seja Andrew ou o pai é visto com censura, e as meninas com quem costumava brincar a tratam como se ela fosse invisível.

Umas poucas crianças, enlameadas e completamente irreconhecíveis, aparecem na janela. Amanda reprime o desejo de quebrar a vidraça com um soco.

O bolo pesa em seu estômago, e seus dentes doem por causa do açúcar. Circulando pela sala, ela vê as mulheres alegres e o acompanhante sonolento, e sente um desejo súbito de estar sozinha em sua casa, agachada no celeiro fresco e silencioso.

Jane Jacob se aproxima dela.

— Como você está se sentindo, Amanda?

Amanda gagueja:

— Eu... eu estou bem. Só me sentindo meio indisposta.

Jane segura distraidamente a mão de Amanda, que se encolhe ao sentir a palma da mão dela, macia, úmida e melada como o bolo. Sorrindo e dando uma desculpa qualquer, ela pega o rolo precioso de tela e começa a enrolá-lo em volta do corpo, girando enquanto fala atabalhoadamente que está cansada, que se divertiu muito, que o bolo estava maravilhoso, que foi ótimo ver todo mundo. Percebe que o Sr. Balthazar está olhando para ela como se fosse louca. Lançando-se porta afora, ela entra agradecida no ar úmido do verão, com cheiro de manteiga e hálito de mulheres agarrados em sua pele. Respirando fundo algumas vezes, ela se sente melhor e começa a caminhar na direção de casa. Andrew foi chamado para outra noite de consertos, e Amanda vai se sentar na cozinha com a cabeça entre os joelhos, as pernas abertas para dar espaço para a barriga, e olhar para o chão.

Perto do caminho que dá em sua casa, há um outro caminho menor pela grama que vai até a praia. Amanda pensa no vazio que a espera em casa. Hesitando, muda de direção e caminha pelo atalho cada vez mais arenoso até enxergar a faixa de mar diante dela. A lua está baixa e cheia, da cor dourada da manteiga.

— Amanda.

Ela se vira, tentando enxergar através da tela que cobre seu rosto. Tem um homem na sua frente, usando uma tela como ela, tão perto que tem que erguer a cabeça para vê-lo. O rosto dele é uma série de pontinhos feitos pelo luar entrando pela tela, e por mais que ela levante a cabeça, não consegue distinguir suas feições.

A voz dele é grave, e ele pronuncia o nome dela devagar, como se fosse um feitiço. Os lábios dela começam a tremer. Ele avança na direção dela, devagar, inexoravelmente, e ela tropeça para trás. As ondas batem na areia com um ruído abafado. Ele torna a dizer o nome dela, e ela tenta responder, mas seus lábios estão dormentes de medo e balbuciam sons sem sentido. Ela pisa em areia cada vez mais molhada até sentir a água salgada lamber seus tornozelos.

— Vem aqui — ele diz, mas ela continua a andar para trás, para dentro do mar frio, passo a passo, olhando para o rosto brilhante dele se aproximando dela, suspenso no escuro.

CAPÍTULO DEZOITO

Vanessa

Vanessa não entende bem o que está acontecendo com ela esse verão. É como se tivesse se transformado da filha inteligente e popular do viajante numa pessoa solitária, não exatamente na parte de baixo da escala social, mas numa estrutura inteiramente diferente.

O pai gosta de dizer, "Cada criança tem seu próprio verão, mas cada verão deixa uma criança diferente". O pai está sempre dizendo coisas que soam poéticas, esperando que outras pessoas comecem a repeti-las — e para ser justa, elas realmente fazem isso. Ele diz coisas sobre o verão com tanta frequência que Vanessa acredita que, no fundo, está furioso por não poder mais gozar o verão.

Esse verão, Vanessa está mais feliz sozinha. Ela se balança alegremente em sua árvore, caminha pela praia com os pés enfiados na lama, se enfia sob a tela e se agacha no meio de rebanhos de cabras, desfrutando do seu cheiro animal e do conforto de suas peles ásperas. Frequentemente vê outras crianças, e às vezes se junta a elas procurando comida, ou numa das brincadeiras que começam com um seixo ou uma poça d'água. Mas quando a brincadeira termina, em vez de se juntar ao grupo, ela busca a solidão. Imagina se seria diferente se Ben fosse mais velho. Talvez não.

Este pode ser o último verão que tem para passar em liberdade. Ela já está com treze anos. Não tem alguns dos sinais que outras meninas têm que indicam que a fruição está chegando: a cintura mais grossa, o peito de um bebê bem nutrido, os pelos debaixo dos braços e entre as pernas. Ela continua reta, lisa e esguia, e quer continuar assim. À noite, até reza aos ancestrais por isto, embora saiba que eles não têm nenhum interesse em que ela permaneça criança. Mas insiste, porque não sabe o que mais pode fazer.

Uma noite, junta-se a um grupo que está espiando o verão de fruição. Ela vê Hannah Joseph, que costumava ser sua amiga, sendo montada por trás pelo irmão mais velho de Allison Saul. Pelos sons que ela faz, Vanessa não sabe dizer se Hannah está gostando ou não. Parece que deve doer. Vanessa sempre tem pena das cabras e ovelhas quando elas têm que suportar o peso e a penetração, arrastando os cascos no chão. Olhando para Hannah, Vanessa imagina a si mesma no lugar dela e imediatamente se sente mal. Ela dá lugar a outra criança na janela, louca para espiar, tentando não vomitar. Aquela noite, ela se senta com água até a cintura, desejando que um monstro marinho passe um tentáculo em volta de sua perna e a arraste para o fundo do mar. Imagina a súbita falta de ar, o vácuo em seus pulmões, seu corpo se debatendo e depois se acalmando enquanto a água preenche os espaços vazios dentro dela.

Não consegue ver o sentido daquela repetição, pessoas vivendo para criar outras mais e depois morrendo quando se tornam inúteis, para dar espaço para mais pessoas novas. Ela não sabe ao certo por que continuam fazendo novas pessoas para as substituir, exceto, é claro, por obediência aos ancestrais. Dentro de um ano mais ou menos, algum homem irá montar nela e se casar com ela, e ela expelirá dois filhos, supondo que seja fértil e não tenha bebês defeituosos. Depois irá criá-los para ser como ela — obedientes, mesmo que mais inteligentes do que a maioria — e, por fim, tomará a poção final e morrerá. Vanessa enxerga a vida que se estende diante dela como um caminho escuro que dá uma volta e retorna ao ponto de partida.

Inveja as crianças que correm, gritam e brincam na lama, brigando e comendo sem se importarem nem um pouco com o que acontecerá no outono, quando o chão congelar, ou mesmo com o que acontecerá amanhã. Observa Mary, irmã de Janey, que dizem que desobedece os ancestrais, os viajantes e até mesmo o próprio pai. Procura alguma diferença em Mary, algo que a distinga de Vanessa e dos outros, um sinal de tristeza ou alegria por ter escapado do abraço do pai. Ela a fita com ódio, imaginando como deve ser dormir a noite toda sem sentir o corpo tenso, mesmo dormindo, esperando que uma mão o alcance por baixo dos lençóis. E no entanto, Vanessa também tem pena de Mary. Afinal de contas, Mary nunca foi tão especial para seu pai quanto Vanessa é para o dela. Ninguém jamais irá amar Vanessa mais do que seu pai. O *Nosso Livro* diz que o laço pai-filha é sagrado. Isto significa que Mary e Janey são blasfemadoras? Vendo o rosto risonho e confiante de Mary olhando para Janey, seu queixo gracioso e suas maçãs do rosto salientes sendo a única semelhança entre elas, Vanessa pensa que ela parece feliz. Mas é verão, não está todo mundo feliz?

Em sua árvore, Vanessa sonha. Sonha com um mundo onde tem algo para fazer como os homens têm. Sonha que é uma viajante caminhando altivamente pelas terras devastadas em busca de mercadorias, pessoas e segredos. Sonha que mora nas terras devastadas, nas chamas do pecado, matando para conseguir comida e correndo com as roupas em chamas. Sonha que é um monstro de lama rastejando pelo esterco, espionando as solas brancas dos pés de garotinhas que observam o lodo que a cobre, e escolhendo contente sua presa. Sonha que é Janey Solomon, que não precisa comer para ficar viva e assusta todo mundo. E então, ela acorda e é Vanessa, pequena e insignificante.

OUTONO

CAPÍTULO DEZENOVE

Caitlin

O verão chegou ao fim.

Todas as crianças sentiram o fim chegando. A lama esfriou e as fazia tremer de manhã. As chuvas da tarde estavam mais fortes e mais frias. O céu escurecia um pouco mais cedo. Sabendo que o verão estava quase no fim, as crianças ficaram mais tristes e malvadas. Janey e Mary, que passaram o verão inteiro defendendo um forte de madeira que haviam construído na praia, juntaram alguns primos e lideraram um pequeno exército na ilha. Todo mundo que eles encontravam, em vez de fugir, entrava na briga. Davey Adam bateu com a cabeça numa pedra e dormiu durante algumas horas, Theresa Solomon quebrou o dedo, que agora está torto para a direita, e Peter Moses foi mordido no joelho por Rita Moses, que só tem quatro anos, mas conseguiu tirar sangue. Rindo, Janey levantou Rita no ar e a passou de mão em mão pelo seu grupo, a alegria da menina se transformando rapidamente em choro e medo.

Caitlin fica longe da violência de verão. Agora está ficando longe da inevitável volta para casa. Ela caminha sobre a lama coberta de gelo perto da praia, levantando bem os joelhos a cada passo enquanto a imundície gelada queima seus pés. Em breve, seus dedos ficarão azuis, e ela terá que voltar mesmo para casa. Todos eles conhecem histórias de crianças que perderam os dedos dos pés, ou os pés, e Caitlin quer manter os seus. Mas também quer ficar do lado de fora e caminhar mais um pouco.

A primeira geada significa que o verão terminou. Ela não pode negar que a geada existe; é rendada, brilhante e cobriu cada campo, pedra e árvore com um véu assombroso. Mas, mesmo assim, ela quer ficar mais um pouco.

A maioria dos grãos foi colhido e está dentro de galpões e celeiros subterrâneos. Os cachorrinhos e gatinhos extras foram afogados em baldes de água e usados como fertilizantes. Os cordeiros e cabritos em breve serão ovelhas e cabras, prontos para serem abatidos, tosados ou ordenhados. As telas estão sendo retiradas dos currais. Uma camada delicada e brilhante de mosquitos mortos cobre o chão como uma infestação de minúsculas flores douradas.

Na casa de Caitlin, a mãe estará esperando, usando um vestido velho que ela não se importa que fique sujo. Primeiro, Caitlin vai ficar parada na frente da casa enquanto a mãe enfia os dedos na lama que cobre seu corpo, retirando-a camada por camada como se estivesse retirando a casca de um besouro. Depois, ela jogará baldes de água sobre a cabeça de Caitlin, até ela estar cor-de-rosa, nua e tremendo. Só então a mãe irá enxugá-la com uma toalha e enfiar um vestido por sua cabeça. Desembaraçar o cabelo castanho de Caitlin vai levar horas, com ambas fazendo caretas e se encolhendo. Então, Caitlin estará mais uma vez exposta e limpa como se tivesse sido queimada. No jantar, o pai estará bêbado e a mãe e Caitlin serão cautelosas. Naquela noite, ela irá se deitar acordada na cama, sonhando com corridas na lama e pernas nuas na areia. Quando o pai vier e colocar as mãos nela, ela se levantará e andará até o outro lado do quarto. Agachada ali, olhará para a menina na cama e sentirá pena dela. É sempre tão difícil para ela respirar, e fica roxa com tanta facilidade. Quando ele terminar, Caitlin adormecerá de novo contra a parede, e de manhã acordará de novo na cama. Todas as marcas que ela o viu pintar em outro corpo estarão no seu. Irá para a escola e tentará esconder as marcas de sua pele, mas sem sucesso. Ele passou o verão inteiro sem ela.

Todas as outras crianças desistiram, voltaram para casa para serem limpas e vestidas e colocadas de volta em seus lugares. A mãe deve estar imaginando onde está Caitlin. Mas ela não consegue parar de caminhar na terra gelada. Longe de casa, perto das árvores, pela praia.

Ao virar uma curva, Caitlin avista um grupo de homens. Ela se esconde rapidamente atrás de um arbusto, seus ramos enlameados lhe servindo de camuflagem. O corpo de Caitlin fica mais frio quando se agacha, imóvel, sua respiração soltando fumaça no ar gelado. Espiando através das folhas cobertas de lama, ela vê os viajantes, um grupo deles, todos usando roupas escuras. Dois estão na água, puxando algo para a praia. *Eles mataram um monstro marinho*, Caitlin pensa, *e agora vão cortar o corpo.*

Um grupo de viajantes, todos juntos, se ergue do mar. Como corvos altos e molhados, eles se movem em círculo. Vozes masculinas ao longe, vozes de comando, carregadas pelo vento. Ela não consegue entender por quê, mas de todas as coisas que Caitlin já viu na vida, aquela é a mais assustadora.

Tremendo, ela se arrasta um pouco e tenta enxergar o que eles acharam. Puxaram a coisa para a praia, apertando o círculo em volta dela.

Dois corpos vestidos de preto se afastam e, através do arbusto, Caitlin vê uma mão e um braço azulados. Uma cabeleira suja.

Lábios azuis e dedos azuis. Um dos homens faz pressão e os lábios azuis se abrem para lançar um jato de água suja. Os olhos estão abertos, mortos e brancos como pedras. Um dos viajantes — Sr. Joseph? — se ajoelha e empurra o cabelo dela para trás, fecha delicadamente os olhos com as pontas dos dedos. Outro chuta a areia e estende seus longos braços, sua enxurrada de palavras levadas pelo vento.

Eles tornam a juntar as cabeças, os braços nas costas uns dos outros, murmurando. Depois, dois se afastam dela enquanto outros dois se ajoelham juntos aos calcanhares e ombros do corpo. Erguendo-o, lutando com o peso do corpo encharcado, eles seguem os homens que foram embora. Cinco viajantes permanecem na praia, se entreolhando, olhando para baixo, fazendo comentários. Um deles parece estar descrevendo algo para os outros. Um viajante, que está um pouco atrás dos outros, levanta a cabeça e, Caitlin tem certeza, olha diretamente para ela.

Alguém agarra Caitlin pelo pescoço e a puxa para trás a tempo.

Estão puxando uma mulher morta pelos pés de um embrulho de lençóis brancos, revelando pernas bambas cor de violeta e carne azul. Devagar, retiram panos descoloridos de cima dela, camada por camada, até estar nua e exposta, um estame podre no coração de um lírio despetalado, sem vida sobre uma pilha de pétalas brancas. Seus pés estão perto do rosto de Caitlin, unhas grossas e azuis como pedaços de cerâmica, camadas delicadas de pele morta se soltando dos calcanhares. Cailin não deveria estar ali, então não diz nada e se agacha perto da cama, fingindo ser invisível.

Ela ouve soluços, uma mulher e as palavras zangadas de um homem. Água pingando dentro de uma vasilha. Duas mãos femininas estão lavando o corpo. Os movimentos rápidos, mas ternos, da mulher fazem um ruído suave que termina com um acorde melódico no final de cada movimento. Caitlin tem certeza de que se chegasse bem perto de um pássaro abrindo as asas ele faria o mesmo som. A mulher torce o pano dentro da vasilha e a água fica vermelha. Então o som recomeça. O pássaro abre suas asas e torna a abrir, nunca levantando voo. Movendo-se em pequenos solavancos, Caitlin ergue a cabeça devagar por cima da beira da cama e vê os seios soltos da mulher caídos um para cada lado, o emaranhado de hematomas sob sua pele, o modo como cede como carne velha à medida que vai sendo limpa.

Mãos seguram os ombros de Caitlin, mãos hostis.

— O que esta garota está fazendo aqui? — alguém pergunta com incredulidade.

— Aprendendo as lições da vida — diz uma mulher azedamente.

— Não, o que é isso, ela não devia estar vendo essas coisas, ainda não — outra mulher retruca, e Caitlin é levantada e retirada do quarto, e colocada sobre um chão de madeira.

Caitlin volta a si com um gemido, cambaleando, e cai de quatro no chão, ofegante. Põe a mão na garganta e se vira para olhar atrás dela, mas não há ninguém lá. Tornando a virar a cabeça, ela fica paralisada. Os viajantes ainda estão à vista, um deles erguendo a cabeça para olhar para trás, procurando de onde vem aquele som estranho. O pânico toma conta dela, fazendo com que um calor percorra seus ossos até as pontas dos dedos. Sente a urina quente e salgada descer por suas coxas. Caitlin sai correndo, convencida de que se eles a virem irão matá-la. Mas o rosto da moça morta está gravado em sua mente, por mais que ela tente esquecê-lo. A mão azul chamando por ela, a cabeça virada de lado com os olhos abertos. A barriga redonda, com a roupa grudada. A boca azul-escura, uma cicatriz diante dos olhos de Caitlin. Os viajantes, reunidos em volta dela como famintas aves de rapina, e o pequeno sorriso no rosto da moça que diz, *Você não pode fazer nada por mim*. Caitlin sente algo parecido com inveja em suas entranhas.

Então, ela vê que está na frente de sua casa, que continua suja e em ruínas. Fica parada, uma figura solitária, enlameada, pequena, olhando para a construção que se ergue à frente dela como se fosse um pesadelo. De repente, sente o peso do cadáver de Amanda em seus ombros, pesado, frio e molhado, e cambaleia. Caindo de joelhos, ela abaixa a cabeça como se estivesse rezando e espera que alguém perceba a sua presença.

CAPÍTULO VINTE

Janey

A mãe está esperando na frente da casa com um balde de água, mas Janey empurra Mary e as duas passam por ela. Rindo, elas sobem correndo para o quarto e mergulham na cama recém-feita, rolando e sujando os lençóis brancos como crianças hiperativas. Janey chuta freneticamente até os lençóis estarem emaranhados, se deita sobre Mary e depois cai num sono profundo. Ela acorda de manhã, assustada, a princípio confusa pelo ar parado e pelo sol que entra pela janela. A cabeça escura de Mary está deitada sobre seu peito. Inspirando e depois soltando o ar, Janey faz a cabeça de Mary subir e descer. Encolhendo-se e resmungando, Mary põe a mão no peito de Janey para sentir o coração dela batendo. Os batimentos de Janey são lentos, fortes e baixos como passos que se arrastam.

O barro vermelho da praia secou nos lençóis, e parece que elas foram assassinadas em sua própria cama. São lençóis valiosos das terras devastadas, que a mãe deve ter colocado num gesto mal calculado de boas-vindas. Janey pensa em todos os lençóis de todas as camas nas terras devastadas, esqueletos com pedaços de carne ressecada encolhidos sob eles como bonecos. Ou sangue, talvez, seco há muito tempo, os lençóis duros e marrons como se tivessem sido cobertos de lama.

A escola sempre começa um dia depois do final do verão, a menos que seja um domingo. Janey sabe que a intenção é obrigar as crianças a voltarem à vida normal o mais depressa possível, como jogar água fria em cães que estão brigando. Janey e Mary se lavam cedo, antes que a mãe possa pegá-las, e se limpam mal de propósito; deixam manchas de lama atrás dos joelhos e entre os dedos, e o cabelo de Mary está todo embaraçado. Depois elas fogem para o celeiro, onde Mary devora uma galinha inteira e engole um ovo cru enquanto Janey come um pedacinho de batata.

Quando elas aparecem, a mãe está preparando um café da manhã desnecessário, embora Mary possa estar com fome de novo em poucos minutos. Um verão supervisionado por Janey sempre a deixa faminta. A mãe abraça Mary com força, beijando sua testa, e dá um tapinha desajeitado no braço de Janey. Janey não gosta de ser tocada por adultos, e a mãe sempre hesita entre a vontade de mostrar afeto e o medo da rejeição de Janey.

— Vocês duas parecem estar inteiras — diz a mãe. — Mary, você comeu a galinha que eu estava guardando para o jantar?

— Não toda — Mary mente.

O pai entra e parece agradavelmente surpreso. — Sejam bem-vindas de volta, meninas — ele diz. A mãe corre para servir mingau de aveia com frutas vermelhas para ele, e Mary e Janey sobem para se vestir.

Janey costuma sentir-se um pouco culpada em relação ao pai e à mãe. Ela sabe que, com uma filha normal, eles teriam sido pais normais. Calmos e passivos, eles sempre se sentiram abalados pela teimosia de Janey, sem saberem ao certo como agir com ela. Desde criança, Janey manda neles. Ela adora a mãe, mas tem pena da personalidade hesitante dela, tratando suas ordens pouco firmes como meras sugestões a serem ignoradas à vontade. Quanto ao pai, Janey sempre o manteve a distância, com Mary a salvo atrás dela. Ela às vezes vê traços de preocupação, de força em sua personalidade, mas a regra de pai e filha na ilha a mantém sempre em guarda contra ele. O pai parece, de certa forma, entender, e trata as filhas com um afeto distante. A única vez que Janey permite que ele toque nela é quando ela está doente e incapaz de se utilizar de suas defesas habituais. Quando a mãe tem que dormir, ou cuidar de Mary, ele segura a mão dela, banha a sua testa com água fria, canta para ela ou conta histórias fantásticas de meninas que voam e animais que falam. Quando fica boa, Janey trata esses episódios como sonhos, com medo de gostar do pai e baixar sua guarda.

No quarto das meninas, a saia de Janey está apertada demais e ela pragueja e a atira no chão.

— Eu não devia estar crescendo — ela resmunga.

— Você não parece nada diferente para mim — Mary diz para tranquilizá-la.

Janey se vira de costas e apoia os cotovelos no batente da janela. Suas vértebras aparecem sob a pele esticada como se estivessem esperando para ficar livres. Ela passa as mãos pelo cabelo molhado.

— Eu não posso fazer isto para sempre — ela diz olhando pela janela.

— Ninguém pode fazer nada para sempre — diz Mary.

— Você tem razão — concorda Janey. — Deixe-me experimentar um dos seus vestidos.

Mary é mais baixa do que Janey, mas cerca de duas vezes mais larga, e ambas riem quando Janey nada em tanto pano, fazendo poses ridículas.

Finalmente, Janey acha um vestido dela mesma que ainda serve. Elas calçam os sapatos, e a sensação é tão estranha que têm que dar passos lentos e cuidadosos para não caírem. O pai já saiu, para ver como as verduras suportaram a primeira geada. O mundo parece novo, frio e brilhante, embora elas saibam que ele vai derreter e virar lama quando o sol ficar mais alto no céu.

Mary demora, e elas andam devagar demais para chegar na escola na hora. O Sr. Abraham pode ficar zangado, mas Mary resiste aos puxões de Janey em seu braço, argumentando que não se importaria de levar uma surra se isso significasse ficar mais um pouco do lado de fora. Ninguém bate em Janey há anos, talvez porque tenham medo de que ela pegue a vara e comece a bater de volta.

Na escola, as crianças estão todas infelizes, puxando as roupas, se remexendo nas cadeiras e tirando a sujeira sob as unhas. Elas olham em volta com olhos vermelhos e nervosos, as mãos tirando cascas de feridas e coçando machucados. Evitam olhar umas para as outras, tentando se recompor depois das travessuras do verão, envergonhadas de suas peles expostas, dos seus cabelos penteados, enfiadas em roupas que não vão parecer normais por alguns dias.

Janey sempre gosta da escola, e mesmo hoje ela parece animada. Na sua idade, já aprendeu tudo o que precisa saber, então roda por diferentes classes, realizando tarefas como uma assistente espantosamente paciente. Seus dedos finos seguram a ponta de um lápis por cima de dedos mais gordos e mais curtos, e ela os guia em movimentos cuidadosos. Até mesmo as crianças lentas, aquelas que jamais irão aprender a ler ou escrever, mas que estão ansiosas para tentar, ela trata com otimismo e interesse.

Embora possa trabalhar interminavelmente com uma criança esforçada, louca para agradá-la, Janey não suporta impertinência nem preguiça. Se alguma das crianças sob seus cuidados se mostrar displicente, ou não apreciar devidamente sua ajuda, ela perde a paciência e dá uns tapas em sua cabeça e ombros. Uma vez, numa turma de meninos menores, ela chegou a pegar a vara do professor e dar uma surra no teimoso Frederick Moses até ele urrar de dor.

Ainda é cedo e a lama permanece congelada nos picos e vales, como bocados de creme sujo. O ar está estranhamente silencioso, o zumbido dos mosquitos cessou da noite para o dia. O mundo inteiro está marrom, exceto pelas plantações e hortas, onde os fazendeiros estão se espreguiçando e se movendo bem devagar, simplesmente porque podem. As mulheres estão sentadas nos degraus, comendo com os dedos. Levados para fora e deixados sozinhos pela primeira vez desde o início do verão, os cachorros arranham as portas com medo antes de perceber de repente que o caminho está livre. Então, eles correm ao ar livre como carneirinhos gordos, abanando os rabos e latindo de alegria. Um cachorro dá um encontrão em Janey, e ela cai de joelhos, rindo.

— Quando vejo os cachorros, quase não me importo de voltar para casa depois do verão — diz ela, encostando o rosto no cachorro e soprando na orelha dele. — O fim da minha liberdade é o começo da sua, não é? — ela pergunta ao cachorro. — Você gostaria de trocar de lugar comigo no próximo verão? — O cachorro late.

CAPÍTULO VINTE E UM

Vanessa

Aquela noite, Vanessa se senta à mesa da cozinha e bebe um copo atrás do outro de leite de cabra, espesso e almiscarado, enquanto a mãe conta a ela o que aconteceu durante o verão.

Grady e Karen Gideon beberam sua poção final, já que Grady não podia mais andar direito depois do acidente. O filho deles, Byron, assumiu a casa com sua esposa e filho. Um grupo de meninas um pouco mais velhas do que Vanessa vai se casar, naturalmente, e algumas estão grávidas. Um monte de mulheres teve filhos, e muitas tiveram bebês defeituosos. Jana Saul teve o seu terceiro defeituoso, então o marido decidiu tomar outra por esposa e escolheu convenientemente Carol Joseph, que ficou viúva no ano passado. Agora Jana e Carol estão brigando como cão e gato, e se Jana não parar de tentar expulsar Carol, ela poderá passar pelo castigo da humilhação. Amanda Balthazar teve uma hemorragia ao ter um filho defeituoso e morreu, e o marido dela, Andrew, fica andando como se alguém o tivesse atingido na cabeça com um tijolo. Ursula Gideon teve gêmeos, ambos saudáveis, o que não acontece há tanto tempo que as pessoas fazem fila na frente da casa para vê-los. Stella Aaron foi apanhada falando com um homem sozinha e vai ser censurada, da mesma forma que Ursula

Saul, que blasfemou contra os ancestrais em uma conversa com a irmã.

O mais surpreendente, tem uma família nova na ilha. Os nomes deles são Clyde e Maureen Adam; Clyde é um entalhador, e Maureen está grávida. O pai vai recebê-los para jantar amanhã à noite, e Vanessa tem que se comportar muito bem.

Vanessa está empolgada com os Adam. Ela era um bebê quando a última família nova chegou para morar na ilha, os Jacobs. Sempre se sentiu roubada por não lembrar como agia uma família nova ao chegar. Esta notícia é um momento alegre numa volta para casa e para a rotina que geralmente é desanimadora. O pai não para de abraçar e beijar Vanessa e de dizer que teve muita saudade dela, o que a deixa tensa. O rosto dela, limpo e nu, parece esfolado.

A mãe percebe o desconforto de Vanessa e canta com ela "Chuvas de verão", "Arthur Balthazar" e "Noite de mil meteoros". Parece certo cantar músicas religiosas agora que ela está de volta.

Para o jantar, eles vão ter frango assado com batatas e ervilhas. Com o frio, a comida quente parece uma delícia para Vanessa, embora ela trocasse qualquer comida quente por um pão sujo comido ao ar livre. O pai gosta de dizer, "As estações mudam, quer você goste ou não". Naquela noite, depois que ele sai, ela chora desconsoladamente de frustração, pensando no próximo verão que só virá dali a nove meses — ou, para ela, nunca mais. De manhã, verifica se o seu rosto está composto, mesmo que as pálpebras estejam inchadas e a pele manchada. Ela não gosta que o pai a veja chorar.

Caminhando para a escola com passos arrastados, Vanessa vê os cães correndo e brincando, desejando poder se juntar a eles. Ela chega na hora, embora Grace Aaron apanhe por chegar atrasada. Os soluços dela, desproporcionais à força dos golpes dados pelo

Sr. Abraham, parecem mostrar que ela chora por cada aluno triste e infeliz da turma. Eles leem em voz alta um livro sobre metais e as camadas da terra, o que faz Vanessa bocejar e se remexer na cadeira. O único metal que a ilha tem é trazido por viajantes, e a única camada de terra com que ela se importa é a lama lá fora, derretendo lentamente.

Durante o recreio, todo mundo se reúne, porque está frio e estão todos infelizes. Há grupos de crianças menores circulando desanimadas pela escola, brincando devagar e desajeitadamente como se tivessem se esquecido do que é brincar. Vanessa vê os cabelos ruivos de Janey Solomon e se aproxima dela para ouvir o que está dizendo. Tem um grupo de meninas à sua volta, e Mary está do lado dela, como sempre.

— Ter dois filhos ao mesmo tempo é ridículo — Janey está dizendo, afastando da testa uma mecha de cabelo. — Estou surpresa por ela estar viva, devia ter se partido ao meio.

— Mas agora ela pode parar — diz Mary. — Ela já teve seus dois filhos.

— Talvez — diz Fiona Adam. — O pai diz que talvez eles sejam contados como um filho apenas e a deixem ter outro.

— Eu li uma vez sobre gêmeos que nasceram grudados — conta Vanessa, sua voz segura se destacando no grupo. — Duas pernas, mas duas cabeças. Eles cresceram e viveram até ficarem velhos. — A biblioteca de Vanessa é inestimável; ela quase sempre pode contar às pessoas coisas que elas não sabem.

Todo mundo se vira para olhar para ela.

— Isso é impossível — diz Fiona, fazendo cara feia.

— Eu vi uma foto — Vanessa responde desafiadoramente.

— É só um tipo diferente de defeituoso — diz Janey, e Vanessa sente uma pontada de orgulho por ela a estar defendendo.

— Só que eles ficaram vivos. Eu não sabia que nasciam bebês defeituosos antes.

Nem todos os defeituosos nascem prematuros, e alguns continuam a respirar. Vanessa viu uma vez um defeituoso que foi colocado com o rosto enfiado numa vasilha de água enquanto sua mãe chorava. Ele não tinha pernas, só um rabo que terminava em nada. Vanessa sempre imaginou se ele teria sobrevivido caso tivessem permitido que continuasse respirando.

— Ambos viveram. Ele ou ela — diz Vanessa. — Pelo menos até se tornarem crianças.

— Então, se você se casar com ela, você está se casando com uma ou duas esposas? — pergunta Letty, e todo mundo ri.

— Que outros defeituosos você viu nesse livro? — pergunta Janey.

— Nenhum — Vanessa admite. — Só esses. Eles usavam roupas esquisitas e tinham o rosto pintado.

Todo mundo balança a cabeça com um ar sério, como se soubessem o que aquilo significava.

— Acho que era uma história — diz Fiona. — Alguém a inventou. Como alguém assim poderia comer? Ele usa as duas bocas ou uma só? Se você der um soco nele, os dois sentem dor ou só um?

— Alguns dos defeituosos são sangrados — conta Carla Adam. — E às vezes eles têm mais de duas pernas, embora eu nunca tenha ouvido falar de duas cabeças.

— Eu ouvi dizer uma vez que uma mulher teve um defeituoso que era um peixe. Ele tinha escamas e guelras e tudo mais — diz Letty.

— Ha! Com quem foi que ela passou a noite? — exclama Fiona, e todo mundo cai na gargalhada pensando na mulher deitada sob um peixe enorme. Elas perdem o fôlego de tanto rir, as risadas ecoando no campo encharcado.

Quando param de rir, há uma pausa, e então Diana Saul diz pensativamente:

— Alicia está grávida.

Diana costumava ser a melhor amiga de Alicia, antes de Alicia sangrar e ter seu verão de fruição. Agora Alicia está casada com Harold Balthazar e sua barriga está crescendo. Ela parece estranha para Vanessa quando as duas se cruzam na igreja, com suas pernas magras saindo de um vestido de mulher.

— Vai ser a sua vez no próximo verão — diz Letty a Diana, e é difícil dizer se ela está tentando consolá-la ou ameaçá-la. Diana aperta as palmas das mãos contra o peito chato, como que para testar algum volume novo, e então passa as mãos pelas costelas, com um ar de satisfação. Ninguém olha para Fiona, que perdeu seu verão de fruição por apenas dois dias. O corpo dela está esticando o vestido em todas as direções, tentando sair da roupa apertada.

— Amanda Balthazar teve uma hemorragia, eu ouvi dizer — diz Lily Jacob. — De repente, seu sangue começou a escorrer e ela caiu morta no chão.

Todo mundo olha para Janey, que adorava Amanda. O rosto dela está virado para um grupo de meninos brincando com um sapo.

— Ela... — diz. Sua voz está rouca e trêmula, e ela continua olhando de propósito para o outro lado. Mary põe a mão de leve sobre o braço dela, e Janey a afasta com um movimento violento e depois torna a ficar parada.

— Qualquer pessoa pode ter uma hemorragia — comenta Diana. — Às vezes, é um defeituoso, mas às vezes é só azar.

— Minha mãe teve uma hemorragia uma vez, quando eu era menor — diz Letty. — A pele dela ficou parecendo giz, e ela teve que passar semanas de cama.

— Eu ouvi dizer que é o seu sangramento mensal que avisa — comenta Diana. — Se você sangra muito todo mês, então não vai ter hemorragia, mas se não sangra muito, então o sangue se acumula no seu útero e então, de repente, você tem uma hemorragia e expulsa o bebê.

— Eu não acho que ela teve uma hemorragia — diz uma voz tão baixa que Vanessa tem que procurar quem falou. Ela vê a pequena e esfarrapada Caitlin Jacob parada de um lado do grupo. Vanessa acha Caitlin chata, com sua postura encurvada e sua timidez; ela parece um ratinho assustado.

— Como assim? — pergunta Letty. — É claro que ela teve uma hemorragia.

Caitlin sacode a cabeça, mas já está recuando devagar, admitindo derrota diante da indignação de Letty.

— Espere — diz Janey, virando-se e estendendo a mão. Caitlin para e olha para ela. O rosto de Janey está pálido sob suas sardas e seus olhos estão opacos. — O que você está dizendo?

Caitlin olha em volta como que esperando por alguém, e então sacode a cabeça para que sua trança caia sobre o ombro, ocultando um hematoma no pescoço.

— Nada.

— Vem cá — diz Janey, num tom de voz doce que Vanessa nunca ouviu antes. Caitlin parece indecisa, mas então se aproxima dela.

— Então? — diz Janey, colocando a mão no ombro de Caitlin.
— Por que você disse que ela não teve uma hemorragia? — Vanessa tem uma súbita visão de Janey e Amanda correndo juntas dois verões atrás, cobertas de lama e arranhões, rindo satisfeitas.

— Porque eu a vi — responde Caitlin, tão baixo que elas têm que se curvar para ouvi-la. — Eu a vi na água. Ela se afogou.

— Na água? — exclama Fiona, mas Janey a faz calar com um gesto.

— Quando foi que você a viu? — pergunta Janey.

— Foi ontem — diz Caitlin, e de repente Vanessa nota o quanto ela parece cansada, com olheiras roxas sob os olhos vermelhos. Ela tem uma série de hematomas ao longo do braço. — Eu os vi tirando o corpo dela da água. Ele estava todo azul. O corpo dela.

— Quem tirou o corpo?

— Os viajantes. Eles estavam usando seus casacos pretos. Eles a tiraram da água.

— Você tem certeza? — diz Janey.

— Mesmo que isso fosse verdade, você não sabe se ela se afogou — diz Fiona. — Ela pode ter tido uma hemorragia e então... — Ela não completa a frase, tentando pensar num motivo para o corpo de Amanda estar no mar.

— Havia água saindo de dentro da boca da Amanda. — diz Caitlin.

Todas ficam em silêncio por um momento, e então Fiona olha zangada para Caitlin.

— Mentirosa.

Caitlin sacode a cabeça e todas olham para seu corpo frágil, todo marcado. Há um silêncio incômodo.

Letty suspira, encerrando o assunto.

— Por que nos diriam que ela morreu de hemorragia?

Mas o rosto de Janey é uma pedra, suas mãos tremem. Ela segura os ombros de Caitlin e olha para ela com toda atenção. Caitlin, surpreendentemente, sustenta o olhar dela, parecendo cansada, mas determinada. Respirando fundo, Janey a solta e vai embora da escola. Mary olha para Janey, depois para as outras meninas, tentando decidir o que fazer, quando o Sr. Joseph, que é professor de uma das turmas mais jovens, vem chamar todo mundo de volta para dentro. Ele olha para a figura de Janey se afastando, mas encolhe um dos ombros e dá as costas para ela.

De volta na sala, o Sr. Abraham começa a falar sobre os tipos de metais que existem nas terras devastadas, e Mary deita a cabeça nos braços cruzados. Caitlin está olhando pela janela com um olhar vazio. Vanessa olha em volta, tentando atrair a atenção de alguém, mas todas as meninas estão olhando resolutamente para a frente.

CAPÍTULO VINTE E DOIS

Vanessa

Os viajantes Adams estão esperando a nova família Adam para jantar. Vanessa sabe que deveria estar ansiosa por conhecê-los, mas não consegue parar de pensar no rosto sardento e rubro de Janey olhando para o rosto pequeno e exausto de Caitlin. Ela normalmente se ressentiria com o fato de Caitlin, com sua voz sussurrante, desviar a atenção de todo mundo da sua história de gêmeos grudados, mas está intrigada demais com o que aquela voz sussurrante disse.

Por que alguém colocaria o corpo de Amanda Balthazar dentro d'água depois de ela ter morrido de hemorragia? Cadáveres são enterrados bem fundo nas plantações. Ela ouviu pessoas dizerem que eles fertilizam a safra, e outras, que ficam inteiros até o verão, quando tudo vira lama, e eles afundam como pedras pelas camadas intermináveis de terra. Amanda não poderia ter entrado na água e de repente sofrido uma hemorragia, porque os adultos não saem de casa durante o verão. Ou, quando saem, não entram na água. A única explicação que faria sentido era se o marido dela, louco de dor, tentasse lavar o sangue na água do mar. Mas por que arrastá-la até o mar se ele quisesse lavá-la? Os mosquitos o teriam devorado. Isso não faz sentido para Vanessa, por mais que ela pense no assunto. Por fim, decide que Caitlin deve ser uma grande mentirosa. Mas não parece muito plausível que Cailin seja boa em alguma coisa.

Vanessa fica pensativa enquanto toma banho, põe um vestido limpo e a mãe trança seu cabelo. Ela está sentada à mesa, ainda pensando, quando o pai abre a porta para receber um homem com uma voz grave. Com um susto, Vanessa se levanta e vai até a porta, onde o pai está apertando a mão de um homem enorme, não gordo, mas alto e largo. *O que quer que esteja acontecendo nas terras devastadas,* Vanessa pensa, *deve haver comida em algum lugar.* Ela procura a esposa dele, mas não vê nenhuma mulher.

— Desculpe — diz o homem, sorrindo. — Maureen não está se sentindo bem esta noite.

— As dores da reprodução — diz o pai, sorrindo também. — Espero que ela esteja com boa saúde de forma geral.

— Sim, sim — diz o homem jovialmente.

— Bem, uma pena que ela não tenha podido vir, mas estamos felizes em recebê-lo.

O homem olha por cima do ombro do pai e vê Vanessa num canto da parede. Ele faz uma reverência engraçada.

— Esta deve ser a sua filha.

— Sim. Vanessa, este é o novo Sr. Adam.

Olhando para o Sr. Adam, Vanessa tenta identificar os traços das terras devastadas no rosto dele. Não sabe exatamente o que está procurando: cicatrizes, talvez, ou feições de aparência estrangeira. Ela fita os olhos dele procurando um vazio ou um conhecimento desolador. Depois desiste, o Sr. Adam possui feições grosseiras e uma expressão amigável que poderiam ser vistas em qualquer homem da ilha. A única coisa estranha nele é que seus olhos são de um castanho-escuro e que ele está examinando o rosto dela com a mesma intensidade com que ela está examinando o dele.

Vanessa se adianta e aperta a mão do Sr. Adam, que é grande, úmida e aperta a dela com excesso de força.

— Uma bela menina — diz o Sr. Adam, ainda apertando a mão dela. Ela imagina se ele irá segurá-la a noite inteira. — Absolutamente encantadora.

O pai põe as mãos nos ombros dela.

— Eu concordo, é claro. — Puxa Vanessa de leve para perto dele, interrompendo o aperto de mãos do Sr. Adam. — Irene preparou um belo jantar para nós.

O pai se senta à cabeceira da mesa com a mãe à direita, Vanessa e Ben de cada lado e o Sr. Adam em frente a ele. Vanessa sente o cheiro bom da comida. Há biscoitos, batatas assadas e frango assado com cebolas.

— Temos também cenouras e maçãs assadas — diz a mãe, indo para a cozinha. Ela olha desconfiada para o Sr. Adam, como se ele fosse um animal estranho, desconhecido demais para ser inofensivo.

— Então, Clyde, como está se ajeitando aqui? — pergunta o pai, passando um prato de biscoitos para ele.

— Muito bem — responde o Sr. Adam. — Aqui é um lugar muito bonito. Muito diferente do que eu estou acostumado, é claro.

Com ouvidos atentos, Vanessa espera que ele diga a que está acostumado, mas ele enche a boca de biscoitos. Ela olha para o pai, cujos lábios estão cerrados. Suspirando, aceita uma travessa de cenouras assadas, roxas e cor de laranja, nadando em manteiga, e se serve de um punhado.

— Uma pena o senhor ter chegado durante o verão — diz a mãe. — Mal dá para ver alguma coisa, preso dentro de casa. Agora já é seguro andar lá fora.

— A salvo de mosquitos e de crianças sujas? — O Sr. Adam ri. — Não, não, vocês aqui têm um belo ritual de verão. Deixam as crianças livres para brincar do lado de fora. E as mantêm obedientes pelo resto do ano.

— Você deve estar muito animado com seu primeiro filho — diz o pai. — Espero que Maureen não se sinta mal o tempo todo.

O Sr. Adam sacode os ombros, mastigando.

— Ela gosta um bocado de descansar.

— Dormindo por dois — diz a mãe, com um sorriso forçado. — É melhor ela dormir enquanto pode. — Inclinando-se para a frente, ela limpa manteiga do queixo de Ben com o polegar.

— Esta é uma bela casa. — O Sr. Adam olha em volta para as paredes bem cuidadas, as cadeiras de balanço e os tapetes macios e limpos. — Quem morava aqui antes de vocês?

— Meus pais. Ela está na nossa família há quatro gerações. Nós moramos por pouco tempo em outra casa logo depois de nos casarmos, enquanto meus pais ainda estavam vivos. Eles morreram e a casa ficou livre.

— Ambos morreram ao mesmo tempo?

— É claro que morreram juntos — responde a mãe.

O Sr. Adam franze a testa.

— Como assim? Um matou o outro?

— Não — diz o pai, tossindo um pouco. — Lembre-se. Aqui, quando alguém não é mais útil, não contribui mais e seus filhos têm filhos, eles tomam a poção final. Bem, estou certo de que devem ter contado isto a vocês antes de virem para cá.

— Sim, certo, desculpe — diz o Sr. Adam. — Acabam com eles quando não servem mais para nada. Boa ideia.

— Nas terras devastadas as pessoas vivem naturalmente até morrer? — diz Vanessa.

O Sr. Adam fica surpreso, e o pai, preocupado.

— Vanessa, por favor, não interrompa.

A mãe torna a sorrir, e Vanessa vê a tensão nos olhos dela e nos cantos de sua boca. Ela não parece gostar muito do Sr. Adam, ou talvez esteja apenas com medo dele.

— Vai ser útil ter outro entalhador na ilha — diz o pai. — É um ofício maravilhoso. Nós tentamos reduzir o máximo possível a nossa dependência ao metal.

— Vocês parecem ter madeira boa nesta ilha — diz o Sr. Adam. — Boas árvores. Acho que posso fazer algumas ferramentas úteis.

— Excelente — diz o pai. — Nós trazemos madeira das terras devastadas também. Temos que ter cuidado e preservar nossas árvores. Tem toda uma região da ilha que não cultivamos. É totalmente selvagem. As crianças adoram ir para lá no verão. — O Sr. Adam balança a cabeça, e todo mundo fica calado, mastigando. Vanessa morde um biscoito e inala o vapor que sai dele.

— O senhor já viu a igreja? — a mãe pergunta educadamente ao Sr. Adam.

— Sim, a que está eternamente afundando. Não consigo imaginar todo o trabalho gasto num prédio que afunda, mas John diz que era isso que os ancestrais queriam. Vocês já pensaram na altura que ela teria se a retirassem da lama? Seria mais alta do que qualquer outra coisa!

— Iria desmoronar — Vanessa diz.

O Sr. Adam ri.

— É verdade, iria desmoronar. De todo modo, é uma construção bonita, embora um tanto sinistra. Todas aquelas sacristias lá no fundo, todas vazias e escuras. É amedrontador, não?

— Por quê? — pergunta Vanessa. Ele pisca para ela, mas não responde.

— Essa é a palavra preferida de Vanessa — diz a mãe.

— Você é uma garota inteligente, não é? — diz o Sr. Adam.

— Eu acho que ela já leu quase todos os livros da minha biblioteca — diz o pai. — É uma especialista em diversos assuntos, embora a maioria deles seja inútil aqui.

— Você a deixa ler livros de fora? — diz o Sr. Adam, com um ar surpreso.

— Alguns deles — afirma o pai defensivamente. — Ela é muito inteligente.

— Isso parece perigoso.

— Até agora não prejudicou em nada.

— Eu vi a escola, e devo dizer que não vejo o sentido de nada disso — diz o Sr. Adam.

— Como assim? — pergunta a mãe. Ela está partindo sua comida bem devagar, como se a tarefa exigisse grande atenção.

— É uma escola. Para crianças. Os primeiros ancestrais a construíram. A primeira escola, não o prédio que existe hoje.

— Por que as meninas precisam aprender a ler? Que diabo, eu aposto que só um quarto dos meninos precisa ler. Não faz sentido. — Vanessa não sabe ao certo o que significa "que diabo", mas aquilo soa engraçado na boca do Sr. Adam.

— Ler é uma habilidade importante — diz o pai. — Instruções, registros, procedimentos... Muitas esposas ajudam os maridos em seus trabalhos.

— E quantos desses homens precisam ler? — diz o Sr. Adam.

— E quanto ao *Nosso Livro*? — diz a mãe. — Todo mundo deve ser capaz de ler o *Nosso Livro*.

— Sem dizer que as escolas ensinam ofícios — continua o pai. — Elas ensinam agricultura, forja...

— Suponho que seja útil, mas por que as meninas têm que ler o *Nosso Livro*? Elas podem decorar trechos, isso devia ser o suficiente.

— O senhor acha que as meninas não deviam saber ler? — Vanessa diz com um tom de voz um pouco alto.

— Não há necessidade disso, meu bem — diz o Sr. Adam. Vanessa pensa na expressão "meu bem". Parece que ele vai comer os órgãos dela. — Vocês vão se casar, ter filhos, ajudar seus maridos se for preciso. Por que gastar energia aprendendo a ler quando não vai haver utilidade para isso? É como todos estes relógios. Por que vocês precisam de relógios? Por que precisam saber que horas são? Por que precisam de livros?

Há um longo silêncio ao redor da mesa. Então o pai suspira e diz:

— Eu acredito no valor do conhecimento em si.

— Bem, eu acredito que ensinar às meninas coisas que elas não precisam, quando poderiam estar ajudando suas mães, é uma perda de tempo — responde o Sr. Adam.

O pai sacode a cabeça.

— Essa não é uma ideia nova. Existem muitos nesta ilha que concordam com você. Isto é algo que os viajantes discutiram por muito tempo.

— Ótimo! — diz o Sr. Adam, rindo. — Espero que eles concordem que é uma má ideia. O ensino que vocês oferecem aqui é mais uma tradição do que qualquer outra coisa. Precisam romper com o continente... com as terras devastadas, de uma vez por todas. Eu não mandaria uma filha minha para a escola.

— Talvez o senhor tenha filhos homens — Vanessa diz, irritada, e todos se viram para olhar para ela.

O Sr. Adam ergue as sobrancelhas, franzindo a testa.

— Regras diferentes do que eu estou acostumado ao redor desta mesa, pelo que estou vendo.

A irritação dela briga com sua curiosidade.

— E com o que o senhor está acostumado?

O pai dá um leve sorriso, mas seus olhos são duros.

— Você vai ter que ser mais cuidadoso, Clyde.

O Sr. Adam se encolhe.

— Desculpe, eu sei.

— As pessoas comem em mesas nas terras devastadas? — Vanessa insiste. A ideia dela das terras devastadas não inclui mesas. — Existem mesas, e regras, e as pessoas comem lá? O que comem?

— É uma figura de linguagem — diz o Sr. Adam, o que ela não entende. — De onde eu venho, isso é só uma coisa que as pessoas dizem. Não significa nada.

— Mas o senhor vem de algum lugar — diz Vanessa.

— Vanessa — diz o pai, com severidade, e então Ben derrama seu leite na mesa e começa a gritar. Depois que a mesa é limpa, a conversa passou para agricultura e os tipos de plantação na ilha. Vanessa tenta voltar a falar das terras devastadas, mas toda tentativa dela é interrompida pelo pai ou pela mãe.

— Ben terminou — ela diz finalmente, desistindo. — Eu também. Podemos sair da mesa?

— É claro — diz a mãe. — Nós chamamos quando estiver na hora de tirar a mesa.

Vanessa brinca com Ben enquanto ele finge ser um cachorro, latindo e abanando o pequeno traseiro.

— Que cachorro bonzinho — ela diz, acariciando sua cabeça cacheada. — Quer que eu lhe dê sobras do jantar por ter sido tão bonzinho? — Ben late. Distraída, Vanessa o vê correr em círculos. Ela precisa ficar sozinha com o Sr. Adam.

Quando a mãe a chama, Vanessa coloca Ben de volta em sua cadeira e começa a juntar habilidosamente pratos e utensílios, colocando-os na pia da cozinha. Pega um punhado de sabão pastoso para misturar com água e lava tudo sem fazer barulho. O Sr. Adam e seus pais estão conversando sobre água e chuva.

Ela enfia a cabeça dentro da sala.

— Com licença, mãe. Você já mostrou a cozinha ao Sr. Adam? Ele pode querer construir uma como o pai fez.

Ela teme ser repreendida por interromper, mas a mãe fica contente.

— Sim, deixe-me mostrar a cozinha que James construiu para mim. Ela é tão prática. Muitas casas estão imitando o modo como ele colocou as pedras do fogão.

A mãe, o pai e o Sr. Adam entram na cozinha, seguidos por um curioso Ben. Enquanto o pai está explicando o modo como colocou as pedras e como o metal foi forjado de aparas, Ben fica entediado e agitado. Vanessa se inclina para Ben e sussurra:

— Desculpe, desculpe, eu prometo que vou dar todos os meus biscoitos para você de agora em diante.

Então, fechando os olhos, ela dá um beliscão no braço dele.

Ele solta um grito tão alto que os adultos levam um susto. Ben está apontando para Vanessa, mas a mãe não presta atenção. Ela pega Ben no colo, embalando-o, e então lança um olhar pesaroso para pai e o Sr. Adam.

— Deem-me licença por um momento. Está na hora de Ben ir para a cama — ela diz, e sai quando Ben começa a soluçar.

— Vanessa me beliscou!

Ela sabe que a mãe não vai acreditar nele, já que Vanessa nunca é cruel com Ben. Mas ela se sente suja por dentro, e acha que nunca mais vai se achar uma boa pessoa.

Respirando fundo, ela acalma a mente e volta à sua tarefa. O Sr. Adam e o pai estão rindo a respeito das provações da maternidade. Ela fica por ali, ouvindo a história que o pai está contando sobre Elizabeth Saul, cujo filho era tão difícil de acalmar que ela uma vez tentou mergulhá-lo no mar para ver se conseguia acalmá-lo com a água gelada. O Sr. Adam diz que espera que o bebê de Maureen durma cedo e a noite inteira, e o pai deseja sorte a ele.

— Pai — diz Vanessa, quando há um intervalo na conversa. — Quem sabe eu possa mostrar nossa biblioteca ao Sr. Adam.

— Eu não acho que o Sr. Adam esteja particularmente interessado em livros — o pai responde com um tom ligeiramente maldoso.

— Por favor, pai, isso me faria sentir tão... — ela procura uma palavra capaz de afetá-lo — tão *instruída*.

— Tudo bem, James — diz o Sr. Adam, com os olhos brilhando. — Eu estou curioso de ver o que você tem.

— Ela não pode mostrar os que estão trancados, mas talvez você não queira mesmo vê-los.

— Como assim, trancados?

— Eles não são para todo mundo — ele diz. — Aliás, não são para ninguém que não esteve nas terras devastadas.

O Sr. Adam fica atônito.

— Por que você guardaria esses? — ele pergunta. — O risco! Estou surpreso por eles terem consentido que você os guardasse.

— E *eles* quem estariam me proibindo? — pergunta o pai, irritado.

— Ora, os outros viajantes, eu suponho. De que adianta tê-los?

— Vá, Vanessa — diz o pai, com um movimento do braço. — Eu vou ficar aqui, desfrutando de um pouco de paz. — Ele olha zangado para o Sr. Adam.

O coração dela bate com força, e Vanessa diz educadamente "Por aqui, Sr. Adam", e o leva pelo corredor até a biblioteca.

Está começando a escurecer e a janela irregular que o pai pôs no teto emite uma luz cinzenta, opaca. Vanessa entra e tem uma sensação de respeito naquele silêncio povoado pelas fileiras de livros em suas estantes.

— Aqui está... a biblioteca — ela sussurra.

— Hum. — O Sr. Adam olha em volta desanimadamente, depois olha para ela. — Você já leu tudo isso?

— Não — diz Vanessa. — Alguns são chatos.

O Sr. Adam ri.

Picasso cubista atrai o olhar dela, e ela o tira com cuidado da estante. — Este é um livro de imagens — ela diz. — Nós não temos muitos com imagens.

— Sei — diz o Sr. Adam enquanto ela abre o livro para mostrar uma mulher calma e satisfeita cujos olhos estão do mesmo lado do rosto, um deles no nariz e o olho no meio da face.

— As imagens são estranhas — ela diz. — Mas veja como o papel é macio. — Ela passa os dedos sobre ele. — Eu não sei como foi que ele fez os retratos assim.

— São fotografias de retratos — diz o Sr. Adam. — Não o retrato em si.

— Como o retrato do primeiro Sr. Adam — ela diz. — Capturando o tempo em papel.

O Sr. Adam parece confuso.

— Não, só uma fotografia — ele diz.

— O senhor o conheceu? — Vanessa pergunta. — Picasso?

— Acho que ele já morreu — diz o Sr. Adam.

— Ele fez este livro?

— Duvido. Acho que ele era um artista famoso, então as pessoas tiraram fotos de suas pinturas e as colocaram em um livro.

Vanessa reflete sobre isso. Há artistas na ilha — o Sr. Moses, o cervejeiro, esculpe aves e pessoas em tamanho real, e o Sr. Gideon, o sapateiro, desenha com carvão no papel, fazendo retratos quase iguais às fotografias milagrosas. Vanessa imagina usar uma geringonça mágica para capturar as imagens do Sr. Gideon e fazer um livro com elas. A ideia é tão ridícula que ela de repente ri alto. O Sr. Adam ri também, embora não consiga ler os pensamentos dela.

— Eu acho... eu não o acho muito bom — diz o Sr. Adam.

— Nem eu — concorda Vanessa. — Ninguém tem essa aparência, mas ao mesmo tempo é interessante.

— Suponho que sim — diz o Sr. Adam. — Qual o seu livro favorito aqui?

— Ah — diz Vanessa, hesitando diante da dificuldade da pergunta. — Eu não sei... eu acho... bem, gosto muito de *O chamado selvagem*.

— É sobre um cachorro, não é?

— Um cachorro, sim, em um lugar chamado Alasca, e eles puxam as pessoas em trenós, em busca de ouro. Alguns dos homens são muito maus. O único ouro que eu vi foi no prato do Sr. Solomon, o viajante, que ele trouxe das terras devastadas. Tem flores nela também.

Vanessa não sabe ao certo por que as pessoas brigavam, matavam e congelavam por algo brilhante e amarelo, mas ao mesmo tempo ele é tão brilhante e bonito que ela quase consegue entender.

— Não posso imaginar um lugar onde você coma num prato tão precioso.

— Está vendo, por isso é que é um erro deixar todo mundo ler coisas assim — diz o Sr. Adam. — Você não deveria saber o que é o Alasca, ou ouro, ou nada disso.

— Mas eu só disse que tem ouro no prato — Vanessa responde. — E eu não sei nada sobre o Alasca, a não ser que é frio e que tem ouro lá. E tem cachorros grandes e fortes, mais fortes do que os cachorros daqui, e você pode ensiná-los a fazer coisas.

— Há, sem dúvida, um bocado de cachorros na ilha — o Sr. Adam diz devagar. — Gatos também, embora não tantos quanto os cachorros. Mas eu suponho que você precise de gatos para caçar os ratos. E os cachorros fazem boa companhia.

— O senhor tem um cachorro? — Vanessa pergunta.

— Ah, ainda não, embora acabe tendo um. Para qualquer lugar que eu olhe tem gente afogando filhotes de cachorro, então acho que posso conseguir um para nós.

— A Sra. Adam iria gostar disso?

— Suponho que sim. Ela tinha um cachorro lá... nas terras devastadas, uma miniatura de cachorro.

— Ah, é? — Vanessa diz cautelosamente.

— Não maior do que um pão de forma, e latia para tudo.

— Um filhote?

— Não, não, um cachorro adulto.

Vanessa nunca viu um cachorro do tamanho de um pão de forma. Todos os cachorros da ilha são mais ou menos do mesmo tamanho.

— O que a Sra. Adam fazia com ele? — ela pergunta.

— Ah, ela só o carregava para todo lado — ele diz. — Como um bebê. Agora ela vai ter um de verdade.

— Sim, quando vai chegar o bebê?

— Ah, não falta muito. Dois meses, no máximo. Ela está apavorada, pobrezinha.

— Apavorada?

— De que algo dê errado.

— De morrer de hemorragia ou ter um bebê defeituoso?

— Acho que sim. Defeituoso não. — Ele meio que ri. — Não um filho meu. Nós não temos esse problema.

— Mas... não há bebês defeituosos nas terras devastadas?

— Bem, suponho que sim.
— O senhor supõe?
— Quer dizer, há. Mas é diferente.
— O que é diferente?
— Bem, não é... quer dizer, lá não existem as mesmas regras que vocês têm aqui.
— Que tipos de regras vocês têm?
— Nenhuma, na verdade. Eu não poderia andar por aí matando gente ou algo assim.
— E quanto às crianças?
— Como assim?
— As pessoas as matam?
— Matar? É... — Ele olha para ela. — Sabe que eu não deveria estar conversando com você sobre isso.

Ela fica calada.

— Você é uma menina ardilosa, Vanessa — ele diz, sacudindo o dedo para ela. — Sabe o que eu faço com meninas ardilosas?

Ela olha espantada para ele.

— Não. — Ela não sabia que as pessoas tinham regras para isso. Talvez tenham nas terras devastadas.

Ele parece que vai dizer alguma coisa, mas desiste e sorri para ela.

— Você é muito esperta. Esperta demais. Mas é uma menina tão bonita que eu acho que vou perdoar você.

Ela não sabe ao certo o que dizer, então resmunga:

— Obrigada.

De repente, ela se dá conta de que nunca esteve sozinha com um homem adulto em toda a sua vida, exceto o pai. Ela olha para o Sr. Adam, que parece maior e mais perigoso do que antes, como se a luz fraca tivesse ocultado o rosto dele e suas mãos tivessem assumido proporções gigantescas. Parece estar se aproximando dela, embora suas pernas e pés estejam parados, como se ele estivesse crescendo e sua carne avançando sobre seu pequeno corpo. Ela desvia os olhos, com a respiração ofegante. De repente, tem certeza de que se a mãe soubesse que está sozinha com o Sr. Adam, ficaria furiosa.

— Você também é uma menina obediente, não é, Vanessa?

— Suponho que sim — Vanessa diz cautelosamente. Pisca algumas vezes, mas ele ainda parece estar crescendo diante dela, envolto em sombras. Ele chega mais perto dela.

— Você faz o que tem que fazer.

— Sim.

Ele fica calado por um momento, e então diz:

— Eu gosto da sua ilha. Gosto que as crianças cumpram as regras.

— Elas não cumprem, nas terras devastadas?

— Não como aqui. — E ela sabe que poderia analisar o sentido dessas três palavras por dias, semanas, pelo resto da vida.

— Diga-me — ela fala ansiosamente. — Por favor, me diga.

— Garotinha ardilosa — ele torna a dizer, e ela sente uma fúria impotente crescer em seu peito.

— Sr. Adam, por favor, me conte *alguma coisa*. Qualquer coisa.

Ele fica olhando para ela por alguns instantes, avaliando-a, e diz:

— Nas terras devastadas... — Ele para, obviamente pensando muito. — Nas terras devastadas... as crianças podem... Não. Nas terras devastadas... — Ele para. — Desculpe, Vanessa. Eu sinto muito mesmo. Mas eu acho, honestamente, que é melhor para você, para todo mundo aqui, não saber nada.

— Pelo menos me fale das fogueiras.

— Fogueiras?

— As fogueiras das terras devastadas. Eles queimam tudo?

A boca dele forma uma vogal, depois se fecha. Uma pausa, seus olhos fitando o olhar suplicante de Vanessa.

— Eu prefiro que você me conte sobre a ilha — ele diz finalmente.

Alguma coisa dentro dela desaba, a última esperança de saber alguma coisa. Ela fica zangada consigo mesma, por achar que poderia maquinar uma coisa dessa, zangada com o Sr. Adam por ser tão burro, zangada com o pai, a mãe, os viajantes, os ancestrais e todo mundo que jamais conheceu. Fecha os punhos e bate com o pé, e sente a mão do Sr. Adam em seu ombro, o rosto dele se aproximando do dela, e respira fundo para não dar um soco nele.

— Vanessa! — diz uma voz severa, e é sua mãe, parada na porta da biblioteca com um ar furioso. — O que você está fazendo aqui?

— O pai disse que eu podia mostrar a biblioteca para o Sr. Adam.

— Sr. Adam — diz a mãe educadamente, com frieza na voz. — Por favor, venha tomar uma xícara de chá conosco.

— É claro — diz o Sr. Adam. — Obrigado, Vanessa, pela visita.

Eles se sentam e tomam chá enquanto o pai e o Sr. Adam falam sobre bosta, imagine, como recolhê-la e fertilizar os campos. A mãe revira os olhos para Vanessa, que sorri de leve, olhando para a xícara. O Sr. Adam fica olhando para ela, como se quisesse se aproximar de novo e fazê-la implorar por respostas. Finalmente escurece. As velas são acesas, e o Sr. Adam se levanta e se move estabanadamente, preparando-se para ir embora. Embora não tenha trazido nada que precise recolher. Vanessa está com dor de cabeça e deseja que ele vá logo embora.

— Até logo, Vanessa — diz o Sr. Adam, depois de ter se despedido do pai e da mãe. A mãe está ao lado da mesa, fingindo arrumar a toalha. Ele baixa a voz: — Espero que não esteja zangada comigo por não ter respondido as suas perguntas. Eu apenas tenho que cumprir as regras, como todo mundo. Espero vê-la com mais frequência.

— Até logo — ela diz. Eles trocam outro aperto de mãos, e a mão dele fica segurando a dela por um tempo desconfortavelmente longo. Há um silêncio estranho na sala. Por fim, ela livra a mão; as dele são cobertas de uma mistura de suor e manteiga.

Mais tarde, quando Vanessa já deveria estar dormindo, ouve a mãe e o pai conversando no quarto deles. Com um passo leve e hesitante, se agacha ao lado da porta e encosta o ouvido nela.

— Ele não é muito inteligente, não é? — diz a mãe. — Quer dizer, ele é... astuto, eu suponho. Ardiloso.

— Pelos ancestrais, eu espero que ele não se transforme em outro Robert Jacob — diz o pai. — Só faltava essa.

— Estou certa de que ele não vai ser tão mau assim — a mãe responde. — Ele é só...

— Você viu o modo como ele olhou para Vanessa? Depois que eles estiveram na biblioteca? Pelos ancestrais, eu nunca deveria ter deixado que ela fosse lá com ele, só quis me livrar dele por alguns minutos. Mas depois os olhos dele... até antes, eu acho. Eu só não notei, achei que ele era apenas estranho.

— Bem, quando você convida alguém novo para a ilha, quer dizer, eles têm que...

— Eles têm que ter algum autocontrole. Talvez devêssemos parar de deixar entrar essas novas famílias, continuarmos sozinhos.

— Você sabe que não podemos. Pense em todos os bebês defeituosos que nasceram este ano.

— Eu sei. Eu sei. Onde estão os homens como os ancestrais? Onde?

— Talvez não existam mais homens como os ancestrais — diz a mãe.

— Talvez — diz o pai. Ele fala com um tom zangado e pensativo, e é um tom que Vanessa reconhece. Ela volta para a cama e fica acordada, esperando por ele. Ele vai querer ser abraçado, aplacado. Quando ela enfim adormece, sonha com Amanda Balthazar se erguendo da água, segurando um bebê defeituoso, metade gente, metade peixe.

CAPÍTULO VINTE E TRÊS

Janey

Janey carrega nos lábios o beijo de Amanda, doce como mel, implacável como um doença. Ela ouve o eco distante da voz de Amanda, ou sente o perfume de sua pele no ar, vira-se abruptamente, mas não vê nada.

Desde que Janey descobriu que o corpo de Amanda fora tirado do mar, ela não dorme. Seus nervos estão tensos, cada ponta pegando fogo. À noite, anda de um lado para o outro, os pensamentos girando na cabeça. A sensação dos bancos duros de madeira da igreja contra seu traseiro ossudo. As arengas do pastor contra desobediência. O nevoeiro matinal, obscurecendo o horizonte como se fosse uma mão protetora. Os viajantes, percorrendo a ilha feito predadores altos e soturnos. O rosto de Amanda, seu olhar de terror ao ouvir alguém dentro da casa. O vórtice do verão de fruição, sugando meninas e cuspindo esposas. Crianças enlameadas brigando por um pedaço de bolo. O barqueiro, deslizando para dentro e para fora como uma maré vagarosa. O vidro das terras devastadas, resistente e transparente em casas que apodrecem eternamente. A igreja, desmoronando na escuridão abaixo, afundando eternamente sobre seu próprio peso enquanto os habitantes da ilha lutam para construir uma série de cômodos escuros repletos com as palavras velhas e majestosas de homens mortos e sagrados.

    Enquanto anda de um lado para o outro, ela se agarra aos pensamentos que flutuam em sua mente, tentando formar uma estrutura que faça sentido. Os viajantes. A água. Amanda. As terras devastadas. Mary. Os mandamentos. Toda vez que tenta criar um padrão, uma imagem clara, esta se quebra e desaparece na neblina. Mas sua vontade é inquebrantável. Se refletir muito, vai conseguir desvendar esse enigma. Ela consegue desvendar tudo.

    A princípio, Mary ralha com ela carinhosamente.

— Janey, eu não consigo dormir sem você! — ela diz. — E pare de *andar*!

— Você estava dormindo — Janey responde. — Pode dormir de novo.

    Então Mary tenta apelar:

— Janey, eu estou com frio. Volte para a cama, está gelado.

    Janey se aproxima, dobra a colcha delas ao meio para ficar mais grossa e cobre Mary. Dando um tapinha na colcha, volta a andar pelo quarto.

    Mary tenta argumentar:

— Janey, isso é ridículo. Você e Amanda nem eram tão amigas assim. — Ela sabe que isto é mentira; Amanda era a única amiga verdadeira de Janey. Durante o verão, elas se abraçavam e se balançavam numa dança lenta, murmurando palavras nos cabelos uma da outra.

    Janey fica zangada.

— Eu a amava — ela diz, e então se esquece completamente de Mary, voltando a andar. Seis passos para a frente, quatro passos para o lado, seis passos para trás, quatro passos para o lado. Isso se torna um poema, um ritmo em sua cabeça. Janey fica mais brilhante e mais desperta a cada momento, até que algo dentro dela se torna luminoso, nítido e estranho. Mary aperta os olhos por causa da luz que emana dela, embora o quarto esteja escuro e Janey seja apenas uma sombra.

— Mulheres morrem de hemorragia o tempo todo — diz Mary para Janey enquanto ela anda pelo quarto. Isso não é verdade, embora pareça estar acontecendo cada vez mais. — Não há nada de especial em relação a Amanda.

— Se ela teve uma hemorragia, por que estava na água? — Uma pausa. — Você já viu uma mulher depois de ela morrer de hemorragia?

— Não — responde Mary. — E daí? Eu também nunca vi uma mulher morrer de parto, mas sei que isso acontece.

— Você se lembra de Jill Abraham?

— Acho que sim. Não faz muito tempo que ela morreu.

— Eu soube que ela queria que o verão de fruição mudasse. Que os homens e mulheres tivessem a mesma idade.

— Que nojo, os meninos!

— Não, ela queria esperar até que as meninas fossem mais velhas.

— Mas... o que elas iriam fazer enquanto esperavam?

— Eu não sei. Você sabe como ela morreu?

— Não.

— Ela teve uma hemorragia.

— Ah.

— Acho que há outras.

— Ah.

— Eu não sei. — Janey volta a andar pelo quarto, suspirando de vez em quando. Mary boceja, resmunga e adormece. A lua está cheia, lançando raios prateados dentro do quarto. Sentada na cama, Janey percebe que está totalmente exausta, tremendo com o esforço de passar tantos dias acordada. De repente, ela começa a chorar em silêncio, as lágrimas descendo pelo seu rosto e caindo no seu colo. Tem uma visão do rosto de Amanda quando elas ouviram o intruso: pálida, os olhos arregalados, as mãos paradas no ar. *Eu poderia tê-la salvado*, pensa Janey, *em vez de ter ido embora*. Arreganhando os lábios, ela cobre o rosto de vergonha com as palmas das mãos.

CAPÍTULO VINTE E QUATRO

Vanessa

Na noite após o jantar com o Sr. Adam, Vanessa passeia lá fora. É um dia quente, e seus sapatos afundam na lama com um som alegre. Já acostumada a usar roupa, a bainha áspera do seu vestido roça suas canelas a cada passo, e seus dedos brincam com a ponta da sua trança castanho-avermelhada. Verão, a garota na árvore, parecem ter acontecido há anos.

A cadela grisalha dos Jacob, Bo, vem cumprimentar Vanessa pela primeira vez desde o início do verão. Elas são velhas amigas, e Vanessa sorri ao vê-la. Ela coça as orelhas de Bo, que se apoia contente em sua mão até avistar um rato e sair correndo. No outono e na primavera, não é preciso alimentar cães e gatos, já que podem se alimentar só de ratos. Vanessa sempre quis ter um cão ou um gato, mas eles provocam coceira na mãe.

Escorregando na lama, ela se dirige para a casa do novo Adam. O lugar anda popular ultimamente; Vanessa tem visto muita gente passar vagarosamente por lá, algumas olhando sem disfarçar pelas janelas para ver os novos Adam. Está quase escuro, e quase todo mundo já está dentro de casa, então Vanessa pode espiar sozinha. Dando a volta pelos fundos, ela vê uma figura no jardim, pequena demais para ser o novo Sr. Adam.

— A senhora é a Sra. Adam? — Vanessa diz baixinho, se aproximando. A mulher não responde, e Vanessa pensa se aquela é outra mulher espionando, tentando avistar os recém-chegados. — Sra. Adam? — ela diz mais alto.

Há uma pausa, e então a mulher se vira.

— Ah, desculpe — ela diz. — Eu ainda não estou acostumada com esse nome.

Elas ficam olhando uma para a outra.

— Como era seu nome antes? — Vanessa quer saber.

— Ah, não importa — ela responde. — Há tanta coisa com o que se acostumar aqui.

A Sra. Adam é magra, com uma postura feia, seus longos braços pendurados e cruzados sobre a barriga. Vanessa se lembra da menção de Inga sobre o que acontece com mulheres grávidas nas terras devastadas, e sente pena da Sra. Adam. Está prestes a dizer a ela que ninguém aqui abre a barriga de mulheres grávidas, quando a Sra. Adam pergunta de repente:

— Como é o seu nome?

— Vanessa Adam. E o seu?

— Maureen Adam, é claro — ela diz, e ambas riem.

— O que é diferente aqui? — diz Vanessa. — Quer dizer, do que a senhora estava acostumada. Com que a senhora vai ter que se acostumar. Ou querer se acostumar.

— Bem. — A Sra. Adam acena vagamente com a mão. — As árvores, são tantas! As pessoas, os costumes. Sabe como é.

— Não.

— Bem, é claro que não. Disseram que eu não devo falar nada sobre... sobre o lugar de onde eu vim. Quer dizer, os viajantes sabem, é claro. Mas ninguém mais.

— Por que a senhora não pode falar nada?

— Eles dizem que iria envenenar tudo aqui — ela diz. — Foi essa a palavra que usaram. Por quê? Os viajantes falam sobre o lugar de onde eu vim?

— Não. E os Jacob, a filha deles não se lembra de nada.

— Entendo. Bem, nós também não devemos lembrar.

Há um silêncio.

— O que você está plantando? — Vanessa pergunta.

— Nada, só estou tentando cuidar do que já estava aqui. Eu não sei muito. Várias mulheres se ofereceram para me ensinar.

— Quando você vai ter seu bebê?

— Ah, daqui a uns dois meses.

Para Vanessa, a Sra. Adam parece grande demais para sete meses. Talvez tenha gêmeos. É difícil enxergar o rosto comprido dela no escuro, mas parece muito velha para uma primeira gravidez.

— Meu pai tem livros — comenta Vanessa. — Livros das terras devastadas. Ele é um viajante. Ele pode emprestar livros para a senhora, se quiser.

— Ah, eu não leio bem — a Sra. Adam diz. — Não sei tratar direito do jardim. — Ela dá uma risadinha. — Não sei o que eu faço bem.

— Talvez a senhora vá ser uma boa mãe.

— Espero que sim. — Ela dá um tapinha na barriga. — Eu soube que só posso ter dois.

— Quantos as pessoas têm nas terras devastadas?

— Nas terras... ora, você sabe que eu não posso contar nada sobre isso.

— Pode ser um segredo.

— Eu fui *proibida*.

— O que vocês comiam lá?

— Vanessa.

— Desculpe. É só que é tão raro ter aqui alguém das terras devastadas. Quer dizer, os viajantes, mas não alguém que morou lá.

— Se não fosse pelos seus viajantes, nós não estaríamos aqui. Eu devo ser grata a eles.

— E aos ancestrais.

A Sra. Adam suspira:

— Sim, suponho que sim. Meus ancestrais também agora, embora não de sangue.

— Eles tomam conta de todos na ilha. Estão sempre nos vigiando.

— Isso não é um pouco assustador? — A Sra. Adam puxa o vestido malfeito e ri nervosamente. — Então, Vanessa, que conselho você daria a alguém que acabou de se mudar para cá?

Vanessa tenta pensar em alguma coisa que podem não ter contado para a Sra. Adam. Alguma coisa que toda mulher sabe, mas que geralmente não fala.

— Ter filhos homens?

A Sra. Adam balança a cabeça como se essa não fosse uma sugestão surpreendente.

— É isso, com as filhas... — Ela faz uma pausa. — Clyde ficou muito empolgado em vir para cá. Não por isso, mas pelo... — Ela encolhe os ombros. — Novo começo, sabe. A natureza, a comunidade... — Ela para, pensando. — O que vocês fizeram aqui é impressionante. Os viajantes explicaram como é toda a sociedade aqui... eu tinha que saber sobre isso, ou seria tarde demais. Eles não querem que ninguém saia daqui. E é necessário. Quer dizer, você conhece os homens. E é preciso manter a população pequena. Eu acho que há bebidas que vocês podem dar, remédios, quando eles não conseguem se controlar? Clyde quer tanto ficar aqui, e ele é meu marido. Eu não sobreviveria sozinha em lugar nenhum, não sei me virar sozinha. E se todo mundo faz isso, não deve ser tão ruim, não é?

Ela olha para Vanessa com um olhar de súplica, inclinando-se ansiosamente para ela, como se Vanessa fosse perdoar um crime. Vanessa não faz ideia do que a Sra. Adam está dizendo. Tudo o que consegue dizer é: — Sim.

— Você é feliz aqui, Vanessa?

— Sim — responde, embora não tenha certeza. Ninguém nunca lhe perguntou isso antes.

A Sra. Adam a abraça.

— Obrigada, Vanessa. Você me tranquilizou. Clyde vive dizendo que é só a sociedade, a forma como as pessoas reagem. E eu sei, eu sei que as mulheres querem ter filhos homens, quem não iria querer? Algumas só têm filhos homens. Eu não sei o que esses pais fazem. Estou certa de que vou acabar descobrindo. E ser jovem nunca é agradável. Eu acho que há uma infância melhor aqui do que... do que lá. Pais amorosos. Uma comunidade forte. Mas é bom saber. É muito bom saber. — Ela recua e olha intensamente para Vanessa, com um olhar tão intenso que parece insano.

Vanessa está começando a achar que a Sra. Adam é meio doida. Mas ela a abraça mesmo assim.

— Desculpe — ela diz com o rosto encostado no cabelo ralo e sem brilho da Sra. Adam, mesmo sem saber exatamente por que está se desculpando.

CAPÍTULO VINTE E CINCO

Caitlin

À noite, Caitlin tem dificuldade em achar um lugar confortável para descansar. Os hematomas do verão estão desaparecendo, mas ainda doem, e os hematomas do outono — do tamanho de um dedo, marcas de mão, socos — estão crescendo como hera venenosa em seu corpo. Ela sabe que o pai não está realmente batendo nela, está só se livrando de toda a tensão acumulada durante o verão, mas gostaria que ele a deixasse dormir mais. A mãe dá a ele uma porção dupla de vinho toda noite no jantar, e Caitlin sabe que ela está tentando fazer com que ele durma a noite toda. Uma pequena parte dela se alegra com essa demonstração de amor.

Ela está cochilando depois de uma noite exaustiva quando ouve alguém batendo na sua janela. Acordando com um susto, Caitlin pensa por um instante que é primavera, quase verão, e que Rosie está jogando pedrinhas em sua janela. Pisca os olhos, e é outono de novo, e não faz ideia do motivo pelo qual alguém iria querer falar com ela, mas a ideia de o pai acordar a enche de pânico. Correndo até a janela, Caitlin a abre silenciosamente. Lá está Rosie, empoleirada no telhado.

Cailin desliza na direção dela pelas telhas de madeira ressecadas e descascadas.

— Rosie, o que foi?

— Nós todas ficamos de nos encontrar na igreja.

Cailin olha espantada para ela, tentando decidir se está sonhando. Olha para cima, para um céu claro e gelado, pontilhado de estrelas.

— E então? — diz Rosie. — Vamos juntas?

— Por que nós iríamos à igreja? — pergunta Caitlin cautelosamente, como se Rosie estivesse delirando.

Rosie dá de ombros.

— Foi Linda quem me falou. Janey quer que nós todas estejamos lá à meia-noite.

— *Nós* quem?

— As meninas. As mais velhas, pelo menos.

— Por quê?

— Eu me pareço com Mary? Eu não sei por que Janey faz ou deixa de fazer alguma coisa.

— Bem, eu não tenho um relógio no meu quarto. O único da casa fica no andar de baixo.

Rosie revira os olhos.

— Vai olhar então. Eu também vou olhar o meu. Espero por você um pouco antes da meia-noite.

— Sabe que horas são agora?

— Uma onze horas.

— Está bem — Caitlin diz, devagar. — Você está de brincadeira comigo?

Rosie fica zangada.

— Essa seria uma brincadeira estúpida! — Caitlin não sabe se Rosie está ofendida por ser acusada de mentir ou de pregar uma peça idiota.

— Bem, eu vou tentar descer. Se a mãe ou o pai acordarem, não poderei ir.

— Eu tive medo que seu pai estivesse aí com você. Ele é tão assustador. Muitas meninas não vão poder ir. Faça alguma coisa para ele não entrar no seu quarto e descobrir que você não está lá.

— Como eu faço isso? — Caitlin pergunta.

— Eu não sei. Não sei tudo. Por que você fica sentada lá dentro e conta simplesmente os segundos até completar cinquenta minutos?

Então, Caitlin volta para o quarto, se ajoelha na cama áspera e faz exatamente isso. Conta depressa demais; quando desce bem devagar para olhar o relógio, são apenas onze e trinta e cinco. Fica sentada, olhando nervosamente para o relógio, vendo o ponteiro se mover devagar na direção da meia-noite, com medo de o pai ter se esquecido de dar corda, e ela perder o encontro. Finalmente, ela não aguenta mais esperar e sai correndo. Rosie está esperando no frio, mudando o peso do corpo de uma perna para a outra no chão gelado. A lua está cheia e Caitlin vê o contorno do corpo magro de Rosie por baixo da camisola iluminada.

— Você está atrasada — diz Rosie. — Temos que nos apressar. — Ela agarra a mão de Caitlin. Surpresa e satisfeita com aquela mão forte agarrando a dela, Caitlin começa a correr com Rosie ao seu lado. A respiração delas produz um vapor, e Caitlin ri dos pés gelados delas na lama dura e na grama molhada. Rosie se lembrou dos sapatos, mas eles são grandes demais, e ela está sempre perdendo um e voltando correndo para pegá-lo.

Elas ouvem outros passos e vão mais devagar, vendo três meninas correndo na direção delas.

— Vocês sabem o que está acontecendo? — Natalie Saul cochicha. — Eu soube que Janey quer nos encontrar na igreja.

— Eu não sei — Rosie diz, e Caitlin dá de ombros, concordando.

— Isso é truque — diz Linda Gideon enquanto elas caminham apressadas. — Vai ter um bando de garotos lá, e eles vão rir de nós.

— Eu acho que não — diz Alma Joseph. — Janey iria descobrir e dar uma surra neles.

Quando elas chegam na igreja, tem um pequeno grupo de meninas reunidas na entrada, e elas recebem as recém-chegadas com alívio, na esperança de saberem mais alguma coisa.

— Eu não vou entrar nessa igreja escura — Letty afirma com firmeza.

— Nem eu — diz Rosie. — Pode ter alguma coisa lá.

— E se houver alguma coisa esperando para devorar a gente? — diz Joanne Balthazar, que só tem cinco anos. A irmã dela a levou junto.

— Nós não vamos entrar no escuro — Rosie diz com firmeza. — Podemos esperar aqui fora um pouco e ir embora se nada acontecer.

— Meus dedos dos pés parecem que vão cair — diz Violet Balthazar.

— Nós podemos atirá-los pela escada para o monstro — Letty fala, rindo, e o resto do grupo ri nervosamente.

— Olhem — diz Ophelia Adam, apontando, mas todas veem ao mesmo tempo. Há uma luz fraca vindo de dentro da igreja, iluminando as janelas e vazando pela porta.

— Tem alguém lá dentro — diz Linda.

— Ou *alguma coisa* — responde Natalie. A luz fica mais forte. Agora há mais meninas reunidas na porta.

— Alguém está acendendo velas — diz Nina Joseph. — Eu estou vendo por aquela janela.

Rosie cutuca Caitlin.

— Você vai primeiro. — Caitlin sacode rapidamente a cabeça, recuando um pouco caso Rosie resolva empurrá-la pelas escadas.

— Eu vou — diz Vanessa Adam, parecendo aborrecida. Brincando com a ponta da trança, ela espia para dentro e desce alguns degraus com passos hesitantes. — Está tudo bem. São Mary e Janey — ela diz. — Nina tem razão. Estão acendendo velas.

Confiantes de que Janey e Mary não estariam acendendo velas se estivessem lutando com um monstro, as meninas descem as escadas e entram na igreja. Vazia e cheia de sombras, ela parece cavernosa comparada com seu estado habitual, cheia de fiéis e iluminada pela luz do dia. O clarão cor de laranja das velas traz luz para a sala e algum calor. Mary está sentada calmamente perto do altar, seu cabelo escuro solto nos ombros. A seus pés está Janey, parecendo impaciente e torcendo os dedos.

— O que aconteceu? — diz Gina Abraham, ansiosa. — O que estamos fazendo?

— Eu queria conversar sobre... coisas importantes — diz Janey. — Coisas proibidas. Não sabia em que outro lugar poderíamos nos reunir sem algum adulto por perto.

As meninas se entreolham enquanto o silêncio se estende e esperam que ela diga mais alguma coisa. Então Mary diz:

— Anda, vai para trás do altar.

Janey revira os olhos.

— Eu não sou o pastor Saul!

— O quê? — exclama uma menina lá do fundo, e então, falando mais baixo: — O que foi que ela disse?

— Está vendo? — diz Mary. — Nós vamos ouvir melhor se você estiver num lugar mais alto.

— Mas isso é uma estupidez — diz Janey.

— Se você tem algo a dizer e quer que nós a escutemos... — diz Vanessa.

Janey ergue o corpo esquelético e vai até o altar, quase tão alta quanto o pastor, mas magra como uma folha de grama. Quando ela fala de trás do púlpito, sua voz débil de repente se torna forte e ecoa na sala. Espantada, Caitlin pensa se os sermões do pastor

Saul são realmente graves e estrondosos, sua voz conduzida por uma força sobrenatural, ou se é simplesmente o modo como a igreja é estruturada. Janey tosse.

— Eu... agradeço por terem vindo aqui. Eu só queria... estive falando com uma pessoa antes de ela morrer. E ela estava falando em deixar a ilha. Talvez ir para as terras devastadas, mas pensei, talvez haja outra ilha. Outra ilha para onde ir.

Uma voz murmura:

— O que ela está dizendo?

— O que eu estou dizendo é que talvez não haja só esta ilha. Se alguém pode vir até uma ilha para evitar o flagelo, certamente outras pessoas também puderam.

Caitlin pensa em outra ilha, talvez com uma igreja igual, talvez com uma menina de cabelo ruivo advertindo outras à meia-noite.

— Quer dizer, o mundo é grande, não é? — diz Janey. Caitlin vê Vanessa, que sabe sobre o mundo, concordando com um aceno de cabeça.

— O Sr. Abraham nos mostrou num mapa — diz Letty. — Ele disse que a ilha não estava no mapa, mas nos mostrou onde nós estávamos.

— E pelo que sabemos, o mundo é maior, e nem todo ele está no mapa.

Há um silêncio enquanto todas pensam nesse mundo desconhecido. As meninas menores, já entediadas, começaram uma brincadeira para ver quem conseguia pular mais longe. Gritos e vivas vêm de um canto da sala, fornecendo uma trilha sonora irritante para as palavras de Janey.

— Mas o pastor Saul diz que todo mundo, menos nós, ficou preso na guerra — diz Wendy Balthazar.

— Bem, e se ele não sabe tudo sobre o mundo? — Janey responde. — Ele é um pastor, não um ancestral. Ou Deus.

Wendy sacode a cabeça na direção da irmã para mostrar sua desaprovação a respeito do comentário de Janey.

— Por que nós seríamos as únicas pessoas a escapar da guerra? — Janey continua. — O que temos de tão especial?

— Os ancestrais — Nina diz. — Eles previam o futuro.

— Bem, talvez os ancestrais de outras pessoas também pudessem prever o futuro.

Todas elas levam um susto e começam a cochichar. Os ancestrais não são só ancestrais, eles são *os* ancestrais, escolhidos por Deus para começarem uma nova sociedade. Janey dá um soco tão forte no púlpito que Caitlin se pergunta se ela não o rachou.

— Vocês estão falando sério quando dizem que isso não poderia acontecer em outro lugar? — ela pergunta. — Que é impossível que alguém mais tenha sobrevivido?

— Ela tem razão — diz Vanessa. As outras se calam e se viram para ela. — Deve haver grupos de pessoas em algum lugar, em ilhas, em vales... lugares onde o flagelo não chegou, ou não chegou com tanta força. Quer dizer, nós não podemos ter certeza, mas não faria sentido sermos os únicos.

Caitlin não sabe ao certo o que é um vale, mas ela confia em Vanessa.

— Não tem que fazer sentido — diz Paula Abraham com uma voz desagradável. — São os ancestrais. E Deus.

— Outras ilhas... — continua Vanessa, como se Paula não tivesse falado. — E elas podem ser completamente diferentes.

— Como assim? — pergunta Fiona. — Diferentes como?

— Como você quiser — Vanessa fala, pensativamente. — Depende de onde você esteja. Diferentes plantas e animais e clima. Mais quente, mais frio. Diferentes árvores, ou nenhuma árvore.

— O que eles usam para entalhar, então? — Paula pergunta.

— Eu não sei. Não moro lá — Vanessa responde, e todo mundo ri.

— E se nessa ilha nunca ficar quente o suficiente para haver um verão? — Letty pergunta, e outra pessoa diz:

— E se não houver cães e gatos?

— E se as mulheres usarem calças e os homens vestidos? — diz Fiona, e todo mundo ri alto.

— E se ninguém jamais se casar, ou souber quem é seu pai? — diz Millie Abraham.

— E se não houver nenhum homem? — diz Wendy.

— Então não haveria bebês — responde outra voz.

— E se — diz Lana Aaron, que só tem seis anos, mas é mais atenta do que as outras meninas da sua idade — as crianças forem chefes da família e os pais tiverem que fazer o que *elas* dizem?

— E se forem todos defeituosos, e viverem todos numa grande família defeituosa?

— Isso não é hora de inventar histórias — insiste Janey, embora as ideias continuem zunindo no ar, cada menina ansiosa para acrescentar a sua. — Essa é uma hora de fazer perguntas sérias. — A voz dela fica mais alta: — Se houver outras ilhas, onde as coisas são feitas de forma diferente, nós podemos ir para lá? Ou podemos mudar as coisas aqui?

Há um silêncio.

— Mudar o quê? — Nina torna a perguntar.

Janey suspira.

— Se você pudesse mudar alguma coisa na ilha, o que seria?

Há uma pausa.

— Mais biscoitos — alguém murmura, e algumas risadas sopram pelo grupo como vento no capim.

— *Pensem* nisso — diz Janey, tornando a dar um soco no púlpito. — E se nós não tivéssemos que nos casar? E se não tivéssemos que obedecer aos nossos pais? — Uma centelha no olhar. — E se pudéssemos viver como no verão o tempo todo? Vocês não gostariam disso?

O silêncio desta vez é carregado de dúvida.

— Mas e os ancestrais? — diz Fiona.

— O que é que tem eles? — pergunta Janey.

— Bem — diz Fiona, como se estivesse explicando algo a uma criança muito pequena —, nós vivemos desse jeito porque os ancestrais ordenaram. Para não cairmos na escuridão lá embaixo.

— Mas então — diz Vanessa, falando na frente de outra menina que está tentando falar — de que adianta pensar nisso? E se não tivéssemos que obedecer aos nossos pais? Isso seria bom, mas a verdade é que nós temos pais e eles nos obrigam a obedecer a eles, com os punhos se for preciso.

Caitlin sente os olhos de todas sobre ela e deseja afundar no chão.

— Seria bom ter verão o tempo todo — continua Vanessa —, mas nós não temos. Nunca teremos, a geada vem no fim do verão e somos obrigadas a voltar para casa. Senão morremos de frio ou de fome. Eles vão nos obrigar a casar, quer gostemos disso ou não. Nós somos pequenas, e eles podem nos obrigar a fazer o que quiserem. — Sua voz é áspera e amarga. — E nossas mães os ajudariam. E quando nos tornarmos mães, vamos fazer a mesma coisa, por mais que achemos que não. Você quer que façamos algum tipo de revolução?

As meninas se entreolham espantadas, sem saberem direito o que aquela palavra significa. Até Janey parece intrigada.

— Nós não temos armas, nada. Somos um rebanho de cabras tramando derrubar os humanos que nos guardam. É ridículo. De que adianta pensar nisso de forma diferente? — Vanessa tem um ar feroz. Caitlin sente a sala murchar, encolher.

— Porque — diz Janey — eles não podem nos impedir de *pensar*. Podem nos obrigar a fazer o que quiserem, mas não podem nos impedir de pensar. E talvez se pensarmos, vamos encontrar uma maneira de... — Ela faz uma pausa, suspirando. — Amanda está morta. Vocês sabem disso. Mas ela estava buscando um caminho diferente. Um jeito de ir para outro lugar. Amanda... — Ela para, mordendo o lábio para interromper o fluxo de palavras. Ela olha para Mary, que sacode a cabeça quase imperceptivelmente.

Ela olha ao redor.

— Pensem nisso. Imaginem se fosse diferente.

Há um muxoxo que vem de um canto do grupo e alguém murmura:

— E se na outra ilha fosse seu verão de fruição *o tempo todo*?

Há risinhos e grunhidos de nojo.

— E se houver apenas espinafre para comer?

— E se os fanáticos das terras devastadas invadirem e matarem todo mundo?

— E se só houver bolo para comer?

O coro de "e se" continua, e Janey parece cansada.

— Essa não é a questão — ela diz, mas a ideia fugiu dela, galopando pela sala como um cão brincalhão. Ela parece triste, frustrada, mas não surpresa. Caitlin tem vontade de consolar Janey, de dizer a ela que entende, mas não tem certeza se entende mesmo. Aproximando-se, invisível como sempre, ela ouve Janey murmurar para Mary:

— Elas são jovens demais. Os adultos as mantêm jovens demais. Ou burras.

Mary abraça Janey e diz:

— Elas são o que os adultos fizeram delas. Você me disse isso.

Caitlin queria tanto ser diferente, alguém sem ser jovem ou burra, para poder entender a importância do que Janey está dizendo. Mas o que Vanessa disse faz mais sentido. Que diferença faria se houvesse outras ilhas? Elas não podem chegar lá. Não podem conversar com outros ilhéus para ter ideias. Os outros ilhéus não vão vir bater nos adultos até eles concordarem com o que Janey quer, seja lá o que for.

Janey vai até Vanessa, com uma expressão determinada. Todo mundo faz silêncio, então as palavras murmuradas por Janey soam claras, ecoam nas paredes:

— Você tem os seus livros, a sua inteligência e o seu pai viajante — Janey diz baixinho.

Um músculo treme perto da orelha de Vanessa, mas ela não diz nada.

— Você precisa lembrar — Janey continua — que, em breve, a menos que alguma coisa mude, alguma coisa importante, você vai sangrar, se casar, criar dois filhos e morrer, como todo mundo. Nada será diferente.

— Acha que eu não sei disso? — Vanessa diz, furiosa. — E quanto a você? É uma aberração, uma aberração que já passou da idade, e acha que isso vai salvar você. Bem, eu já vi você sem roupa, está chegando perto e em breve vai sangrar como o resto de nós.

Elas se encaram, a raiva brilhando nos olhos cinzentos de Janey e se refletindo nos olhos castanhos de Vanessa. De repente, Janey desaba.

— Então nós duas estamos condenadas, não estamos? — diz ela com um sorriso torto, parecendo que vai chorar.

Janey se afasta e Vanessa põe as mãos na cabeça. Caminhando até onde Mary está, Janey cochicha alguma coisa para ela, e elas sobem a longa escadaria. As meninas voltarem a conversar, contando a história da outra ilha, onde pessoas vivem em casas de neve ou de grama e comem espinafre sempre ou nunca, e têm gatos como animais de estimação, ou gatos têm pessoas como animais de estimação. Os rostos refletem alegria, sobressalto, confusão. Ninguém sai até o céu começar a clarear, e então Caitlin se sente tonta enquanto corre de volta para casa.

No dia seguinte, na escola, o Sr. Abraham reclama da lentidão e da preguiça das meninas. Entretanto, no recreio, as meninas que foram à igreja voam ao redor das outras como abelhas, depositando relatórios do que foi dito e causando descrença e confusão.

Apesar da estranheza do que Janey disse, e de todas as perguntas que ficaram sem resposta, as meninas andam com a cabeça mais erguida durante a semana seguinte. Elas se sentem um pouco mais satisfeitas quando saem da mesa do jantar. Sabem alguma coisa. Ou, pelo menos, poderiam saber alguma coisa. Pouco a pouco, as que duvidavam começam a acreditar em outras ilhas, simplesmente para ter algo novo em que acreditar. Algo sombrio e misterioso, algo excitante. Algo proibido.

Caitlin ainda geme e chora diante do pai, se senta curvada e tremendo na sala de aula, fica vagando sozinha no recreio, mas se sente um pouquinho diferente. Sabe que as outras também podem enxergar isso; meninas que costumavam implicar com ela por ser pequena, tímida, feia, agora olham para ela como se fosse uma pessoa.

Caitlin sabe que Janey não desistiu. Ainda tem um ar zangado e está sempre muito pensativa, como se estivesse indo na direção de algo que precisa ser dominado à força.

CAPÍTULO VINTE E SEIS

Vanessa

Nos dias que se seguiram, as meninas não falavam em outra coisa a não ser na Outra Ilha. Para Vanessa, isso mostra que a perspectiva delas é fraca, pois poderia haver dezenas ou até centenas de ilhas. Ela ainda se sente deprimida com a ideia, já que a deixa tão impotente quanto sempre foi, mas as outras meninas a adoram. Cada uma delas inventou uma ilha na cabeça e a tomou para si.

A de Letty é fria o ano inteiro e coberta de neve. As pessoas vivem em casas de neve e comem esquilos e frutinhas silvestres. Não há verão, mas isso não importa, porque só as crianças têm coragem suficiente para sair no frio. Elas caçam e colhem enquanto pais e bebês ficam encolhidos dentro de casa.

A ilha de Nina é lá no céu, onde flutua. Se você chegar muito perto da extremidade, pode cair e se despedaçar.

A ilha de Rosie só tem mulheres, e elas podem gerar sem precisar de homens, basta quererem. As mães cultivam a terra, cozinham, talham a madeira e caçam enquanto as filhas cuidam de filhas menores. À noite, elas vão para uma parte especial da floresta, onde cantam e contam histórias, e depois dormem empilhadas. Tem sempre alguém acordada para vigiar enquanto as outras dormem.

A ilha de Leah é infestada de cães que moram com os habitantes, mantendo-os aquecidos e pegando comida para eles. Em sua ilha, ninguém afoga cachorrinhos, e todos eles podem viver e ter suas próprias famílias. Cada criança tem um pai e uma mãe e dez cachorros. Os cachorros comem na mesa com as crianças, dormem na cama com elas, as protegem e acompanham por toda parte. Quando há uma nova ninhada de cachorrinhos, todo mundo comemora como quando nasce um menino, e depois decide quem precisa de mais cachorros.

Vanessa não consegue imaginar um mundo sonhado. Ela só consegue pensar na voz de Janey murmurando, "Nada será diferente". Não sabe por que o encontro na igreja a incomoda; nunca esperou fazer nada, a não ser se casar, ter dois filhos e mandá-los desfrutar o verão. Irá convencer o pai a dar a biblioteca dele para ela, ou pelo menos parte dela, e irá ler o tempo todo. Quando estiver velha, ela e o marido tomarão a poção final e vão morrer. Seus filhos, ou talvez os filhos de outra pessoa, ficarão com a casa deles, e seu corpo apodrecerá nos campos. Ela jamais gostou disso, mas sempre pareceu inevitável, então nunca pensou em outra opção.

Agora que podem haver diferentes possibilidades, a ideia desse futuro ordenado a incomoda. Ela tenta se consolar com a ideia de que, depois de ter filhos, poderá ler o que quiser, mas ainda tem uma sensação de tédio e estagnação. *Nada será diferente*. O futuro de todos eles será igual. Com exceção dos defeituosos, eles irão todos crescer, se casar, ter filhos, morrer.

As outras meninas estão borbulhando de criatividade e risos, o que só deixa Vanessa ainda mais triste. À noite, ela não consegue jantar direito. A mãe se preocupa e faz um chá para ela com uma gota de mel precioso. Ele é doce em sua boca, mas seus pensamentos continuam amargos.

Depois que Vanessa lava o rosto na pequena bacia em seu quarto, começa a fazer sua checagem habitual, começando pelos tornozelos. Inclinando o pescoço, ela bate suavemente nas pernas, deslizando os dedos pela pele, certificando-se de que está macia e de que suas coxas estão retas. Seus quadris também estão macios e retos, alinhados com sua cintura. Ela enfia os dedos entre as pernas, onde tudo está limpo, vazio e seco. Com o dedo no umbigo, examina a barriga, que está lisa, e depois pressiona cuidadosamente o peito.

Vanessa passou um tempo pensando que ele estava crescendo, mas depois achou que era apenas imaginação. Esta noite, ela tem certeza de sentir alguma coisa, e seu coração começa a bater mais depressa. Pressionando com dois dedos até sentir as costelas por baixo, calcula a profundidade de cada montinho de gordura. Eles são macios como lã molhada, e seu estômago dá um salto. Ela não quer ser macia, quer ser lisa e dura como uma tábua. Deve haver uma maneira de se livrar deles.

Com os punhos, ela aperta uma das protuberâncias o máximo que pode, apertando e comprimindo para que seu peito fique liso. Conta até cem e depois solta e o compara com o outro. Eles parecem iguais, embora o que ela apertou esteja avermelhado. Jura fazer isso toda manhã e toda noite, primeiro só do lado direito, para ter certeza de que funciona, e depois dos dois lados. Puxa o pano da camisola para debaixo do braço, apertando-o para que o peito pareça liso. O pai fica surpreso quando entra, por encontrá-la em pé de camisola, com o cabelo despenteado, em vez de na cama, esperando por ele.

CAPÍTULO VINTE E SETE

Janey

Janey está encolhida de costas para Mary, fria e imóvel na luz pálida da lua. Deseja que Mary adormeça, mas sente que ela está olhando fixamente para a parte de trás de sua cabeça, paciente e preocupada. Janey tem vontade de se virar, de abraçar Mary e adormecer, mas isto parece tão impossível quanto criar asas. Ela precisa ficar acordada. Sua mente está a mil, sempre a mil.

— Janey — diz Mary.

— O que é?

— Você tem que contar a elas o que me contou.

Janey é subitamente invadida por um desejo de não ter mais nada para contar. De que Amanda estivesse viva, andando por ali com sua barriga enorme, de que não houvesse suspeitas e teorias e temores torturando o seu cérebro a cada instante. De que ela pudesse simplesmente dormir como uma criança.

— Quanto tempo você vai esperar? — Mary insiste.

Janey se vira para olhar para ela.

— Eu não sou um pastor — ela diz. — Não sou um ancestral. Por que tenho que reunir todo mundo? Por que tenho que tentar mudar as coisas?

— Você é Janey Solomon — diz Mary, com um toque de reverência. — Você *sabe* coisas. Não pode simplesmente andar por aí tolamente como elas. Você sabe que não.

— Sinta isto. — Janey põe a mão dela em seu peito e Mary sente as batidas do coração dela.

— E daí? — diz Mary.

— Compare com as suas.

Mary põe a outra mão no próprio peito.

— O seu é lento. Sempre foi.

Duas pulsações em rápida sucessão batem contra as costelas de Janey, depois uma pausa, depois o ritmo regular recomeça.

— Meu peito às vezes dói. Acho que estou morrendo.

— Bem, então faça alguma coisa! — Mary diz, zangada. — Pare de agir como se fosse incapaz. Comece a comer. Isso vai ajudar, não vai?

— Não posso.

— Você pode, é fácil. Pegue a comida, ponha na boca, mastigue, engula.

— Eu não posso, eu não posso... me tornar uma mulher.

— Você vai se tornar uma mulher de qualquer jeito. Não vai poder adiar isso para sempre.

— Não — Janey diz.

— Torne-se uma mulher e não desfrute do seu verão de fruição. Você vai dar um jeito.

— É claro que não. Você se lembra de como Alberta Moses gritou e lutou, e eles a fizeram beber alguma coisa, e toda vez que ela começava a gritar de novo eles a faziam beber alguma coisa de novo, até que o verão terminou e ela se casou com Frank? E então, eu ouvi dizer, ela continuou gritando e eles continuaram a dar-lhe a bebida, e então morreu de hemorragia e pronto, essa foi a vida dela. — Janey faz uma pausa. — Se é que ela realmente morreu de hemorragia. — De repente, Janey começa a chorar desesperadamente. Mary a abraça com carinho.

— Eles não tratariam você como trataram Alberta — Mary diz. — Não ousariam.

— Eles adorariam fazer isso.

— Eles têm medo de você.

— Por isso mesmo.

— Então simplesmente faça isso, todo mundo faz. Você poderia ter filhos. Você iria amá-los.

Janey estremece só de pensar.

— Eu nunca vou ter filhos.

— Você poderia ter meninos.

— Pior ainda.

— Então vai simplesmente se matar. Você irá para a escuridão lá embaixo, você sabe.

— Eu sei.

— Por que não come? Eu faria qualquer coisa por você, por que não pode fazer isso por mim?

— Mary, eu não posso. Eu simplesmente *não posso*.

— Você tem dentes. — Mary enfia um dedo na boca de Janey, bate nos seus dentes para fazê-la rir. Não funciona. — Você tem um estômago. — Ela faz cócegas nela e é como tocar em algo morto. — Tem tudo o que precisa.

— Não tenho — Janey diz. — Desculpe. — Há uma pausa. — Eu te amo, Mary.

— Eu também te amo. Não vou deixar você morrer. Não se preocupe. Quando estiver fraca demais, eu vou alimentá-la com ovos e mel.

Janey sorri de leve e soluça.

— Isso parece nojento.

— Queijo e mel, então.

— Você pensa demais em comida.

— E você não pensa em comida o suficiente — Mary responde.

Janey suspira.

— Eu penso em comida o tempo todo — diz baixinho. Encosta o corpo em Mary, sentindo os ossos encostarem em sua carne macia. — Você não compreende.

— Eu nunca compreendo nada — Mary responde. — Ao contrário da minha irmã, a grande Janey Solomon.

Janey sopra ar pelos dentes, num muxoxo, levantando os pelos da nuca de Mary. Mary estremece e ri.

— Você precisa falar de novo com as meninas — diz Mary. — Precisa falar com elas sobre tudo o que sabe. Tudo.

— Não posso. Elas são... são jovens demais.

— Se você esperar até elas crescerem o suficiente para entender — Mary diz, bocejando —, serão adultas. E aí você não poderá fazer mais nada.

CAPÍTULO VINTE E OITO

Vanessa

Alguns dias depois, Vanessa está saindo de casa de manhã para a escola; a grama ainda está levemente congelada e range agradavelmente sob seus pés. De repente, alguém dá um pulo, agarra seu braço e a puxa para o lado da casa, onde ela cai de costas no chão. Olhando para cima, vê um rosto sardento.

— Eu preciso falar com você — diz Janey, ainda segurando o braço de Vanessa com as duas mãos.

— Sobre o quê? — pergunta Vanessa, se sentando e esfregando as costas. — E por que pulou em cima de mim? Eu podia ver você no recreio.

— Não! — diz Janey, dando um soco na parede da casa. — É uma coisa importante demais.

— Ah — Vanessa responde, ficando de joelhos e depois em pé. — Bem... estou aqui. Estou ouvindo.

— Vanessa? — A mãe chama da porta. — Foi você que fez esse barulho?

— Sim, mãe — responde. — Eu, ahn, eu caí. Bem aqui contra a parede. — Ela olha zangada para Janey, que encolhe os ombros ossudos num gesto de desculpa.

— Você está bem? — pergunta a mãe.

— Sim — diz Vanessa. — Estou indo agora para a escola.

— Comporte-se, querida — diz a mãe, e Vanessa ouve a porta se fechar de novo. Ela e Janey se entreolham indecisas.

— E então? — diz Vanessa.

— Bem, nós não podemos conversar aqui. — Janey olha em volta enfaticamente, como se pessoas estivessem se esgueirando para perto delas para ouvir cada palavra.

— Eu tenho que ir para a escola. A mãe vai saber se eu não for.

— Diga a ela que você adormeceu.

— Que eu adormeci andando para a escola?

— Diga que desmaiou.

— Eu desmaiei, passei o dia todo inconsciente e acordei depois da saída? E vim para casa.

— Bem, então promete encontrar comigo depois da escola?

— Encontrar você depois da escola — Vanessa diz devagar. — Onde?

— Na praia, perto do forte que eu e Mary construímos. Você lembra onde é?

— É longe, mas tudo bem.

— Prometa.

— Eu prometo.

Depois da escola, Vanessa se envolve no suéter enquanto caminha pelo campo, na direção da praia. Ela raramente vai até o perímetro da ilha, a menos que esteja nua e coberta de lama; não é proibido visitar o mar durante o outono, mas considera a praia como sendo um lugar de verão.

Todas as crianças conhecem o lugar onde o forte foi construído; a água fica rasa por muito tempo e até as crianças menores podem caminhar no mar, caçando criaturas marinhas ou se jogando de barriga na água. Ela tem boas lembranças de quando era pequena e implorava às meninas mais velhas para levantá-la e jogá-la no mar, fazendo espirrar um montão de água. A água sempre a acolheu com uma chuva de gotas e borbulhas, escorregando por entre seus dedos dos pés e das mãos e entrando nos seus ouvidos, envolvendo seu corpo num abraço fresco e divertido.

A água parece diferente no outono, mais revolta, embora suas marolas não tenham mudado. Talvez seja a cor, o cinza-escuro de carvão passado sobre papel, refletindo o céu. Gaivotas se juntaram na praia sem crianças, brancas e macias com bicos e pés de um vermelho vivo. Elas jogam a cabeça para trás e soltam gritos agudos e intermitentes.

Agachando-se, Vanessa passa os dedos sobre a areia fria e úmida. As gaivotas se agitam inquietas e olham para ela. O esqueleto da estrutura feita por Janey e Mary continua lá, embora os galhos tenham murchado e voado. Ele a faz lembrar do altar em casa, porém mais estranho, congelado, quebrado e destinado a venerar algo inumano. Ela se aproxima dele e passa a mão por um dos suportes. Uma farpa entra na palma da sua mão, e ela a tira com os dentes.

— Você veio — diz Janey, aparecendo do nada e fazendo Vanessa dar um pulo. — Eu achei que não viria.

— Eu prometi — Vanessa responde, limpando a gota de sangue da palma da mão no vestido. — Você disse que queria falar comigo.

— Eu quero — diz Janey. — Queria falar com você depois do encontro na igreja.

Vanessa suspira.

— Desculpe ter chamado você de aberração — ela diz. — Mas não deveria ter me lembrado de que eu vou terminar igual a todas as outras. Eu tento esquecer isso, quase sempre.

— Você também me lembrou de algumas coisas que também não gosto de lembrar — diz Janey. — Também peço desculpas.

Elas sorriem timidamente uma para a outra e então se agitam desconfortavelmente, experimentando o peso da amizade renovada.

— Onde está Mary? — Vanessa pergunta de repente.

— Ela está brincando com alguém — Janey diz vagamente. — Ou ajudando a mãe.

— Ela está sempre com você — Vanessa responde.

— Eu amo Mary mais do que tudo. Mas ela não é... — Ela enrola o pano do vestido. — Ela não é...

— Igual a você.

— Sorte dela — Janey diz sombriamente. — Eu só achei que ela não seria capaz de acrescentar muito. Ao que temos que conversar. — Olhando nos olhos de Vanessa, ela diz sem graça: — Vou contar a ela quando chegar em casa, é claro.

— Então, sobre o que precisamos conversar?

— Andei pensando no que você disse na igreja.

Vanessa dá um riso um tanto autodepreciativo.

— Eu falo muita coisa.

— O que você falou sobre sermos incapazes de mudar alguma coisa. Como cabras esperando o matadouro. Algo assim.

Vanessa balança a cabeça.

— Sim.

— E isso me fez pensar. Você diz que não vale a pena imaginar se existem outras ilhas, nem pensar sobre as terras devastadas, porque isso não faz diferença.

— Sim. — Vanessa enfia a unha na boca, depois torna a tirar. — Não falei nada sobre as terras devastadas, mas sim. Foi isso que eu disse para as outras meninas.

— Mas você adora saber coisas — Janey argumenta. — E quanto a todos aqueles livros? Por que os ler? Eles não vão fazer diferença, mas você os lê mesmo assim.

— O que eu deveria fazer? — Vanessa diz, desanimadamente. — Apenas limpar a casa, ir à escola, ver mulheres parindo, ouvir o pastor Saul falar sem parar e esperar... esperar o meu corpo mudar?

— É isso que todo mundo faz — diz Janey.

— Você não.

— Aqueles livros não vão mudar o que vai acontecer com você.

— Eles são... janelas. Mesmo que o lugar que eles me deixem ver seja impossível.

— Eles lhe ensinam coisas.

— Sim — diz Vanessa.

— Por que não quer pensar em outras ilhas? Você diz que não adianta, mas poderia ser uma janela também.

Vanessa revira os olhos. — Porque eu nunca vou saber se é verdade. O que quer que eu pense que *poderia* ser verdade, da mesma forma que as ilhas onde as pessoas vivem de mel e os bebês crescem em árvores.

— E se você pudesse saber alguma coisa? — Janey pergunta baixinho. — Eu acho que nós devíamos *tentar* saber mais. Mesmo que no fim isso não mude nada.

— Saber mais sobre o quê?

Janey aperta a saia em volta dos joelhos e então se senta na areia molhada. Vanessa a imita e sente a umidade fria encostar na parte de trás de suas coxas. Quando Janey se inclina para a frente, sua trança balança no colo de Vanessa como uma corda flamejante.

— Nós precisamos saber a respeito das terras devastadas.

CAPÍTULO VINTE E NOVE

Vanessa

Janey achava que era a primeira das meninas a buscar saber mais sobre as terras devastadas. Vanessa não mencionou que, desde que ouvira falar delas pela primeira vez, tinha tentado descobrir mais. A visão sedutora de um mundo em chamas a inebria. Ela imagina a grama, as árvores, as casas da ilha explodindo em chamas: o calor, o brilho, tudo o que ela conhece virando alimento para o fogo e se estilhaçando, inflamando, se transformando em ruínas e pó. Imagina a si mesma separando as cinzas leves e negras em busca dos ossos brancos dos seus parentes, andando com pés cinzentos para ver as pedras caídas de uma igreja morta. Devaneios como esses a fazem pensar, às vezes, se ela está de certa forma marcada, uma defeituosa oculta, mas defeituosa mesmo assim. Um traço de podridão em sua mente, tornando seus pensamentos negros.

Quando se encontraram na praia, dois dias antes, Janey sugeriu que Vanessa tentasse com mais afinco extrair informações do pai, mas Vanessa sabe que é inútil. Ela passou a vida toda usando tudo o que tem — seu corpo, sua voz, suas palavras, seu sorriso —, tentando descobrir mais sobre as terras devastadas. O pai sabe como deixar de lado suas perguntas com uma voz calma e natural, como se tivesse aprendido desde muito cedo a evitar a curiosidade das filhas. Talvez ele tenha. Talvez, em breve, comece a doutrinar Ben na arte de fechar o mundo para aqueles que o procuram.

O pai é um beco sem saída, mas Vanessa conhece outras fontes agora. Talvez os novos Adam ainda não saibam como evitar aqueles que são persistentes. Vanessa tem que começar a usar de subterfúgios para forçar a Sra. Adam a contar a ela sobre as terras devastadas. Evita pensar em passar mais tempo com o Sr. Adam, lembrando-se da figura ameaçadora se aproximando dela na biblioteca. Ele dá a impressão de que arrancaria algo vital dela em troca de informação, como seus pulmões ou seus dentes.

Por outro lado, Vanessa gosta da Sra. Adam. Ela é indecisa e doce, com os maneirismos e o discurso de uma criança. Ao contrário da maioria dos adultos, ela olhou para Vanessa com um rosto alegre, como se mal pudesse esperar para falar com ela. Se Vanessa conseguisse conversar com a Sra. Adam sem a interferência do Sr. Adam, o faria mesmo sem um motivo oculto. Ela acha que sabe como fazer isso.

Durante uma semana, na parte da tarde, Vanessa ronda a casa dos Adam como um cão faminto atraído pela promessa de restos de comida. Finalmente, ela vê a Sra. Adam caminhar até o jardim e corre para encontrá-la.

— Sra. Adam! — diz ela de modo esbaforido.

A Sra. Adam leva um susto.

— Vanessa! — diz ela do mesmo modo esbaforido. — Que bom ver você. Como vai?

— Bem — responde Vanessa, sentindo-se quase tímida. — A senhora vai cuidar do jardim?

— Vou tentar — a Sra. Adam diz, rindo um pouco. — As mulheres andaram tentando me explicar o que fazer, mas eu sou péssima. Espero não matar tudo.

— Não vai não — Vanessa diz, incentivando-a. — Tenho certeza de que não vai. Ela faz uma pausa. — Quer que eu ajude?

— Isso seria ótimo — a Sra. Adam diz. — Você entende de jardinagem?

— Entendo, sim — mente Vanessa, que é tão avessa a isso que a mãe desistiu de forçá-la a ajudar. — Adoro jardinagem.

— Que bom — diz a Sra. Adam. — Eu ia tirar as ervas daninhas.

Embora Vanessa role alegremente na lama todo verão, ela não suporta puxar plantas cheias de espinhos da terra rica e fertilizada.

— Eu adoro arrancar ervas daninhas — ela comenta com grande convicção.

Levantando a saia do vestido e as pontas do xale, a Sra. Adam se ajoelha no chão frio.

— Como a gente sabe qual das plantas é uma erva daninha? — pergunta.

Vanessa também se ajoelha e seus joelhos ficam gelados na mesma hora.

— Bem — diz animadamente —, isto exige *prática*.

Cuidadosamente, a Sra. Adam começa a puxar tiras de plantas do jardim que parecem não pertencer a ele. Vanessa, tentando parecer paciente e calma, faz o mesmo. Elas fazem uma pequena pilha de vegetação.

— Como a senhora está se adaptando? — Vanessa pergunta.

— Ah, todo mundo é tão amável — a Sra. Adam diz alegremente. — As pessoas estão me ajudando com tudo. Eu não sei costurar, nem esfregar coisas com areia, nem cozinhar numa *fogueira*, céus, não. Todo mundo tem tanta boa vontade em me mostrar coisas, duas vezes, geralmente.

Vanessa percebe na mesma hora que isso quer dizer que as pessoas nas terras devastadas não costuram, nem esfregam coisas, nem cozinham em fogueiras. Tem vontade de interrogar a Sra. Adam imediatamente, mas aprendeu com a conversa que teve com o Sr. Adam na biblioteca. Ela diz simplesmente:

— Ah, é?

— Sim, ou eu queimo a comida ou ela fica crua. Felizmente, Clyde é paciente comigo. Mais do que habitualmente, já que ele também está aprendendo tanto. Aqui é tão diferente.

Vanessa tem que morder a língua, com força, para empurrar de volta as perguntas que tem na boca e engoli-las.

— Tenho certeza que sim — ela diz.

— Em pouco tempo tudo será normal — diz a Sra. Adam. — Apenas leva tempo. É isso que o Clyde diz. Ele estava tão ansioso para vir para cá, e eu nunca o vi tão feliz. E aqui é tão lindo, *tão* lindo. Nunca vi nada parecido. Foi difícil vir para cá, deixar tudo para trás, mas a beleza daqui... as árvores! Isso ajuda.

Vanessa pensa em diversas respostas e olha para a Sra. Adam para se certificar de que ela está distraída com as plantas antes de dizer:

— De quem a senhora sente mais saudade?

— Da minha avó — responde a Sra. Adam. — Eu nunca mais a verei de novo, e isso é triste.

Vanessa se senta sobre os calcanhares, as mãos cheias de mato, e olha espantada para a Sra. Adam.

— Sua *avó*?

— Ela era... é... tão querida — diz a Sra. Adam. — O nome dela é Elizabeth. Bem, *ela* poderia ter costurado.

— Quantos anos a senhora tem, Sra. Adam? — Vanessa pergunta baixinho.

— Eu? Eu tenho vinte e sete — responde.

A cabeça de Vanessa gira, e ela estende a mão e puxa uma planta ao acaso, tentando manter a expressão do rosto neutra. Aos vinte e sete anos, a Sra. Adam deveria ser uma avó. Quantos anos devia ter a avó dela? Por que não teve que tomar a poção final? Será que o marido dela era de uma utilidade ímpar?

— E o seu avô? — diz ela num tom que pretendeu leve.

— Ah, ele morreu anos atrás — diz a Sra. Adam. — Ele também era maravilhoso.

— Sei — Vanessa murmura, tirando tufos cada vez maiores de folhagem e tentando se controlar.

— Vanessa — a Sra. Adam exclama de repente. — Acho que arrancou uma cenoura.

Vanessa dá um pulo e olha para uma pequena raiz cor de laranja saindo de pequenos talos verdes.

— Ih — ela diz.

— Pelo menos eu acho que é, deixe-me ver. — A Sra. Adam passa os dedos pela raiz, leva-a à boca e então diz "Ih" e a larga no chão.

— O que foi? — Vanessa pergunta.

— Eu... eu esqueci o que vocês usam para fertilizar plantas aqui — diz a Sra. Adam.

— O que é que tem? — Vanessa responde, confusa.

— Bem, trata-se, digamos, da parte *humana* da coisa... eu não quero comê-la.

— Uma cenoura? — Vanessa examina a raiz, cheira-a e dá uma mordida nela. — Sim, é uma cenoura.

Levantando os olhos, ela vê a Sra. Adam parecendo um tanto nauseada.

— Tenho certeza de que a pessoa acaba se acostumando. — A Sra. Adam engole em seco. — Quer dizer, eu estou quase acostumada com o cheiro. Para dizer a verdade, quando cheguei aqui eu não conseguia parar de vomitar. Talvez seja o bebê. Clyde não ligou muito, mas eu, eu acordava, respirava e vomitava.

— Eu acho que o cheiro é meio forte mesmo — Vanessa concorda. — Depois de um tempo, você não nota mais.

— Forte — a Sra. Adam diz com um sorriso corajoso. — Essa é a palavra.

Elas sorriem uma para a outra, sem motivo.

— Então — diz Vanessa. — O que a senhora gostava de comer? Nas terras devastadas?

Mas ao ouvir a expressão "terras devastadas" o rosto da Sra. Adam fica consternado e Vanessa sente um buraco no estômago.

— Eu não posso contar nada para você a respeito das terras devastadas — a Sra. Adam murmura dramaticamente, como se esta própria proibição fosse um segredo que precisa ser guardado. — Clyde diz que eu não posso. E os viajantes, eles foram tão... veementes. Desde o dia em que um deles foi me ver em... nas terras devastadas.

— É claro — diz Vanessa. — Que burrice a minha.

— Ah, mas eu sinto muito — a Sra. Adam lamenta num tom de voz normal. — Você deve estar *louca* para saber. Eu estaria!

Vanessa sorri nervosamente.

— Simplesmente *louca* — ela concorda. Ela se levanta e vai se ajoelhar perto da Sra. Adam, suas coxas encostadas uma na outra.

— Qual dos viajantes foi? — Vanessa pergunta, após algum tempo. — Quem foi visitar a senhora?

— Eu não... eu acho que não sei ao certo. Mas ele era tão, tão alto e seguro de si e usava aquele casaco preto. Ele me fez tantas perguntas.

— Que tipo de perguntas?

— Se eu estava preparada para aceitar os ancestrais em meu coração, se estava preparada para aceitar a autoridade de Clyde. Ele também me contou um monte de coisas.

— O que foi que ele contou? — Vanessa pergunta avidamente.

— Bem, a respeito da ilha, é claro. Como as coisas funcionam. Não tudo, mas a maior parte, sabe? E nós ficamos tão contentes por sermos escolhidos. Embora Clyde tenha dito que muita gente não viria, por causa da poção final e das filhas, mas isso não incomodou a *ele*.

— Que filhas?

— Você sabe, ele me salvou, de verdade, eu estava um trapo e ele me salvou. Então eu não podia dizer não para nada que ele quisesse. Além disso, aqui é mesmo muito bonito.

— Ele salvou a senhora de quê?

— Só... de uma vida ruim. Eu estava fazendo coisas que não devia fazer. Quer dizer, não tive escolha, mas mesmo assim eram coisas ruins.

Vanessa olha para os olhos grandes e castanhos da Sra. Adam.

— Que coisas?

— Ah, não — a Sra. Adam diz, sacudindo a cabeça. — Mesmo que eu pudesse contar tudo a você, não contaria isso. Não é para o ouvido de crianças.

— Eu não sou uma criança — Vanessa responde.

— Mas você é sim — a Sra. Adam diz, sorrindo confusa para ela. — É claro que é.

Vanessa fica em silêncio por um momento e então diz:

— Então o Sr. Adam salvou a senhora. Em seguida a trouxe para cá.

— Sim — ela diz, animada de novo. — Ele é um homem tão bom, na verdade.

Vagarosamente, Vanessa diz:

— Ele salvou a senhora dos incêndios.

— Incêndios?

— O pastor Saul diz que está tudo pegando fogo — Vanessa murmura, menos para a Sra. Adam e mais para si mesma. Ela fica surpresa ao sentir uma mão fria e suja de terra em seu rosto.

— Vanessa, Clyde me contou que você tentou fazer com que ele respondesse as suas perguntas — a Sra. Adam diz carinhosamente. — O quanto você quer *saber*. Eu nunca fui assim, mas admiro isso.

Vanessa põe a mão sobre a mão da Sra. Adam e espera.

— Há... — Vanessa vê que a Sra. Adam está lutando para formular as frases. — Você é tão inteligente. Eu não fico surpresa por querer saber tudo o que puder. — Ela faz uma pausa. — Mas isso não é bom. Não vai fazer você feliz. — Mais silêncio. — A vida inteira eu aprendi a não questionar as coisas. Isso não traz nada de bom. Geralmente você aprende o que não queria aprender, e continua sem saber o que queria saber. — Um suspiro. — Quer dizer, saber coisas pode ferir de verdade.

— Mas, Sra. Adam — diz Vanessa, se agarrando à mão em seu rosto —, e se o sofrimento não for a parte mais importante? E se nem valer a pena levá-lo em consideração? — Ela engole em seco. — E se você fosse sofrer de qualquer maneira?

A Sra. Adam pisca os olhos e uma lágrima rola pelo seu rosto.
— Você está sofrendo, Vanessa?

Vanessa não consegue responder. De repente, sente como se ela fosse a adulta e a Sra. Adam, a criança que precisava ser protegida.

— Não o tempo todo — ela diz, e isso é a coisa mais confortadora que consegue dizer. Enterra os dedos bem fundo na terra e fecha os olhos, como se sentisse o solo gemer sob seus joelhos dormentes.

CAPÍTULO TRINTA

Janey

É um dia chuvoso, com a neblina cor de cinzas pesando sobre os galhos nus das árvores. Mary muda de posição e estremece, mas Janey sabe que ela está tentando suportar o frio e a umidade sem reclamar. Elas estão com os pés enfiados na lama até os tornozelos na beira da praia, olhando para o local entre os juncos onde o barco vem e vai. Perto do cais, tem um salgueiro enorme, curvado e artrítico, cujos galhos roçam a superfície da água. Janey e Mary estão semiagachadas, com as mãos no tronco seco e nodoso da árvore, esperando a balsa chegar na praia.

— Eles vão nos ver — sussurra Mary. — Você sabe que não devíamos estar aqui.

— Não vão nos ver — Janey responde rispidamente. — Eles teriam que estar procurando por nós. — Mas então, tornando a olhar para Mary, ela levanta o suéter para esconder o cabelo ruivo brilhante e, de repente, não há cor viva em parte alguma.

Quando ouvem o lento barulho de sucção da vara do barqueiro, elas se abaixam mais ainda e a água lamacenta molha a bainha dos seus vestidos. A balsa para no meio da vegetação e dois viajantes vestidos de preto desembarcam. Eles fazem um aceno de cabeça para o barqueiro e, em seguida, começam a caminhar pelo capim com seus sapatos de couro na direção de suas casas. Um deles tem um pacote embrulhado com pano debaixo do braço.

— Vamos — sussurra Janey.

— Nós temos que esperar até eles sumirem de vista — diz Mary.

— Eles não vão olhar para trás. Vem. — Ela agarra o cotovelo de Mary com uma mão forte. Elas querem correr, mas o capim molhado e a lama as fazem escorregar e deslizar, e são obrigadas a ir andando com seus tamancos de madeira o mais rápido que o chão permite.

A balsa navega sobre as marolas parecendo uma ave aquática cochilando, o barqueiro está sentado numa caixa estranha sobre as tábuas. Ele parece estar soprando fogo. Fumaça sobe de trás da sua mão branca, mas então seus dedos se mexem e revelam que ele está sugando com seus lábios descarnados um pedaço de papel cilíndrico. Ele aspira, o papel fica rubro na ponta, e depois ele abre a boca e solta uma baforada de fumaça cor de ostra.

Janey caminha na direção da balsa, mais hesitante agora, e ele olha repentinamente para ela. Ele está usando seu estranho chapéu de uma aba só na frente, tão surrado e desbotado que quase não tem cor. Seu rosto é duro e anguloso: maçãs do rosto salientes, um nariz quebrado que entorta para a direita, uma boca fina repuxada num esgar por uma cicatriz no lábio superior. Seus olhos quase ocultos pela sombra do chapéu e a escuridão da noite.

Janey abre a boca e torna a fechar, fazendo sinal para o homem se aproximar. O homem olha para ela e dá de ombros devagar, mais devagar do que ela poderia supor que um homem faria. Languidamente, ele pega a sua vara e dá mais um empurrão na direção da praia. Janey se vira para Mary e estende a mão trêmula.

O silêncio das filhas

Entrelaçando os dedos, elas caminham devagar até a balsa: duas meninas, uma alta, de cabelos ruivos, a outra pequena, de cabelos castanhos, uma se apoiando na outra como se uma não pudesse ficar em pé sem a outra. Quando a balsa toca os juncos, o barqueiro abre as mãos como que dizendo: *E então?*

Com um suspiro profundo, Janey e Mary tiram os sapatos. A água bate gelada em suas canelas quando elas andam até a balsa e sobem com dificuldade. Janey se pergunta se está sonhando, se essa embarcação ocupada apenas por viajantes e exilados é real sob seus pés.

De perto, o barqueiro cheira a fumaça, metal e algo podre. O rosto dele é coberto de pequenas cicatrizes, desde o corte no lábio superior até um punhado de marcas de varíola nas faces. A luz cinzenta ilumina seus olhos estreitos sob a aba do chapéu.

— Olá — diz Janey, com uma voz envergonhada que ela nunca ouviu sair de sua garganta. — Suponho que o senhor não esteja acostumado a ter meninas na balsa.

Franzindo a testa, o barqueiro fica olhando para elas.

Ela fala mais alto:

— Nós queremos conversar com o senhor. Nós achamos... nós achamos que o senhor tem coisas valiosas para nos contar.

Ele tosse na mão fechada e torna a olhar para elas.

— Sobre as terras devastadas — continua Janey. — O senhor é de lá. O senhor mora lá. A menos que more nesta balsa, mas isso parece improvável. Nós precisamos saber coisas.

Levando o estranho cilindro de papel à boca, que Janey pode ver agora que está cheio do que parecem aparas de madeira, ele inala e depois sopra uma nuvem de fumaça sobre elas. Ela respira para falar, tosse e recomeça.

— Sabe, é que... — Ela para. — Nós estamos presas aqui. Não sabemos nada. Sobre o que aconteceu, ou como as coisas estão agora. — Ela se mexe, e a balsa se move assustadoramente sob ela. — Nós precisamos saber como é lá. Nas terras devastadas. Nós temos... perguntas.

O barqueiro suspira, impaciente.

— Eu disse que nós temos perguntas. O senhor irá respondê-las?

Ele continua olhando fixamente para ela.

— Não, isso não é... o senhor precisa... então minha primeira pergunta é sobre o flagelo. O que... — E ela para porque ele está abrindo a boca para falar.

Por baixo da corrente de medo que a consome, Janey sente um arrepio na pele como o zunido antes de um raio cair. O que quer que esse profeta sombrio diga será algo novo, proibido. Ela se inclina para a frente, na direção do seu cheiro de fumaça e de podre, do seu olhar cor de carvão.

Ele está abrindo a boca devagar, tremulamente, como que lutando contra uma força invisível que a mantém fechada. Seus lábios se abrem mais e mais, e agora Janey imagina se ele irá deslocar o maxilar, ou se suas bochechas irão rachar e gotejar como a casca de um fruta esmagada. Ela sente vontade de fugir, mas sua fascinação mórbida é mais forte. O barqueiro aponta para a boca aberta com um dedo torto. Como que em resposta, um raio de sol surge no meio das nuvens para inundar a ilha de luz.

Janey segue o raio de sol até a boca do barqueiro e então solta uma exclamação de horror. Ela vê uma carcaça, dobras podres e obscenas de carne.

O barqueiro não tem língua.

Não é um corte bem-feito; metade da língua dele foi cortada no toco, mas uns poucos músculos trêmulos envoltos em carne ficaram e se retorcem como uma criatura sem olhos, presa, esticando-se na direção da luz.

Mary dá um grito, Janey consegue não gritar, mas solta um gemido gutural, e ambas saltam para fora da balsa dentro da água gelada, suas pernas frias e trêmulas, e correm desesperadas na direção da praia. Esquecendo os sapatos, elas vão embora descalças, as solas dos pés cortadas pelo capim meio congelado enquanto se afastam correndo da água. Os pulmões de Janey ardem e ela começa a suar frio.

— Casa — diz Mary. E ao ouvir isto, Janey a faz parar.

— Não! — Mary grita, virando-se apavorada para olhar por cima do ombro, embora elas estejam bem longe do oceano, longe da vista de qualquer pessoa, paradas em um campo perto das ameixeiras do Sr. Balthazar.

— Pare — Janey ordena, sem fôlego. — Pare. Estamos seguras.

— Quem arrancou a língua dele? — Mary pergunta. — Foram os viajantes? Nós *falamos* com ele, e se ele contar... e se ele contar...

— Respire — Janey diz com voz trêmula, o rosto lívido. Ela tenta não pensar no barqueiro sem língua exalando fumaça. — Apenas respire.

Mary começa a chorar, caindo de joelhos. Janey se ajoelha e a abraça bem apertado.

— Respire — ela torna a dizer.

— E se ele nos *seguir*? — Mary pergunta de repente, virando-se para olhar para trás.

— Ele não vai fazer isso — diz Janey.

— Ele poderia. Pode estar indo procurar os viajantes agora mesmo, para contar a eles. Pode estar furioso...

— Ele não sabe onde moram. E ele não está furioso. Você não escutou quando estávamos fugindo?

— Escutei o quê?

— Ele estava rindo de nós. É difícil dizer, mas foi isso que pareceu que ele estava fazendo.

— Rindo de nós? Por quê?

— Porque ficamos com medo. — Janey ajeita um mecha de cabelo de Mary atrás da orelha dela.

— Que tipo de coisa faria alguém arrancar sua língua? — Mary pergunta, soluçando. — E se ele fizer isso conosco?

— Ele é velho, não é — diz Janey, mais para si mesma do que para Mary. — Muito velho. Ele sobreviveu lá por muito tempo. Você viu as roupas dele?

— Não — Mary diz, fungando. — Eu não reparei nelas.

— Elas eram imundas, e velhas, mas bem-feitas. Muito bem-feitas. E os sapatos dele eram... complicados.

— Você acha que ele ainda está parado lá? — diz Mary.

— Não — Janey diz bruscamente. — Eu acho que não. Acho que ele voltou para lá. — Ela faz um gesto amplo com a mão.

— Nós precisamos contar às outras meninas...

— Não. — O rosto de Janey está duro e frio, e seus olhos brilham como fogo. — Nós nunca contaremos a ninguém.

— Por quê?

— É que... se não contarmos a ninguém, isso será um segredo só nosso. Eu não quero que ninguém mais saiba disso.

— Mas por quê?

— Porque foi... — O lábio inferior de Janey treme e ela é obrigada a mordê-lo com força. — Elas são tão jovens, e o modo como ele... — Ela abraça o próprio corpo. — Além disso, se alguém souber que estivemos na balsa, se chegar aos ouvidos dos viajantes... Não conte a ninguém. Por favor.

— Janey, agora como é que você vai saber como são as terras devastadas?

Janey sacode a cabeça.

— Não sei. Por favor, pare de me fazer perguntas. Eu só quero voltar para casa também.

Elas caminham trôpegas em direção à casa, sentindo-se contaminadas por esse novo conhecimento. Ele se agarra nelas como algemas quando elas tentam esquecer que aquilo aconteceu. Durante vários dias depois disso, Mary acorda gritando no meio da noite, com pesadelos de uma terra podre e fedorenta se abrindo lentamente sob ela para engoli-la inteira. E Janey simplesmente não dorme.

CAPÍTULO TRINTA E UM

Caitlin

Caitlin está ansiosa pela próxima vez que Janey for reunir as meninas. Ela não é a única. Rosie contou-lhe que algumas meninas esperançosas chegaram a ir até a igreja na noite seguinte, mas só encontraram escuridão lá dentro. Passados alguns dias, parecia que aquilo tinha sido um sonho: Janey atrás do púlpito, todas olhando para ela, a ideia sedutora de novas ilhas. Caitlin se sente um tanto tola por ter achado que sabia de algo excitante.

Mas então, cerca de duas semanas depois da primeira visita à igreja, Rosie bate em sua janela de novo. Desta vez, Caitlin nem mesmo se arrasta para cima do telhado, apenas abre a janela e acena. Calça os sapatos, lembrando-se do chão gelado, e então torna a tirá-los, lembrando-se do barulho que fazem no chão. Ela se lembra de levar um cobertor, e Rosie tem um xale.

Desta vez, ninguém hesita na porta da igreja; elas podem ver a luz suave iluminando a escada escura e flutuando no ar da noite. Janey já está no altar, andando de um lado para o outro como um magro e sardento pastor Saul, olhando ferozmente para elas. Mary está perto dela, silenciosa feito sombra. Há mais meninas desta vez. Dá para reconhecer as novas, porque elas estão só de camisola, enquanto as que ouviram o último sermão de Janey estão agasalhadas. Agarrando-se umas às outras e saltitando, as meninas sem agasalhos dão risadinhas e se encolhem de frio. A respiração do grupo vira uma névoa, subindo na direção do teto preto, invisível, da igreja. Há um cheiro no ar que Caitlin nunca notou antes, um cheiro de terra e umidade. Ela pensa se as paredes estão desmoronando devagar. De repente, tem uma visão de todas elas se debatendo sob uma pilha de destroços como minhocas.

Janey diz:

— Diana, você não pode trazer seu irmão.

— Mas ele só tem três anos — retruca Diana Adam, que está segurando no colo um William sonolento.

— Mas ele sabe falar.

— Ele chorou toda vez que tentei sair do quarto. O que eu podia fazer? Olhe, ele já está dormindo.

Janey olha de cara feia para ela por um instante e então diz:

— Trate de fazer com que ele fique quieto.

Diana encolhe os ombros, colocando William montado em seu quadril.

— Da última vez, eu estava tentando falar sobre uma ideia, mas não saiu como eu queria. Eu sinto... bem, sinto como se meu tempo estivesse acabando. Mas há algumas coisas que eu sei, e mesmo se... bem, se contar para vocês, vocês irão saber também. Quero falar sobre Amanda Balthazar — Janey diz. — Ela não morreu de hemorragia.

Caitlin sente a pele gelada e arrepiada. Ela tem a impressão de ter sido arrancada das sombras para todo mundo ver. Sentando-se num banco, encosta o queixo no peito e abraça o próprio corpo. O que foi que ela começou? Por que não ficou calada?

Ela achava que todo mundo tinha ouvido falar da moça morta na água, mas, pelo visto, não. Gina franze a testa e diz:

— Como assim? Ela teve uma hemorragia. Ela morreu.

— Ela morreu — diz Janey. — Mas não de hemorragia. Eu acho que foi assassinada.

Há um longo silêncio.

— Por Andrew? — pergunta alguém num tom de incredulidade.

— Não. Pelos viajantes. Eles tiraram o corpo dela da água. Caitlin os viu — Janey responde.

Caitlin se encolhe ainda mais e reprime um desejo de se esconder debaixo do banco. Cabeças se viram para olhar para ela, e ela finge que não está lá, que está em outro lugar, dormindo na cama com a mãe, talvez, ou andando na praia no verão. Nunca teve tantos olhos pousados nela.

— Caitlin pode estar mentindo — diz Gina.

Há um murmúrio de concordância.

— Eu acho que não — diz Janey. — Caitlin viu o que disse que viu. Ela não é mentirosa.

— Como você sabe? — pergunta Gina.

— Porque se fosse, ela inventaria alguma coisa sobre as terras devastadas. Alguma coisa que ela se lembrasse do tempo em que morou lá. Mas nunca fez isso.

Caitlin lembra da sua visão da mulher morta, mas preferia morrer a contar a alguém.

— Talvez não seja suficientemente inteligente — observa Harriet Abraham.

— Ela é bastante inteligente! — Rosie grita, e Caitlin sente um calor no peito diante da defesa inesperada. — Ela *decorou o Nosso Livro* e tudo o que o pastor Saul já disse. — Isso não é inteiramente verdade, mas Caitlin jamais a corrigiria naquele lugar cheio de gente.

— Então vamos fazê-la recitar o livro. — Harriet ri, e Janey olha zangada para ela, até ela olhar para baixo, intimidada.

— Então, eu estava pensando... — Janey diz, com um tom de voz mais alto — se Amanda foi assassinada... quantas outras mulheres foram assassinadas também?

Ela olha para todas com expectativa, como se tivesse feito uma pergunta simples. Há uma certa agitação e troca de olhares, e finalmente Violet diz:

— O que você quer dizer?

Abraçadas para se esquentarem, ela e a irmã Sarah estão com os braços em volta uma da outra como finas cordas.

— Eu quero dizer que, se Amanda foi realmente morta e não morreu de hemorragia, talvez as outras mulheres que supostamente morreram de hemorragia tenham sido assassinadas também.

— Mas eu vi uma mulher sangrar até morrer — Rosie diz. — Na minha frente. Foi nojento.

— Eu também — diz Harriet. — Eu vi a Sra. Jacob morrer. Anna Jacob, a esposa do fabricante de sabão. Ela *era* esposa dele.

— Mas às vezes você não encontra ninguém que as viu morrer — diz Brenda Moses. — Se isto acontece em casa, ou... — Ela faz um gesto. — Como a Sra. Gideon, a esposa do fazendeiro, aquela bem jovem, ela sangrou em casa, mas sua filha, Kelly, disse que não viu, e o Sr. Gideon também não viu, ela estava sozinha em casa e morreu e não havia sangue em parte alguma e seu corpo estava pronto para ser enterrado. Kelly disse que foi muito estranho.

Kelly Gideon agora é Kelly Abraham, casada e incapaz de ajudá-las.

— Isso não quer dizer que ela foi assassinada — diz Lillian Saul. — Isso não quer dizer nada, talvez eles apenas a tenham limpado muito bem. Mesmo que ela não tenha morrido de hemorragia, por que isso significa que foi assassinada?

— Mas e se foi? — pergunta Fiona. — Lembrem-se, ela foi uma das que costumavam dizer que meninas e homens deviam ter seus verões de fruição quando tivessem a mesma idade. Ninguém prestou atenção, mas ela disse isso.

Alguém ri alto dessa ideia.

— Mas se elas foram mortas, então... — Diana murmura.

— Quem as matou? — diz Letty, no momento em que Fiona pergunta:

— E se ela simplesmente caiu na água?

— Esperem — diz Rosie. — Não é como se o mar estivesse cheio de mulheres mortas. Só Amanda é que estava na água.

— Vocês se lembram da Sra. Joseph, Alma Joseph — Brenda diz devagar. — Ela era louca, lembram? Ela disse que pais não deviam... que meninas não deviam... lembram de como era louca? O Sr. Joseph teve que se casar com ela porque não tinha sobrado ninguém, mas vocês se lembram? E ela morreu de hemorragia logo depois? Alguém a viu sangrando?

Todas começam a falar ao mesmo tempo. Meninas se viram umas para as outras, compartilhando teorias e lembranças com as amigas. Devagar, Janey deixa o púlpito e se senta na beira do altar, balançando as pernas finas.

Sem a promessa de uma ilha cheia de gatinhos, ou neve, ou mel, as meninas mais moças perderam de novo o interesse; algumas estão brincando de bater palmas num canto. As batidas de palma contra palma soa como gotas de chuva caindo cadenciadas enquanto elas cantam:

Um-dois-três-quatro-cinco-seis
Tomem uma poção e vão pro céu, vocês
A vovó não pode, a vovó não quer
Enfie esse veneno na garganta da mulher!

Há um barulho alto, então risos.

Outra menina no fundo da sala diz:

— Ninguém deve matar os outros, isso é contra os mandamentos.

— Os viajantes fazem os mandamentos — diz Gabby Abraham.

— Não, foram os ancestrais que os escreveram — corrige Ellen Joseph.

— Mas os viajantes acrescentaram outros — diz Fiona. — Talvez você não precise cumprir uma regra quando ela é feita por você.

— Mas se eles mataram Amanda, se eles matam mulheres, podem me matar? — Ellen diz com pânico na voz.

— Nós não temos certeza de que eles mataram alguém — Linda diz, tentando tranquilizá-la.

— Eu estive com Amanda — Janey diz, tornando a se levantar, e os rostos pálidos se voltam para ela. — Eu estive com ela poucos dias antes de morrer, e ela estava falando em mudanças. Procurando uma saída. Tentando conseguir ajuda. E então, nós ouvimos um barulho, e então... havia um homem.

— E ele a matou — diz Brenda.

— Não — Janey diz, irritada. — Ele só estava lá, ouviu e fugiu. As coisas que Amanda estava dizendo eram blasfêmias, eu acho. Eram perigosas. E agora ela está morta. Vocês entendem?

Outro grupo de meninas pequenas está correndo pela igreja, gritando de vez em quando. Caitlin ouve um grito ou um gemido indicando uma batida de um cotovelo ou um joelho ralado. Começa uma briga. Elas estão mais inquietas e mais irritadas do que no último encontro. É estranho ouvir esses ecos do verão quando o verão já terminou e está em estado de coma, esperando passar os meses até poder ressuscitar. Quanto mais o verão fica para trás, mais difícil é controlar as meninas menores.

Janey parece irritada. Caitlin de repente se lembra do quanto ela é mais velha do que as outras, aqueles três ou quatro anos que existem entre ela e até mesmo as mais velhas das outras meninas. Isto significa que, pelo certo, ela já devia ter seus próprios filhos. Seu cabelo solto e flamejante devia estar puxado para trás e preso no alto da cabeça, seu vestido mais comprido e mais largo, seus movimentos pesados e serenos. A visão de Janey adulta soa mal na cabeça de Caitlin e ela a abandona. É mais fácil imaginar Janey morta do que casada.

— Então você está dizendo que os viajantes são todos uns assassinos? — Vanessa diz com amargura.

— Eu estou dizendo que está acontecendo alguma coisa — Janey responde. — Não disse que eles eram todos assassinos. Não sei como agem, ao contrário de você. Poderia ter sido um deles, todos eles. Eu não sei.

— E sua prova é de que Amanda falou alguma blasfêmia e morreu de hemorragia?

Caitlin olha para Vanessa e, de repente, ocorre a ela que, se Janey não existisse, Vanessa seria a menina para a qual todos olhariam e da qual falariam. Ela é tão alta e bonita, e passa horas lendo os livros do pai sobre magia. Ela usa palavras compridas que ninguém sabe o significado.

— O corpo dela foi retirado da água — diz Janey. — O que você acha, que ela estava enfiada no mar até a cintura, no verão, e então simplesmente começou a sangrar lá dentro? — Vanessa desvia os olhos. — Pense nas mulheres que desapareceram, as mulheres que eram esquisitas ou blasfemadoras, talvez tenham sido humilhadas e isto não as fez mudar. Pense nisso. Quantos homens desapareceram misteriosamente? Simplesmente caíram mortos sem que ninguém os visse morrer?

Caitlin pensa nos homens que morreram de ferimentos, de doenças, de longas enfermidades. Os homens não morrem com tanta frequência quanto as mulheres, uma vez que não têm que dar à luz, mas, mesmo assim, morrem. O Sr. Aaron, o tecelão, acordou uma manhã há pouco tempo com as pernas paralisadas, e agora a paralisia está se espalhando para o peito. O Sr. Joseph, o carpinteiro, caiu de um telhado e quebrou o pescoço. O Sr. Solomon, o fazendeiro, morreu de enfisema. Mas para todos esses homens houve quem contasse a história do seu sofrimento e da sua morte, aqueles que testemunharam a dor e o choque do que aconteceu. Enquanto muitas mulheres simplesmente morriam de hemorragia e eram enterradas rápida e silenciosamente; um fim tão banal, que contar essa história seria entediante.

— As mulheres estão sendo mortas — Janey diz alto e devagar, e de repente Rhonda Gideon, a filha do viajante Gideon, grita:

— Meu pai não é um assassino!

Isso provoca uma confusão. Gabby diz:

— Eles matariam uma mulher grávida com um bebê?

— Você está dizendo que o Sr. Joseph mataria alguém? — pergunta Gina.

— Você está dizendo que June Abraham foi assassinada? — diz alguém.

— O que há de errado com você? — Violet diz, enquanto Leah diz:

— Mas ela tem razão. Sra. Joseph. Sra. Gideon. Sra. Adam, a que disse que os homens não deviam tomar outras esposas. Estão todas mortas. Estão todas mortas.

— Eu vou para a praia — diz Janey em voz alta, por cima da balbúrdia. — Vou para a praia e vocês podem vir se quiserem.

— Para passar a noite? — pergunta Letty.

— Para sempre. Eu vou para a praia. Temos que achar uma nova maneira de viver. Vou para a praia e vocês podem vir. Vai ser como o verão, só que o ano inteiro. Deixem seus pais. Venham comigo. Eles podem nos matar, mas pelo menos… pelo menos… — ela não termina a frase.

No meio da confusão, Caitlin vê Janey descer calmamente os degraus do altar. Mary a segue, com as mãos apertadas, olhando para trás, para o grupo barulhento de meninas no centro da igreja.

— Janey — Vanessa chama com voz de autoridade, mas Janey não para. — Janey! — Janey sai da igreja, sem olhar para trás, Mary andando nervosamente atrás dela.

Ninguém segue Janey, mas ninguém quer voltar para casa. A promessa da praia paira pesadamente no ar como uma névoa. As meninas formam pequenos grupos, conversando sobre o que Janey disse, até os pés de Caitlin ficarem brancos e todo mundo estar batendo queixo. Meninas correm para a escada, tremendo de frio, e depois voltam para a luz e para a companhia de suas amigas e inimigas. As meninas que estavam brincando duplicam seus esforços, correndo, pulando e gritando com a liberdade inesperada da igreja escura.

Caitlin se junta a Rosie, Linda, Violet e Fiona. Elas estão bem juntas para se aquecer, cochichando a respeito da ideia sombria de Janey.

— Não posso dizer que isso não faça sentido — diz Fiona. — Nem todo mundo morre de hemorragia, é claro, mas faz sentido.

— Eles nem precisam me matar. Eu mesma me mataria agora mesmo, não fosse pela escuridão do inferno — diz Violet, e as outras olham para ela em choque.

— Você faria isso? — diz Linda.

— Minha irmã me contou que, depois que se casou, sentiu que nunca mais nada iria mudar na vida dela — disse Fiona. — Especialmente depois que ela teve a filha. Disse que amava a filha, mas que também não conseguia suportá-la, e que depois que ela nasceu, passou a ter pesadelos o tempo todo. Disse que queria morrer. Não que se mataria, mas que se tivesse uma doença e morresse não se importaria. Ela costumava sair no frio às vezes, com roupas leves, para ver se pegava uma doença no pulmão.

Há um longo silêncio enquanto elas digerem essa informação.

— Ela não era o tipo de pessoa que falava sobre essas coisas com os outros, mas disse coisas para mim. Que gostaria que tudo mudasse. Que estava tudo errado. Ela disse para mim. Talvez, se dissesse para outras pessoas, estivesse morta.

Todas ficam em silêncio por um minuto.

— Eu não consigo sentir meus pés — Rosie diz finalmente. — Não consigo senti-los. — Ela se inclina e cutuca o pé. — Meus dedos estão azuis.

Caitlin percebe, de repente, que está tremendo e se sentindo sonolenta.

— Seus lábios estão azuis — Rosie informa a ela.

— Nós precisamos voltar — diz Linda. — Já está quase amanhecendo.

— Nós não temos que voltar — diz Rosie, e Caitlin vê uma nova convicção nos olhos dela.

— Você vai — ela murmura.

— Eu acho... eu acho que também vou — diz Fiona. — Não agora. Talvez amanhã, quando puder levar algo quente para vestir e alguma comida. Você vai?

— Eu... eu não sei — diz Caitlin, com a cabeça rodando.

Encolhidas de frio, elas sobem os degraus da igreja e correm para casa com os pés dormentes, tropeçando e caindo, abraçando o próprio corpo com mãos que formigam de dor, enfiando os dedos na boca para aquecê-los. Cailin entra de mansinho na cama, rolando até estar envolta em camadas de colcha, e cai imediatamente num sono profundo.

No dia seguinte, Fiona e Rosie não vão à escola, bem como Letty e Violet. Caitlin sente a inveja apunhalar suas entranhas com tanta força que é difícil andar com o corpo reto.

CAPÍTULO TRINTA E DOIS

Janey

Mary e Janey trabalham a noite inteira para construir um abrigo grande, sustentado por galhos de árvore e coberto de cascas de árvore e grama morta. Os dedos de Janey voam como pequenos pássaros brancos enquanto ela torce os fios, enrolando e amarrando. Elas guardam um silêncio solidário durante o trabalho, e ouvem apenas os sons de casca de árvore arranhando madeira e os pés delas se mexendo na areia.

Fiona chega primeiro, de manhãzinha, parecendo assustada, junto com Rosie, que parece feroz como sempre. Mary as recebe com abraços. Fiona se abraça com ela por um bom tempo, tremendo, e Rosie aceita impaciente uns poucos segundos dos braços de Mary e depois se afasta.

— Então, o que vamos fazer aqui? — Rosie pergunta.

— Morar — Janey diz simplesmente.

— Eles nunca vão permitir.

— Nós vamos descobrir o que precisamos fazer — Janey responde, sua confiança firme por fora, mas frágil por dentro. Rosie tem razão, os adultos jamais tolerarão a deserção. Ela precisa de tempo para descobrir alguma vantagem, alguma estratégia de resistência.

— Meu pai virá me buscar — diz Fiona. — Ele vai me bater.

— Então por que você veio? — Rosie diz, zangada.

— Eu não podia *não* vir — diz Fiona. — É... é a minha única chance, sabe.

Letty chega um pouco mais tarde, dizendo que simplesmente se levantou e saiu da escola.

— Os professores não sabem o que fazer quando você parece saber o que está fazendo — ela diz. — O que estamos fazendo aqui? O que vamos fazer aqui?

— Nós vamos morar juntas na praia — afirma Mary, sua voz doce cheia de alegria.

— Por quanto tempo? — diz Letty. — Eles virão nos buscar.

— Nós vamos dar um jeito — diz Janey. — Por ora, seja bem-vinda.

Violet vem correndo, sem fôlego, rindo e soluçando de exaustão.

— Eu vim correndo até aqui! Corri o caminho todo! Vou ficar aqui com vocês! — Sua respiração está acelerada e a voz, um tanto histérica. Letty vai até ela e esfrega suas costas em círculos até ela normalizar a respiração.

— Eu trouxe uma tigela — diz Violet. — Achei que poderíamos precisar de uma. — Então ela começa a rir, e as outras também.

Ao longo dos três dias seguintes, as meninas vêm se juntar a Janey, uma por uma: arrependidas, exultantes, tão silenciosamente que ela basta acordar e as encontra lá. Trazem comida, irmãs, baldes de água de chuva. O olhar delas é de incredulidade, como se aquilo fosse um sonho e no dia seguinte fossem acordar com suas vidas de volta ao normal, lamentando a perda de uma visão de liberdade. Em sua maioria, elas têm a idade de Mary, quase chegando no tempo de fruição, embora algumas tragam consigo meninas menores. Abigail Balthazar, que só tem três anos, chora tanto pedindo a mãe que a irmã dela, Lila, é obrigada a levá-la de volta. Janey tinha esperanças de ver Vanessa Adam, mas ela permanece ausente. Talvez esteja aborrecida por Janey ter dado a entender que o pai dela matou pessoas. O resto das meninas, aos poucos, começa a cuidar da vida. Há problemas básicos para resolver: comida, calor, fogo.

Os suprimentos que as meninas trazem diminuem rapidamente, e Janey proíbe roubo.

— Eu não sei por que eles ainda não vieram nos buscar — ela diz. — Talvez estejam tentando planejar o que fazer. A última coisa que precisamos é roubar deles.

Elas procuram frutos do mar na praia, provam diferentes tipos de algas marinhas para descobrir quais são comestíveis, desafiando as outras a experimentar os espécimes mais nojentos. Apesar da proibição de roubar, Dava Gideon se esgueira até em casa no meio da noite e apanha a vara e o anzol do seu irmão mais moço. Ela pega pouca coisa, peixes espinhentos do tamanho da palma de sua mão, mas o ato de pescá-los faz com que as meninas aplaudam e gritem. Quando a água de chuva termina, Janey deixa Rosie roubar um pequeno barril de chuva. Afinal de contas, ela diz, há um monte de barris sem uso e um suprimento interminável de chuva esperando no céu.

As fogueiras têm que ser pequenas e inócuas, cercadas de areia e, quando escurece, a praia ganha vida, com pequenas flores de fogo se abrindo sobre delicados esqueletos de madeira, aquecendo mãos e cozinhando peixes que serão comidos com cuidado por causa das espinhas afiadas como agulhas. Quando a noite cai, estrelas enchem o céu e a geada começa a se formar no chão, as meninas se recolhem ao abrigo, onde se deitam encolhidas ou esticadas e formam desenhos de pernas e braços enroscados, criando uma massa de roupas sujas e cabelos embaraçados e rostos calmos que respira, dorme, murmura.

Durante o dia, as meninas mais decididas vão procurar comida, tomam conta das menores e cuidam do abrigo. As outras buscam qualquer tipo de divertimento. Elas constroem castelos e fossos na areia e transportam com cuidado peixinhos, caranguejos e caramujos para as poças, onde dão nomes a eles, e os alimentam com tudo, desde algas até cuspe. Meninas ficam nuas e entram na água, onde promovem lutas às gargalhadas, e tanto perdedoras quanto ganhadoras encharcadas se aquecem ao sol e tornam a entrar na água. Cães correm por ali para investigar essa nova população da ilha, abanando os rabos e latindo e normalmente ficam lá para uma brincadeira de pegar ou de cabo de guerra antes de voltarem para casa para conseguir comida mais confiável. A única exceção é Roro, o cão de Saul, o plantador de maçãs, que é enorme, peludo e cinzento, e parece feliz em passar o dia todo com as meninas. Com a língua para fora e abanando o rabo, ele mergulha na água, depois rola na areia e se deita contente ao sol, para em seguida tornar a mergulhar. Isso enfurece Dava, que está sempre gritando com todo mundo para ficarem quietas para não espantar os peixes. Vera Balthazar, cujo pai tece, faz intermináveis guirlandas de flores silvestres, azuis e amarelas e cor-de-rosa, e coloca tantas quanto possível sobre Roro, de modo que ele corre pela praia soltando pedacinhos de cor à medida que as flores vão caindo.

Quando as meninas estão cansadas, ou com preguiça, elas se sentam e conversam, com a cabeça pousada na barriga ou na coxa umas das outras. Conversam sobre as que não estão na praia e o que devem estar fazendo, conversam sobre as meninas que estão na praia, conversam sobre os nomes que dariam a seus filhos e filhas, conversam sobre o que dói mais, queimar ou congelar, e se serem tomadas nos braços dos ancestrais envolve literalmente serem abraçadas por toda a eternidade. Elas declaram sua repulsa por meninos, por mulheres grávidas, pelos pais e por todos que não sejam uma menina com um corpo ereto e limpo, e cabelos longos e cobertos de areia e mais liberdade do que jamais tiveram na vida. A cada hora, ao que parece, outra menina surge timidamente na praia e é recebida com palavras bondosas e gritos de "Por que você demorou tanto?".

Tudo parece mais alegre, as cores da ilha mais fortes e nítidas. Janey vê o tom arroxeado em cada marola, o brilho amarelado da areia banhada de sol, o reflexo suavemente avermelhado em cada fio do cabelo molhado de Mary. A pele da própria Janey parece mais bonita, branca com veias verde-água em seu braço sardento. O céu forma um arco gracioso sobre elas em tons de azul, as nuvens densas e fofas, peroladas e com um tom de pêssego nas extremidades. Elas se refletem no mar como animais gigantescos e inofensivos, deslizando devagar na direção do horizonte.

Janey acorda cedo na terceira manhã, quando a primeira claridade surge no céu noturno, como se alguém a tivesse sacudido. Ela aceita aqueles momentos preciosos com alegria e observa as meninas dormindo calmamente. *Permita que isto dure*, ela reza, sem saber para quem — certamente não para os ancestrais, nem para seu Deus manipulador. *Só por algum tempo, permita que elas tenham isto. Permita que eu tenha isto. Por favor.*

CAPÍTULO TRINTA E TRÊS

Vanessa

— Vanessa, eu preciso falar com você — diz o pai.

É tarde da noite, mas Vanessa ainda está acordada e ele sabe disso. Desde o encontro com Janey, ela se sente ao mesmo tempo indecisa e excitada, uma hora se preparando para sair correndo descalça pela porta, outra hora se sentando para planejar cuidadosamente uma lista de suprimentos que irá levar para a praia. Vanessa pensava no seu futuro tedioso e sonhava com o poder de alterá-lo, mas nunca tinha imaginado isso.

Obedientemente, Vanessa desce a escada de camisola atrás do pai. Ela pode ouvir a mãe se mexendo, inquieta, no quarto dos dois. Ben é o único que está dormindo direito essa noite. Ela pensa no cabelo dourado dele, em sua boca infantil babando inocentemente no travesseiro.

O pai se senta à mesa da cozinha, com os restos amarelados de uma maçã em frente a ele. Vanessa evita encará-lo, olhando, em vez disso, para o chão bem varrido e para seus pés descalços.

— Vanessa, eu sei das meninas na praia — ele diz.

— Eu pensei que a essa altura todo mundo soubesse.

Ele sacode os ombros.

— É verdade. Isto é inédito. Pelo menos desde...

Ela espera, confusa, mas ele faz um gesto com a mão como se estivesse jogando algo fora.

— Vanessa, o que Janey Solomon está fazendo é... — Ele procura a palavra, depois para. Olhando para ela, ele suspira. — Eu sei. Eu sei. Mas, Vanessa, presta atenção no que eu vou dizer: você não vai se juntar a ela.

Ela torna a olhar para o chão.

— Está ouvindo?

Ela balança a cabeça afirmativamente, sentindo-se como um fantasma na sua camisola, sentindo-se transparente, sem vontade nem iniciativa. E no entanto, ela poderia desobedecê-lo. Poderia sair pela porta essa noite, quando a casa estivesse escura, depois que ele saísse do quarto dela. De repente, uma onda de poder sobe em seu peito, tão estarrecedora que ela solta uma exclamação. Ele não pode impedi-la.

— Vanessa, por favor, olhe para mim.

Ela não quer olhar para ele. Olha para o peito dele, para o pano áspero e manchado, para o movimento de sua respiração.

— *Olhe para mim*, Vanessa — ele diz, e ela obedece relutantemente. Com ele sentado, seus olhos estão no mesmo nível. Os olhos dele são tão parecidos com os dela, castanhos com reflexos dourados e verdes, um mancha escura em uma das íris, um tanto puxados e sombreados por cílios grandes e marrons. Ela fita sua boca determinada, também igual à dela, a fenda funda sobre o lábio superior.

— Eu sei o que vocês fizeram — ela murmura.

— O quê?

— Eu sei o que os viajantes fizeram.

Ele olha firme para ela, com a testa franzida.

— O que foi que nós fizemos?

Ela se inclina para a frente e diz, com raiva:

— Vocês mataram Amanda Balthazar.

Para surpresa dela, ele fica espantado e não culpado ou com raiva.

— Vanessa, em nome dos ancestrais, o que é que você está dizendo?

Vanessa fica agitada.

— É verdade — ela murmura.

— Vanessa, quem foi que disse isso? É claro que nós não matamos Amanda Balthazar. Ela morreu de hemorragia. Foi muito triste, mas os viajantes não tiveram nada a ver com isso.

— Ela não morreu de hemorragia. Eles a tiraram da água.

— *O quê?* Vanessa, você está... você está acordada? O que você diz não faz sentido.

Ela olha firme para ele, tentando ver a verdade em seus olhos, uma sombra de vergonha no movimento de seus lábios. Ele olha confuso para ela, e ela suspira.

— É verdade — ela insiste.

— Estou certo de que você ouviu alguma coisa, Vanessa, mas eu saberia se isso tivesse acontecido, não acha?

Ela balança a cabeça devagar. Os viajantes teriam excluído o pai dos seus atos mais vergonhosos?

O pai sacode a cabeça, como que para remover a acusação, e então diz:

— Nós estávamos falando sobre você ficar em casa, onde é o seu lugar.

— Mas pai...

— Eu quero você segura e viva — ele diz baixinho. — Nós vamos esperar até as meninas ficarem com fome e com frio e voltarem para casa. Os outros estão certos de que isso ocorrerá em poucos dias, mas eu não tenho tanta certeza. Se o tempo passar e elas ainda estiverem lá, estou certo de que o plano irá mudar e começaremos a procurar.

Vanessa cruza os braços no peito e põe a mão na garganta.

— Eles vão matá-las? Matar as meninas na praia?

— Por favor, não seja ridícula. É claro que não.

— Bem, então por que eu não posso estar segura e viva com elas?

Ele suspira.

— Eu sei que é egoísmo meu, Vanessa. Mas se você não consegue ver por que não deve fugir da escola, da sua mãe e da sua casa, então faça isso por mim. Preciso de você aqui comigo. Fiz muito por esta ilha, muito por esta família. Eu só preciso que você seja boa. Preciso que seja a boa menina que você é. Por favor, fique aqui por mim, e seja boa para mim. Por favor, não vá. — Ele segura a mão dela em suas mãos fortes e ásperas, depois a toma nos braços.

Ela resiste um pouco, olha para o pai com olhos iguais aos dele.

— Você não quer que eu... — Ela não consegue encontrar as palavras certas, embora descarte várias: *seja livre, corra, brigue, me revolte, seja criança por uma última vez.* Passam-se alguns segundos preciosos, e a oportunidade é perdida. Sua esperança de fugir escorre pelo chão.

— Quem é minha pequena esposa? — pergunta o pai com voz doce.

— Sou eu — Vanessa murmura.

— E o que as esposas fazem?

Vanessa hesita. Ele nunca fez essa pergunta antes, e uma quantidade de respostas cruza sua mente.

— As esposas ficam com os maridos?

Ela suspira.

— Sim, as esposas ficam com os maridos.

— Seja uma boa menina — ele torna a murmurar.

O coração dela está gritando para ela ir embora dali, para correr porta afora, mas ele é mais forte, e o peso dele em seus ombros a prende no chão.

CAPÍTULO TRINTA E QUATRO

Caitlin

Inúmeras vezes nos últimos dias, Caitlin sai de casa e dá alguns passos na direção da praia. Todas as vezes ela para, suspira e dá meia-volta, retornando à sua existência sufocante de cozinhar, costurar e tentar desaparecer dentro de paredes e mesas.

Uma parte estranha, antes desconhecida por Caitlin, está despertando. Ela brota, boceja e se espreguiça sob o cobertor de suas costelas, presa dentro de camadas de músculos. Ela respira e treme. Ela a aterroriza enormemente.

Caitlin põe as mãos no batente apodrecido da porta dos fundos e contempla o milharal maltratado, devorado por melros pretos, saindo tortos dos seus caules. O pai é oficialmente um plantador de milho, mas todo o comércio deles vem do vinho, que não requer milho que seja inteiro ou sem manchas. Seus tonéis, afastados da casa, produzem uma bebida tão forte que tem que ser misturada com muita água e mel para se tornar potável.

Caitlin tem forte aversão pelos tonéis. Uma vez, quando era menor, o pai a encontrou jogando pedras dentro da bebida em fermentação para ver se elas se dissolveriam antes de chegar no fundo. Ele a segurou pela nuca e enfiou sua cabeça dentro do líquido. Ela viu a cor da dor dentro daquele tonel, vermelho-escura e brilhando mais do que qualquer fogo. Ele a deixou chorando e vomitando ácido, imaginando se estaria cega, se a explosão vermelha teria queimado seus olhos. Ela passou uma semana de cama, doente. Quando a mãe perguntou, ela disse que tinha caído enquanto brincava. Mal conseguia enxergar o rosto da mãe, embaçado, com os olhos ardendo, e viu o borrão de suas feições se contrair e mudar de forma. Caitlin pôde ver pelo modo como a mãe chorou e chutou as paredes, que ela não havia acreditado nela.

De repente, o cheiro, tão familiar e constante, faz seus olhos arderem. Ela caminha rapidamente até a porta da frente e fica ali parada, respirando ar fresco. Ela pensa na dor impotente da mãe.

Uma ideia que Caitlin tem tentado reprimir vem de repente à superfície: se ela partir, se não estiver lá para se colocar na frente da mãe e absorver a violência do pai, o que irá acontecer com a mãe?

Mas uma outra voz, uma voz que ela enterrou ainda mais fundo, de repente, se faz ouvir. *Ela é que devia se colocar na minha frente.*

Ela contempla o horizonte: as árvores balançam, as nuvens passam.

Caitlin parte essa noite.

CAPÍTULO TRINTA E CINCO

Janey

A noite cai, tons de vermelho permeando um céu cinzento. Ajoelhada na areia molhada, Janey está procurando mariscos enquanto as outras descansam. Mary está encolhida, costas contra costas com Ruth Balthazar, seu rosto a poucos centímetros de Frances Adam, que ressona de leve, todas elas se aconchegando umas nas outras em busca de calor.

Examinando a areia atrás de pequenos buracos, Janey usa dois dedos para cavar túneis verticais até suas unhas baterem numa concha, e então ela cava mais para pegar as criaturas enterradas antes que fujam. Catar mariscos nunca foi uma de suas habilidades, mas ela se aprimorou nisso e gosta da caçada sem sangue. Quando as estrelas surgirem, as meninas irão acordar, bocejar e quebrar os mariscos com pedras para sugar a carne salgada de dentro das conchas. Às vezes, se a lua estiver escura o suficiente para a fumaça não ser vista, as meninas fazem fogueiras, põem uma pedra ao lado das chamas e fervem os mariscos em seus próprio suco até as cascas se abrirem, fazendo escorrer água salgada como lágrimas de dor.

As meninas acordam resmungando e bocejando, veem o céu lilás e viram de bruços para mais alguns minutos de sonhos. Elas agora são noturnas, dormem durante os dias frios de outono e se levantam à noite, sempre mudando os locais de dormir para que os hábitos não as denunciem. Seus abrigos são frágeis e feitos às pressas. Janey já reconhece o perigo desse sono comunitário e suspeita que, em breve, cada menina precisará escolher seu próprio esconderijo para dormir durante o dia. E no entanto, é difícil estabelecer essa norma, pois ver as meninas dormindo empilhadas como cachorrinhos, mergulhadas numa hibernação mais tranquila do que muitas delas já conheceu, faz Janey sentir uma doçura em seu peito que sobe para sua boca e faz com que seus lábios se abram num sorriso de prazer.

Há um ruído súbito à direita, e ela fica paralisada. Uma figura grande sai de trás do arbusto e o coração de Janey dispara.

— Janey? — sussurra uma voz familiar.

Janey se agacha em posição de ataque, embora não haja como ela derrotar o pai; ele é um homem grande e ela, uma menina magra e exausta. Mas então ela vê que ele está carregando uma cesta cheirando a pão fresco e enfeitada de flores silvestres, e fica em pé, sentindo-se uma tola.

— Pai — ela diz.

— Sua mãe insistiu nas flores — responde o pai, olhando bondosamente para ela. — Eu disse que vivendo ao ar livre você provavelmente poderia colher suas próprias flores se quisesse.

Reflexos vermelhos brilham em seu cabelo crespo e em sua barba, os mesmos tons do cabelo de Janey.

— Elas são bonitas — Janey diz baixinho, olhando para os pequenos botões de flor. — Diga a ela que eu gostei.

— Ela fez pão para vocês. Disse que não imagina o que estão comendo aqui. Não é como no verão, quando há oferendas em cada porta.

— Bem, nós comemos — Janey diz, meio sem jeito. — Diga a ela para não se preocupar.

Ele ri ao ouvir isso, olhando para o punhado de mariscos.

— Acho que não vai adiantar muito eu dizer isso a ela.

— É verdade — Janey insiste. — Nós comemos bem. Comemos uma galinha ontem.

Ela não menciona que depois que Mildred Aaron chegou com a galinha guinchando e se debatendo ninguém quis matá-la. "Ela é tão bonitinha", disse a pequena Evelyn Jacob. "Vejam só as penas." E todas contemplaram as penas fofas e brancas como lanugem.

— Ela poderia ser nosso bichinho de estimação — Mary sugeriu.

Janey também não queria matar a ave barulhenta e assustada. Entretanto, sabia que as outras meninas sentiam fome o tempo todo e que não tinham sua feroz determinação em ignorá-la. Mordendo os lábios, ela agarrou a galinha pelo pescoço e quebrou-o. Ele estalou como um galhinho de árvore. Algumas meninas começaram a chorar, mas Minnie Saul, sem dúvida acostumada a essa tarefa, pegou a galinha morta e começou a depená-la habilmente. Metade das meninas jurou que não iria comê-la, mas quando o cheiro da pele tostando no fogo começou a se espalhar pelo ar, todo mundo comeu um pedacinho de carne e chupou os ossos até ficarem limpos.

Janey sente uma onda pouco costumeira de culpa.

— Eu estou bem — diz com determinação. — Diga à mamãe que eu estou bem.

— Eu sei — ele diz, estendendo a cesta para ela. Ela segura a cesta. O pão ainda está quente, e o calor se irradia para suas costelas. Sem conseguir resistir, enfia a ponta do dedo na crosta dourada do pão macio dentro da cesta. A mãe costumava ficar zangada quando ela fazia isso na infância; deixava um pão para esfriar e, quando voltava, ele estava cheio de furinhos, e Janey nunca estava por perto. Janey enfia na boca o dedo coberto de massa quente e engole. Desacostumado com essa fartura, seu corpo estremece de prazer.

— Ela está tentando fazer isto há dias, mas eu não consegui encontrar vocês — ele diz.

— Como foi que você me achou hoje? — ela pergunta, tensa.

— Janey, a ilha não é enorme — ele responde. — Eles podem encontrar vocês quando quiserem. E irão machucá-las.

Eles olham um para o outro e o pai diz de repente:

— Eu me sinto infeliz aqui desde que nasci.

Janey se surpreende.

— O quê?

— Eu... eu não sou um homem muito bom, acho. Pelo menos, não cumpro direito os preceitos dos ancestrais. Acho que não acredito neles. Sei que todo mundo acha que eu tenho medo de você, mas não é isso. É que nunca me pareceu certo. Eu sei que supostamente é bom para você, bom para Mary, o dever de um pai. Eu sei que eu devo acreditar, rezar... fazer uma porção de coisas. É um pecado desobedecer aos ancestrais e aos viajantes, mas Deus me deu uma mente também, e o modo como fazemos as coisas nunca me pareceu certo. Desde que eu era um menino. Muitas coisas. Eu não sou valente como você, mas sou capaz de raciocinar.

Janey fica surpresa, nunca tinha ouvido o pai falar tanto antes. Nunca lhe ocorreu que o pai não acreditasse nos ensinamentos dos ancestrais.

— Vai ficar mais frio — ele diz. — Você e Mary podem vir para casa sempre que precisarem. Sua mãe e eu vamos receber vocês com alegria.

O silêncio das filhas

— Eu não posso ir para casa — Janey diz.

— Quanto tempo acha que vocês poderão ficar aqui?

De repente ela se sente esgotada, como se o peso do próprio corpo a estivesse puxando para o chão.

— Eu não posso pensar nisso.

— Você vai ter que pensar — ele diz carinhosamente. — Está ficando mais frio. — Os olhos dele estão cheios de lágrimas. — Você está cada vez mais magra. Não pode continuar fazendo isso, vai morrer de fome.

— Mary — ela murmura. — Você tem que proteger Mary.

Ele ri sem alegria.

— Proteger Mary? — ele diz. — Você faz ideia de quantos homens estão esperando que ela chegue à idade de fruição? Quantos estão adiando a sua própria fruição até ela estar pronta? Ela está a caminho disso, Mary. Posso tentar aconselhá-la, dizendo quais os homens serão mais gentis, menos capazes de causar sofrimento a ela, mas Mary em breve terá o seu verão de fruição, irá se casar e terá filhos se for capaz.

— Eu não quero isso para ela — Janey diz, alquebrada, as lágrimas escorrendo pelo rosto. — Quero que ela seja feliz.

— Algumas mulheres são felizes com seus maridos e filhos — ele diz.

— Ela jamais será, e a culpa é minha. Eu estraguei tudo para ela. Deveria tê-la deixado em paz.

— Você não podia — diz o pai. — Precisa dela. E não importa o que aconteça, os dias que ela passou com você serão sempre aqueles que ela irá recordar e ter saudades.

— E ela nunca será feliz de novo — Janey conclui, e ambos baixam a cabeça, sabendo que isso é verdade.

O pai segura sua mão magra. Ela dá um salto ao sentir aquele contato inesperado, mas não retira a mão. Então, de repente, ele ri.

— O que foi? — Janey pergunta, desconfiada.

— Eu estou só tentando pensar em um homem que não tivesse pavor de se casar com você — diz o pai. — E não consigo pensar em nenhum.

— Eu acabaria com um bêbado demais para saber o que estava fazendo — diz Janey. — Quando ele ficasse sóbrio, olharia para mim e correria direto para dentro do mar. — De mãos dadas e sentindo o aroma do pão fresco, eles erguem a cabeça e riem na direção das estrelas que surgem no céu.

CAPÍTULO TRINTA E SEIS

Caitlin

Caitlin não dorme. Ela tem pavor de acordar de novo em casa, em sua própria cama. À noite, ouve a respiração coletiva das crianças dormindo. Quando cochila, acorda imediatamente e fica deitada num estado de torpor, inspirando o cheiro forte e salgado dos vestidos duros de água do mar, suor e brincadeiras. Ao anoitecer e ao amanhecer, quando o sol está tremulando no céu, às vezes ela se sente segura o bastante para se deitar na areia e cochilar. Às vezes Roro resolve se deitar ao lado dela, e ela acorda com a boca cheia de pelo molhado e sujo de areia, o coração enorme dele batendo contra o dela.

Um dia ou dois depois da fuga de Caitlin, Fiona é a primeira a ser apanhada. Ela é vista pela última vez no crepúsculo, perseguindo um coelho no mato com uma atiradeira, e depois simplesmente desaparece. Abaladas, as meninas debatem se ela foi capturada ou apenas decidiu voltar para casa. Fiona volta para a praia dois dias depois, o corpo coberto de hematomas, o lábio rachado e grudado com sangue coagulado, as mãos tremendo.

— Foi o pai — ela diz com dificuldade por causa da boca inchada. — Ele simplesmente... me *agarrou*. Mas os viajantes também estavam lá. Disseram que ele tinha que me castigar direito. Disseram que se ele não fizesse isso, eles fariam. Então ele me bateu, depois foi embora e voltou e me bateu mais. A mãe chorou e me pôs na cama, e eu fugi assim que consegui andar de novo, mas eles sabem onde nós estamos. Sabiam onde me encontrar.

Caitlin, olhando para o rosto machucado de Fiona, tem a sensação de estar se afogando, de inevitabilidade. Ela se deixara levar pela alegria daqueles últimos dias e noites, mas é claro que eles não as deixariam ficar na praia. Havia casas para esfregar, pratos para lavar, animais para alimentar, homens para casar, crianças para nascer, e os pais já tinham perdido a paciência.

— Nós não vamos parar — Janey diz com uma voz tão baixa e irada que Mary leva um susto. — Eles não vão nos pegar. Eu não vou deixar. Ainda não.

— O que fazemos, então? — Diana pergunta.

— Eu não sei — diz Janey. — Eles um dia vão nos achar e vão nos levar embora. Vão machucar todas nós.

— Não se os matarmos — Rosie resmunga.

Há um silêncio chocado, e Violet exclama num tom de voz horrorizado:

— Eu não quero matar ninguém!

Justo quando Mary diz:

— Nós não vamos matar ninguém.

— Eles estão em maior número do que nós — Janey diz, evitando a questão da violência e se concentrando em coisas práticas. — E os homens são mais fortes.

— Mesmo que não fossem, não somos assassinas — Mary afirma devagar e com determinação, olhando para Janey, que sustenta o olhar dela por um longo momento, depois desvia os olhos e balança a cabeça de leve.

— *Eles* são — Rosie murmura, mas ninguém responde, e a ideia desaparece na escuridão. Ombros relaxam, pulmões respiram fundo de novo.

— Nós não podemos dormir juntas durante o dia. Não é seguro. Precisamos nos esconder. Ainda podemos ficar juntas à noite, mas vamos mudar todo dia o lugar de encontro e colocar meninas para vigiar os intrusos. Não é perfeito, mas é o melhor que podemos fazer.

— Mas e se eles nos encontrarem durante o dia? — Helen Abraham pergunta.

— Então seremos levadas, espancadas e talvez jamais retornemos — diz Janey. — Eu não acho que irão nos matar, há meninas demais aqui, e somos crianças.

O peso dessa declaração, com todas as suas possibilidades, cai sobre as meninas. Joanne Adam começa a chorar.

— Eu não quero apanhar — ela diz.

— Então vá para casa — Janey aconselha. — Peça desculpas e vá para a escola e volte a morar com os seus pais.

— Eu também não quero fazer isso! — Joanne geme.

— Nós já apanhamos antes — Fiona diz a Joanne, falando devagar e com dificuldade. — É pior, mas é a mesma coisa. Seu pai nunca bateu em você por algum motivo?

Joanne funga, balançando a cabeça afirmativamente.

— Bem, eu também apanhei. Não tanto, mas quase, aquela vez em que eu... bem, não importa. Eles não vão me fazer desistir na base da pancada. Eu vou me esconder e, se me pegarem e me baterem de novo, vou voltar assim mesmo. — Fiona joga a cabeça para trás e olha para Janey em busca de aprovação.

Janey suspira.

— É melhor se dormirmos sozinhas ou em duplas. Tentem escolher lugares onde as pessoas não irão achá-las, mesmo que estejam procurando. Isso significa não dormir na praia, tem que ser mais para dentro. No interior da mata, onde não há casas, é um bom lugar, mas elas vão acabar nos procurando lá também. Escolham o melhor lugar que puderem. Nós ficaremos juntas à noite. Por favor, não percam a esperança.

— O que... o que você quer conseguir com tudo isto? — Violet pergunta a Janey.

— Eu quero que algo mude, e não tenho certeza do que poderia mudar. Mas quero que as coisas mudem para nós. Talvez uma grande mudança, como ir para as terras devastadas. Talvez uma pequena mudança, como termos um pouco mais de liberdade, não apenas no verão.

— Como isso poderia nos levar para as terras devastadas? — Fiona pergunta, confusa.

Janey suspira.

— Eu não sei ao certo — ela responde. — Mas Amanda morreu por isso. — E há um silêncio.

No dia seguinte, Caitlin dorme no mato, perto do pomar dos Saul, encolhida debaixo de uma moita, na esperança de que ninguém a encontre, e ninguém a encontra mesmo. Naquela noite, elas se encontram na praia, perto das plantações de milho dos Gideon, onde os dois salgueiros se encontram, e trocam informações sobre locais para dormir: um arbusto espinhoso (informação de Helen, toda arranhada), um monte de feno, um telhado. Violet entrou ousadamente na própria casa depois que o pai saiu e dormiu na própria cama, saindo no final da tarde.

— Acho que a mãe percebeu, mas eu não a vi — ela confessou.

Naquela noite, Diana não está lá, mas volta na noite seguinte, toda machucada de tanto apanhar.

— Eu fingi que não podia me mexer — ela diz com rancor. — Depois simplesmente fugi.

— Quem bateu em você? — Caitlin pergunta baixinho.

— O viajante Solomon me encontrou e me levou para o meu pai com instruções para uma surra — ela diz. — O pai pareceu contente em obedecer.

— Mas e se eles tornarem a pegar você? — Isabelle Moses pergunta, amedrontada.

— Então vão me bater de novo. E eu vou tornar a fugir — diz Diana, e cospe no chão. Uma das meninas, mais atrás na escuridão, aplaude.

Uma por uma, não todo dia mas frequentemente, as meninas são encontradas, e cada vez a surra parece ser pior. Nina volta sem um tufo de cabelo. Natalie, com um dedo quebrado, e Letty não volta. Rosie vai até a casa dela durante o dia e espia pela janela, e diz que viu Letty na cama, com as cobertas puxadas por cima do seu cabelo escuro.

— Então, pelo menos, ela está viva — diz Rosie. — Eles não a poriam na cama se estivesse morta.

Marcas de surras se tornam medalhas de honra. As meninas comparam ferimentos, competindo pelo hematoma mais escuro, pelo inchaço mais feio, pela maior quantidade de sangue coagulado no rosto. Elsie Jacob espera para voltar à praia junto ao círculo de meninas para tirar triunfantemente da gengiva um dente arrancado com um soco, exibindo aquele dente de raízes longas e coberto de sangue como um troféu de guerra. Helen, com dois dedos inchados como salsichas, caminha com a mão estendida à frente do corpo como se estivesse coberta de joias, certificando-se de que as meninas vejam o machucado. Fiona, com seu rosto iridescente, é invejada e admirada, e caminha com a cabeça erguida na direção do sol, para sua pele brilhar em tons de azul-marinho, roxo e dourado. Diana não lava o sangue do corpo, passando os dias seguintes parecendo uma criança com o corpo coberto por uma camada de areia no verão. E no entanto, Caitlin as escuta à noite, quando a escuridão as deixa irreconhecíveis: soluçando baixinho, se esgueirando até o mar para mergulhar pés e dedos, pulsos e rostos, e diminuir a agonia de seus corpos machucados. Quando Helen vai para o interior da mata, Caitlin sabe que ela vai cair de joelhos e apertar os dedos contra o peito, balançando o corpo para a frente e para trás, num sofrimento mudo.

Desde que Caitlin chegou na praia, ela e Janey se tornaram próximas. Janey parece gostar dela, embora Caitlin não saiba ao certo por quê. Elas às vezes conversam baixinho, sobre coisas práticas ou sobre nada em particular, e quase sempre ficam perto uma da outra ao luar e observam as outras meninas, ou o mar, ou o céu coberto de estrelas. Às vezes, elas ficam simplesmente sentadas em silêncio e contemplam a escuridão. Caitlin aprecia a energia que parece emanar de Janey, mesmo quando ela está calada e imóvel. Em certo momento, Janey passa o braço ossudo pelas costas de Caitlin, e Caitlin fica paralisada como se um pássaro tivesse pousado em seu ombro, desejando que o momento dure.

— Eu não sei o que vamos fazer em relação ao inverno — Janey diz.

— Como assim?

— O inverno está chegando — diz Janey. — Está ficando cada vez mais frio, e nós já estamos quase congelando. Algumas das meninas nem têm sapatos. E seria muito perigoso tentar roubar roupas de inverno. Nós todas teríamos que ir em casa.

Caitlin tem uma súbita visão de si mesma entrando em casa, correndo até o armário e tornando a sair, arrastando suéteres e cobertores atrás dela como um rio de calor.

— Então, o que vamos fazer? — Caitlin pergunta após um silêncio prolongado.

— Eu não sei — diz Janey, pensativa. — Podemos acender fogueiras à noite, pelo menos fogueiras pequenas, mas mesmo isso é perigoso. Suponho que possamos acendê-las durante o dia, onde quer que possamos dormir, mas eu temo que algumas das meninas menores possam pôr fogo na ilha inteira.

— Eu nunca ouvi falar de alguém que morreu congelado — Caitlin diz, hesitante. — Quer dizer, dizem que a pessoa pode morrer, mas eu nunca soube de alguém que tenha realmente morrido. Talvez não seja verdade que as pessoas fiquem congeladas. Talvez você só fique com mais e mais frio.

— Eu nunca soube de alguém que tenha pulado do telhado, mas isso não significa que a pessoa não quebraria os ossos — Janey responde.

Há vigias à noite, para ver se há movimento, sons, e elas se agacham na areia fria, normalmente adormecendo, até que Janey começa a substituí-las com mais frequência. Inquietas e nervosas, imaginam os viajantes mergulhando como aves de rapina, agarrando as meninas com suas garras e as levando embora para quebrar seus ossos e rasgar sua carne. Os viajantes, que sempre representaram grandeza e ordem, agora parecem monstros. E, no entanto, os únicos intrusos que perturbam a paz das meninas são meninos: um fugitivo implorando para se juntar a elas, ou um irmão mais moço buscando a proteção da irmã.

E então, na noite seguinte, eles vêm. As meninas são alertadas pelo grito agudo de Sarah Moses da margem da floresta. Sarah vem voando na direção das meninas, que se agitam como um bando de galinhas, até que Janey corre na direção dos viajantes com os braços estendidos.

— Corram! — ela grita. — Corram pela praia na direção das plantações!

Ela colide com os homens, e Caitlin não sabe dizer se eles estão tentando contê-la ou se ela está tentando contê-los. Ela só consegue ver uma confusão de pernas e braços escuros, retorcidos, como árvores caídas durante uma tempestade.

— Fujam! — Janey berra no meio da confusão e, maldizendo a si mesma por sua covardia, Caitlin foge.

CAPÍTULO TRINTA E SETE

Vanessa

Certa manhã, quando Vanessa está saindo para a escola, a mãe a faz parar.

— Há uma cerimônia de humilhação hoje — diz a mãe, parecendo confusa. Geralmente, todo mundo é informado tanto da infração quanto do castigo bem antes de chegar o dia de uma humilhação, e as aulas são sempre suspensas para as crianças poderem assistir e aprender.

— Quem? — Vanessa pergunta.

Há uma pausa, e então a mãe diz:

— Janey Solomon?

Vanessa sacode a cabeça.

— Não, não pode ser.

— Não, não pode — diz a mãe, parecendo ainda mais confusa. — Eu não sei o que está acontecendo.

Mas nada parece fazer sentido ultimamente. Metade das meninas está ausente da escola. Letty apareceu na semana passada com um braço quebrado, preso do lado do corpo por uma tala, e dois olhos roxos, e se recusou a falar a respeito. Mas ela falou sobre a praia, como se fosse voltar em breve para lá.

— Eu fazia o que queria — ela disse, sonhadoramente. — Dormia na areia e adormecia contando as estrelas.

O Sr. Abraham, normalmente rígido em matéria de presença e de regras, parece ter desistido. Vanessa tem a sensação de que poderia se levantar e sair da sala quando quisesse, e ele mal reagiria. A maior parte do tempo, ele as faz ler livros escolares, ou então o *Nosso Livro*. Não mencionou nenhuma cerimônia de humilhação quando terminou a aula ontem à tarde, como faria rotineiramente.

Vanessa não gosta dessas cerimônias de humilhação como algumas crianças parecem gostar, aquelas que amam a oportunidade rara de debochar e vaiar um adulto. Elas fazem parte da vida na ilha, um castigo para aqueles que blasfemam, ou que têm encontros secretos, ou que recusam a profissão escolhida para eles, ou centenas de outras razões. Elas tendem a ser bastante superficiais, a menos que o crime seja particularmente escandaloso, como quando Jonathan Balthazar se deitou com June Gideon antes do verão de fruição dela; ambos foram humilhados publicamente e depois exilados.

Quando Vanessa chega nos campos, o lugar está cheio de gente, a maioria das pessoas aproveitando a oportunidade para conversar com amigos e vizinhos. A Sra. Joseph, esposa do criador de abelhas, está trocando potes de mel por frangos da Sra. Aaron, a esposa do tecelão, e há um bando de garotos adolescentes ao redor, com as vozes alteradas como se fosse haver uma briga. O pequeno cadafalso está vazio, com nove viajantes parados ao lado em fila, com um ar solene. Em geral, todos os dez estão presentes, mas Vanessa soube que o Sr. Gideon está de cama, doente. O pai tenta atrair o olhar dela, mas ela olha em outra direção.

O pastor Saul sobe no cadafalso e pigarreia para obter silêncio. Como isso não funciona, ele grita, "Atenção!". As pessoas se calam e se voltam para ele, embora os adolescentes continuem distraídos, até que algumas mulheres os repreendem:

O silêncio das filhas

— Meus irmãos, estamos assistindo à humilhação de Janey Solomon.

Vanessa fica imóvel, e há um rumor de surpresa e choque. Mas as crianças nunca são humilhadas, não importa a infração — esse é um castigo reservado aos adultos. Antes de se dar conta do que está fazendo, Vanessa corre até o pai, ignorando a surpresa da multidão e os olhares zangados dos outros viajantes.

— Pai, isso é um erro — ela murmura.

— Vanessa, por favor volte para onde estão os outros.

— Mas ela não é uma adulta! Vocês não podem humilhá-la.

— Está feito, Vanessa — ele diz, num tom de voz apagado que ela não reconhece, e ela recua. Olhando em volta, vê seu professor, o Sr. Abraham, que parece tão atônito quanto as outras pessoas. Correndo até ele, ela puxa a manga do casaco dele.

— Sr. Abraham — ela diz. — Faça com que eles parem. Eles não podem fazer isso.

Ele olha para ela por alguns segundos, como se não a reconhecesse.

— O que você quer que eu faça? — diz ele por fim.

— Impeça-os! Eles não podem humilhar Janey, eles não humilham crianças, as crianças pertencem aos seus pais...

— Janey não pertence a ninguém — ele diz friamente, mas então vê o desespero dela e segura sua mão.

Passados alguns momentos, Janey caminha calmamente na direção do cadafalso, o vestido consertado, o cabelo trançado, parecendo uma criança obediente seguindo um adulto. Vanessa fita os olhos dela, procurando ver se ela foi drogada, mas os olhos de Janey estão olhando em volta — não com desespero, mas com firmeza. Ela olha para alguém e sacode rapidamente a cabeça, de leve, de modo que parece apenas um estremecimento. Então, olhando com mais insistência, ela sacode a cabeça devagar de um lado para o outro como uma árvore balançando na tempestade. Vanessa acompanha o olhar dela e vê a Sra. Solomon na multidão, o cabelo despenteado, as mãos cobrindo o rosto coberto de lágrimas. *Mary*, Janey diz para a mãe, e então desvia os olhos. A Sra. Solomon começa a procurar na multidão. Vanessa fica na ponta dos pés para procurar Mary, mas não consegue vê-la, e nem a Sra. Solomon.

Janey fica parada na frente da estaca, calma e serena enquanto amarram seus pulsos nela. O som da multidão está crescendo, algumas vozes zangadas, outras satisfeitas, outras assustadas. As meninas, as boas meninas que ficaram longe da praia, se entreolham, na esperança de encontrar algum sinal ou sentido na expressão das companheiras.

O pastor Saul dá um passo à frente. Ele já realizou diversas cerimônias de humilhação e não precisa do *Nosso Livro*, mas o segura nas mãos assim mesmo, como parte do espetáculo.

— Meus irmãos, nós estamos assistindo à humilhação de Janey Solomon — ele torna a dizer. — Philip Adam escreveu: "Aqueles para os quais o medo da escuridão eterna não é um impedimento para o mal devem então temer a vergonha e o desprezo do vizinho. Nós aqui na ilha somos todos interligados e nenhum de nós poderia sobreviver sem o outro. Vamos deixar que a censura, o olhar de desprezo de familiares e amigos sejam o castigo e o terror que talvez os façam mudar de rumo e os salvem da escuridão."

O pastor Saul larga o livro.

— Janey Solomon, você blasfemou. Você mentiu. Encorajou outras a blasfemarem e a mentirem. Desobedeceu os seus viajantes. Que vergonha.

— Que vergonha — a multidão repete; não o grito forte que normalmente acompanha essa frase, mas um murmúrio indeciso.

O viajante Sr. Balthazar se aproxima com o chicote; a voz da multidão fica mais forte. As pessoas parecem estar discutindo, protestando, encorajando — o ruído enche os ouvidos de Vanessa e ela se encolhe. Então, o Sr. Balthazar rasga o vestido de Janey até a cintura, e um silêncio cai sobre a multidão.

Janey é tão magra que Vanessa não sabe como ela continua respirando. Seu corpo é gracioso em sua magreza, com arcos e asas de ossos, sua clavícula erguendo-se contra a pele como um pássaro solto. As depressões entre as costelas são tão fundas que formam sombras cinzentas e azuis, e as articulações dos ombros são revestidas de pele e pouco mais. Vanessa tem a impressão de ver o coração dela batendo, o ligeiro tremor dele, contra o triângulo do seu esterno, e o pulsar em seu pescoço fino e comprido. A pele de Janey é tão pálida que tem um brilho prateado, suas sardas parecem ciscos amarelos.

O Sr. Balthazar para diante daquela aparição esquelética e lança um olhar interrogador para o viajante Sr. Joseph, que é o primeiro da fila de viajantes. O Sr. Joseph parece aborrecido e faz sinal que sim com a cabeça exageradamente. Mesmo assim, Vanessa pode ver pelo modo como o Sr. Balthazar estende o braço para trás, o modo de ele dobrar o braço a partir do cotovelo, e não do ombro, que não pretende dar em Janey a surra que outros receberam. Possivelmente, ele teme que ela se quebre ao meio.

A linda pele sardenta de Janey, parecendo casca de ovo, é subitamente cortada, rachada, um vergão rosado com um fio vermelho envolve sua caixa torácica. Ela estremece, mas sua expressão não muda. O Sr. Balthazar se inclina para olhar de frente para ela, para ter certeza de que ainda está viva. Recuando, ele dá outra chicotada, esta atingindo o ombro.

— Não! — Da multidão, das árvores, de algum lugar, surge Rosie, seu vestido esfarrapado e seu cabelo sujo e solto. Lançando-se sobre o cadafalso, ela enfia os dentes na mão do Sr.

Balthazar, perto do polegar. Surpreso, ele larga o chicote e olha para ela, atônito.

— Eles são mentirosos! — Rosie grita. — Não ouçam o que ele diz!

Janey olha zangada para Rosie. *Vá*, Vanessa vê seus lábios pronunciarem, e como Rosie não se mexe, ela grita:

— Rosie, vai embora daqui!

— Eles mataram Amanda Balthazar! — Rosie grita, apontando para os viajantes. — Eles mataram Alma Joseph! Eles mataram outras também, mas eu não me lembro dos nomes. Dizem que elas morreram de hemorragia, mas foram mortas! Eles são assassinos, são mentirosos! Eles é que deveriam ser humilhados e castigados, não Janey! — Ela tosse e se inclina para a frente quando um braço masculino a enlaça. — Eles são mentirosos — grita, engolindo em seco, e começa a chorar. O Sr. Joseph a levanta contra a cintura e ela fica mole, soluçando. — Mentirosos! — ela grita, e ele vai embora, levando com ele sua carga.

Todo mundo fica em silêncio, de olhos arregalados, inclusive Janey. Há um silêncio longo e pesado e, então, o Sr. Balthazar pega o chicote e dá as últimas oito chicotadas em Janey. Janey parece tão espantada e pensativa que mal parece notar as chicotadas. Quando ela é desamarrada, a Sra. Solomon corre para segurá-la. Elas juntam as cabeças e começam a cochichar. Vanessa olha para o Sr. Abraham e ele a encara, atônito.

— O que vai acontecer com Rosie? — ela murmura.

— Vanessa, eu não faço ideia — ele responde, e ela se apoia nele e eles veem Janey se soltar dos braços da mãe, levantar o vestido por cima dos ombros e caminhar lentamente na direção da praia.

CAPÍTULO TRINTA E OITO

Janey

Mary está colocando algas marinhas com cuidado sobre a pele ferida de Janey. Janey, de bruços na areia fria, se encolhe de dor.

— Não sei como isso vai servir de alguma coisa — ela diz.

— O sal arde.

— Mas a dor melhora, não é, quando para de arder? — Mary pergunta. Ela tem razão, e Janey sente os tecidos gelados das algas ziguezagueando por suas costas, amortecendo a dor nos vergões que cobrem seu corpo como fios quentes.

Janey solta um suspiro profundo.

— A mãe estava lá — ela murmura. — Pobre mãe.

— Eu queria ter estado lá. Em vez de ficar na praia, chorando, imaginando se iriam matar você.

— Você teria feito algo estúpido, como Rosie — diz Janey. Mary balança a cabeça tristemente.

— O pai não estava lá — Janey continua. — Não sei se eles o impediram de ir ou se não quis ir. Ele jamais gostou de humilhações públicas. Talvez nem soubesse que era eu.

— Agora ele sabe — diz Mary. — Tenho certeza de que todo mundo está falando nisso. Eles não podem humilhar crianças. Acho que você foi a primeira.

— Eu não sou uma criança. Não uma criança de verdade.

— Mas também não é um adulto. O pai é que deve lidar com você.

— Bem, talvez eles tenham achado que ele não estava sabendo fazer isso.

Mary diz zangada:

— Tenho certeza de que eles acham isso há anos.

— O que será que vão fazer com Rosie? — Janey pergunta.

— Deve estar levando uma surra agora mesmo.

— E ela vai se levantar, não importa o que fizerem com ela, e vai voltar para cá, zangada como sempre — Mary afirma. Janey imagina Rosie atravessando a ilha, com a testa franzida, pingando sangue e com ossos quebrados, e estremece.

— Foi horrível? — sussurra Brianna Joseph, sentada ali perto. — Eles abaixando o seu vestido? Na frente de todo mundo?

— É difícil de explicar — afirma Janey. — Eu me senti envergonhada, mas não por mim. Por eles, pelos viajantes. Pelas pessoas que estavam assistindo.

Depois que Janey foi levada, as meninas permaneceram na praia, ignorando o nascer do sol. A princípio, elas se juntaram para dar apoio umas às outras na ausência dela, mas ficaram lá depois que ela voltou. Estão agachadas ou sentadas na areia a distâncias variadas de Janey, vendo Mary cuidar dela. Algumas parecem nervosas, outras evasivas, outras furiosas, outras cansadas.

— O que fazemos agora? — Mary questiona, fazendo a pergunta que está na cabeça de todo mundo. — Continuamos a agir como antes? Se isso continuar, Janey, eles matarão você. Já nos encontraram uma vez.

— Nós poderíamos ficar separadas o tempo todo — diz Brenda. — Nunca nos reunir, apenas nos esconder.

— Por favor, isso não — implora Brianna. — Se não pudermos ficar juntas, eu não vou conseguir. Vou ter que voltar para casa.

— Nós não vamos nos separar — decide Janey. — Ficar juntas é a única coisa que temos. E precisamos continuar como antes, depois do que Rosie fez. Ela gritou a verdade na frente de todo mundo. Ela fez o que Amanda queria fazer, agora não podemos recuar. — Janey faz uma pausa e suspira, com uma expressão de tristeza no rosto. Não era sua intenção mencionar Amanda.

— Mas ninguém vai acreditar em Rosie — diz Fiona. O rosto e o pescoço dela estão cobertos de hematomas. — Não importa que ela tenha dito isso, eles não vão acreditar nela.

Janey fica calada por um bom tempo, meditando sobre a verdade dessa afirmação. As meninas se agitam nervosamente. Seus pés, frios e pálidos, parecem feitos de cera.

— Talvez ela tenha plantado uma semente — Mary sugere finalmente. — Talvez um dia...

— Se nós voltarmos — Janey diz solenemente —, isso significa que concordamos, que não é verdade, que não importa. Nós vamos continuar. Está de dia: nós deveríamos estar escondidas, dormindo. Essa noite nos encontraremos na praia... — Ela pensa. — Vamos nos encontrar no trecho atrás dos campos, perto da casa de Saul, o fiandeiro. Talvez eles tornem a nos encontrar, eu não sei. Nesse momento, vocês precisam dormir.

— Eu não consigo dormir — retruca Violet.

— Bem, você não pode ficar aqui — Janey diz com voz áspera, e se levanta devagar, sentindo dor. Os pedaços de alga ao redor do seu corpo se agitam ao vento como cobras e, de repente, ela parece uma espécie de deusa, uma divindade prateada, coroada de chamas e envolta em serpentes e sangue. O poder emana de seu corpo como eletricidade quando ela avança, dispersando as meninas, que correm para se esconder.

CAPÍTULO TRINTA E NOVE

Vanessa

Vanessa jamais gostou particularmente de Rosie, incomodava-se com seu constante atrevimento e ressentimento. No entanto, não pôde deixar de admirar sua coragem ao tentar parar o chicote do Sr. Balthazar. Vanessa tem certeza de que ela deve ter levado uma surra violenta depois de ter sido retirada da humilhação pública de Janey. Imagina se Rosie já voltou para a praia, ou se, como Letty, está tendo uma longa e dolorosa recuperação em casa.

Ela não consegue parar de ver aquela última imagem de Rosie, sendo carregada, mole e soluçando, pelo Sr. Joseph como um pedaço de carne, seus membros balançando, seu cabelo imundo cobrindo o rosto. Vanessa vê sem parar os passos rápidos e decididos do Sr. Joseph, Rosie batendo contra o lado do joelho dele, desaparecendo no mato.

Passados dois dias, Vanessa vai até a casa de Rosie depois da escola. É uma casa pequena e apertada, e no entanto, ela brilha como um palácio ao lado da casa caindo aos pedaços dos Jacob. Vanessa bate à porta, espera um minuto e torna a bater.

A Sra. Gideon abre a porta lentamente, seu bonito rosto redondo inchado de chorar, os olhos vermelhos. Vanessa recua um pouco e então murmura: — Eu vim visitar Rosie.

A Sra. Gideon começa a soluçar alto. Lágrimas escorrem pelo seu rosto. Ela continua a chorar, como uma ovelha balindo, enquanto Vanessa fica ali parada, com a boca meio aberta e as mãos semiestendidas. De repente, ouvem-se passos altos, zangados, e ela avista um furioso Sr. Gideon, seu rosto carrancudo parecido com o de Rosie, que fecha a porta com violência.

Vanessa fica parada, em choque, por um momento, e depois vai para casa, tão perdida em pensamentos que tem que voltar algumas vezes após seguir distraidamente por caminhos errados.

Na manhã seguinte, em vez de ir à escola, Vanessa pega o caminho de volta à casa dos Aaron. Parando na grama perto da casa dos Gideon, ela observa se há alguma atividade. Durante o que parecem horas, nada acontece. Vanessa boceja, pensa vagamente em comida, cutuca um formigueiro com uns talos de capim seco, sonha acordada. No início da tarde, sua paciência é recompensada quando o Sr. Gideon sai de casa com uma sacola de ferramentas. O martelo que ele leva na mão faz com que fique duplamente satisfeita por não ter tentado bater à porta de novo.

Ela espera mais um pouco, caso ele tenha esquecido alguma coisa e decida voltar para casa, e então vai até a porta dos Gideon e bate. Ninguém atende, apesar de ela continuar batendo. Por fim, respirando fundo, ela abre a porta e entra.

A Sra. Gideon está sentada à mesa da cozinha, seu cabelo claro e cacheado banhado pelos raios de sol, ela levanta lentamente a cabeça e olha para Vanessa como se ela fosse uma aparição.

— Você de novo — ela diz.

— Olá — Vanessa diz sem jeito, cruzando os braços no peito e mudando o peso do corpo para um quadril.

— Você queria falar com Rosie — diz a Sra. Gideon.

— Eu só queria...

— Rosie morreu — a Sra. Gideon sussurra com ódio. — Ela morreu, e você não pode vê-la.

Elas olham uma para a outra, os olhos azuis e banhados de lágrimas da Sra. Gideon encontrando os olhos chocados de Vanessa.

— Brian diz que estavam batendo nela — a Sra. Gideon diz. — Estavam batendo nela, e ela caiu e bateu com a cabeça. Ele diz que foi um acidente.

— Um acidente.

— Mas eu não acredito nele — a Sra. Gideon murmura, seu rosto subitamente feio, contraído de ódio. Seus olhos irradiam fúria.

— Não — diz Vanessa. — Não.

— Eles não me mostraram o corpo dela — ela diz com amargura. — Não me deixaram vê-la. Eu queria desenterrá-la para dizer adeus, mas ele não quer me dizer onde ela está. Não quer me dizer...

Ela começa a soluçar, as lágrimas escorrendo pelo rosto e molhando a mesa da cozinha. Vanessa avança para consolá-la e percebe que seu abraço não significaria nada, pior que nada. Ela fica ali parada por um instante, assistindo respeitosamente à dor da Sra. Gideon, e depois sai da casa sem fazer ruído.

Vanessa sabe para quem contar na escola. Ela cochicha a novidade para Letty, cujo rosto agora está amarelo dos hematomas. Conta para a pequena Edith Aaron. Conta para Dorothy Abraham, um ano mais velha do que ela, lenta e impopular e tentando sempre obter afeto com segredos. Conta a Mildred Balthazar. Conta a Frances Joseph. Ela vê a tristeza, a raiva e a confusão brotarem no rosto delas.

A promessa de Vanessa de ficar em casa amarra seus pés, faz com que eles pesem como se estivessem presos com correntes, como animais com os dentes cravados em seus tornozelos. Ela sabe que não vai conseguir quebrar a promessa. E, no entanto, não está completamente impotente.

CAPÍTULO QUARENTA

Janey

Elas saem de casa furtivamente na luz leitosa do amanhecer, fugindo durante o recreio, simplesmente saindo da sala de aula durante o dia. Essas não são as meninas mais velhas, como a primeira leva de seguidoras de Janey, mas aquelas da idade de Rosie — oito, nove, dez anos de idade: suas amigas, suas aliadas, seus pares e suas inimigas. Elas saem em duplas ou trios, de mãos dadas com tanta força que seus nós dos dedos ficam brancos. Caminham às cegas pela vegetação, correndo pelos campos, espiando atrás de pedras e sob moitas, até encontrarem uma menina que já desertou, que pode dizer a elas o que fazer e onde se encontrarem à noite. Levam a notícia da morte de Rosie para as meninas na praia, espalhando o relato terrível, provocando olhares atônitos e lágrimas de dor e confusão. Caitlin, que tinha começado a emergir da sua timidez para conversar e rir com as outras meninas, caminha sem parar pela praia, pálida e silenciosa em sua dor.

Inesperadamente mais práticas do que as meninas mais velhas, essas novas meninas também trazem cobertores de suas camas, pedra e aço tirados de suas cozinhas, potes de massa fermentada e queijos das despensas de suas famílias. Esses mantimentos são escondidos, ou levados da praia para os locais onde elas dormem à noite, tornando-se sujos e úmidos, mas ainda úteis. Sapatos e suéteres são compartilhados com outras meninas, geralmente com duas meninas rindo sob o mesmo suéter, caminhando desajeitadamente, uma pisando no pé da outra.

 Os pais aparecem durante o dia, ignorando a ordem de ignorar as filhas. Eles procuram, ansiosos para arrastá-las de volta e castigá-las, em geral levando qualquer criança que encontram de volta para a casa dela e deixando-a lá para ser surrada, abraçada ou repreendida. Os viajantes estão ocupados, indo e vindo das terras devastadas, reunindo adultos e promovendo suas reuniões secretas, mas eles também fazem buscas nos campos, carregando crianças para casa e exigindo que elas recebam uma surra mais violenta do que a maioria dos pais estaria disposta a dar. Às vezes, algumas meninas não voltam para a praia, secretamente aliviadas de estarem de volta junto às mães dedicadas e aos pais amorosos, numa cama quente à noite, comendo comida quente até a barriga inchar. Mas, no geral, elas esperam, se recuperam e tornam a fugir para sua vida excitante, à luz do fogo.

 — É bom ter as pequeninas aqui, não é? — Mary diz para Janey uma noite, e Janey suspira como uma mãe esgotada. Os mantimentos que essas meninas estão trazendo são vitais, e poderão evitar que elas morram congeladas à noite. No entanto, algumas dão trabalho, chorando no ombro de Janey com saudade das mães, brigando e querendo que ela sirva de juiz, esquecendo das regras e brincando na praia durante o dia como animais selvagens. Elas choram por causa de joelhos ralados e noites de fome. Comem as frutinhas erradas e passam a noite toda com diarreia. Têm medo da escuridão eterna e esperam que Janey as acalme e lhes dê segurança. Janey queria conduzir as meninas à liberdade, não

O silêncio das filhas

acabar sendo conselheira, consoladora e orientadora religiosa de um bando de crianças. Ela tenta dividir a carga com as meninas mais velhas, mas ainda assim são anos mais jovens do que Janey e estão envolvidas em suas próprias brincadeiras.

Não foram só as pequenas que saíram de casa depois de saberem do assassinato de Rosie nas mãos dos viajantes. Há meninas mais velhas que eram mais tímidas, mais medrosas, mas que foram levadas a agir. Elas ainda estão aprendendo a dormir durante o dia e viver de mariscos, frutas silvestres, ossos de peixe e migalhas de queijo. Embora sejam capazes de confiar umas nas outras e em si mesmas mais do que as pequenas, são de pouca ajuda além de trazer com elas mais suprimentos.

Está ficando cada vez mais frio. O mar mudou de azul para um cinzento ameaçador. A grama fica mais tempo congelada de manhã, o céu é branco e gelado. As árvores ficam amarelas e marrons, com as folhas caindo como uma chuva de papel quando o vento sopra. Devagar, apesar das restrições anteriores, as meninas fazem fogueiras cada vez maiores de noite, voltando para dormir em volta delas quando seus dedos ficam dormentes. Elas dormem em grupos maiores, encolhidas e amontoadas sob cobertores úmidos recheados de penas de galinha, abraçadas como galinhas magras e depenadas. Descobrem reservas antes ignoradas de força ao enfrentar frieiras, o nariz escorrendo o tempo todo e a ameaça de ulcerações causadas pelo frio. Mas a dor crônica de seus ossos gelados e pele machucada as deixa esgotadas. Janey ouve soluços à noite, cochichos nervosos enquanto as meninas sopram os dedos umas das outras ou juntam seus corpos em busca de calor.

— Você acha que vamos sobreviver ao inverno? — Mary pergunta a Janey. — Ainda estamos no outono e está tão frio.

— Eu não sei — diz Janey. — Mas qual é nossa outra opção? Voltar para passar o inverno em casa e tornar a vir para cá na primavera?

— Nós seríamos sem dúvida liberadas no verão.

— Seríamos mesmo?

Mary parece horrorizada com a insinuação e não diz mais nada. Uma chuva fina começa a cair do céu, suas gotículas brilhando como pedrinhas preciosas na pele e no cabelo. Ela se encosta em Janey.

— Se você pode sobreviver ao frio, nós também podemos — ela diz. — Você não tem nem um pingo de gordura no corpo.

— Eu sou mais quente — Janey diz rindo, sem mencionar que ela sente frio, um frio horrível, tanto que nem dá mais para tremer o tempo todo. As fogueiras noturnas são uma bênção para ela e, durante o dia, seus ossos doem e rangem, sua carne endurece e reclama amargamente, sua boca parece coberta de gelo, e é só quando ela coloca os dedos gelados na língua para aquecê-los que percebe que a língua é mais quente que o resto dela. Às vezes, quando uma menina pequena vem se socorrer com ela, Janey tem vontade de ficar com a menina no colo durante horas, sugando seu calor como uma enorme aranha com uma presa fresca e quente em sua teia.

CAPÍTULO QUARENTA E UM

Vanessa

Vanessa é acordada no meio da noite por um barulho estranho, como um gemido alto. Levantando-se silenciosamente, vestindo uma camisola branca, ela desce a escada com cuidado, caso haja um monstro à espreita. O som agora é um choro alto que vem da biblioteca, e ela reconhece a voz: é o seu pai.

Abrindo a pesada porta, ela o vê sentado no chão, encolhido, soluçando violentamente como uma criança zangada. Alguma coisa está errada, talvez ela esteja sonhando; homens não choram desse jeito. Crianças choram desse jeito, por qualquer motivo, desde um biscoito partido até uma irmã morrendo, e mulheres choram desse jeito quando dão à luz crianças defeituosas ou apanham, mas homens só derramam uma ou duas lágrimas e pronto, mesmo se estiverem enterrando o próprio filho. Alguma coisa aconteceu dentro do pai, e uma parte dela está tão espantada que ela tem vontade de tornar a subir a escada e fingir que não escutou nada. Tomando coragem, ela se aproxima.

— Pai?

Ele abre os braços, e ela se vê apertada em um abraço que esmaga suas costelas de tal forma que mal consegue respirar. Soluçando, o pai enterra o rosto no pescoço dela, lágrimas e cuspe saindo dele e molhando o ombro da sua camisola, fios molhados de barba grudando em sua pele. Ela o consola automaticamente, sabendo que é isso que deve fazer, mas algo dentro dela se retrai. De todos os atos que ela e o pai realizaram juntos, esse parece o mais íntimo, o mais cru. Tem vontade de se encolher para dentro de si mesma, para não sentir a própria pele.

Fazendo força para respirar, ela espera a intensidade dos soluços dele diminuir, ele levantar o rosto e enxugá-lo na camisa e pedir desculpas, mas ele simplesmente continua a chorar, seu corpo sacudido por soluços de tristeza.

— Pai — ela acaba dizendo. — Pai, deixe-me chamar a mãe.

— Não — ele murmura, abraçando-a com menos força e deixando que ela respire mais livremente. — Não, por favor.

— O que foi? — Vanessa pergunta, ainda presa num abraço apertado, molhada de lágrimas, louca para se soltar. — O que aconteceu?

— Vanessa... meu pai era um viajante, e o pai dele também.

Isso é dizer o óbvio, mas ela não fala nada.

— As coisas que eu vi nas terras devastadas, as coisas que eu vi... as coisas das quais nos protegi. Cuidei da ilha, dei prosseguimento aos ensinamentos dos nossos ancestrais.

— Sim — ela diz após uma pausa.

— Essa é a missão da minha vida, é uma missão sagrada, mas... — Aqui ele volta a soluçar, com a testa encostada no ombro dela. — Vanessa, eu não sou o único que não sabia, e... eu não sei como...

De repente, Vanessa entende.

— Você descobriu — ela diz. — Você descobriu que eles mataram Amanda e Rosie. Você não acreditou no início. Pensou que as meninas estavam mentindo, e então os outros viajantes contaram a verdade para você. Eles esperaram todo esse tempo...

Ele levanta a cabeça e olha para ela.
— Quando foi que você descobriu?
— Eu já sei há muito tempo.

Em um segundo ele está em pé, recuando, furioso, mas ela não sente medo.

— Você sabia — ele diz. — Você sabia e não me contou.
— Eu contei.
— Mas não de uma maneira que eu acreditasse, você não me *convenceu*!

Eles olham um para o outro, o pai com lágrimas escorrendo pelo rosto, Vanessa calma e pálida. De repente, ele desaba, se agacha no chão, com o rosto entre as mãos, não mais chorando, mas imóvel como um animal acuado. Vanessa sabe que devia consolá-lo. Ela nunca o viu tão derrotado. Terá que acalmá-lo e consolá-lo noites a fio, mas por ora dá meia-volta e sai da biblioteca, sobe a escada sem fazer barulho e cai num sono sem sonhos.

INVERNO

CAPÍTULO QUARENTA E DOIS

Vanessa

Começou na igreja.

No domingo seguinte. Vanessa está sentada entre a mãe e o pai, escutando sem muita atenção o pastor falar sobre desobediência e a escuridão do inferno, quando a Sra. Gideon, a segunda esposa do fazendeiro Gideon, começa a tossir. As pessoas estão sempre tossindo quando o tempo esfria, mas ela tosse por tanto tempo que as pessoas começam a olhar zangadas na direção dela. Vanessa se vira bem a tempo de a ver molhar o rosto da Sra. Saul, a esposa do pescador, com gotas de sangue.

Todo mundo fica estarrecido, exceto pelo pastor, que continua falando. A Sra. Saul empalidece, lembrando, de repente, Janey, com a pele muito branca e um punhado de sardas escuras. O Sr. Gideon passa o braço ao redor da Sra. Gideon, que está enxugando a boca suja de sangue em choque, e eles se levantam e caminham na direção da escada. Alma Gideon, a primeira esposa, fica sentada sem se mexer por alguns momentos e, em seguida, vai atrás deles. Então todo mundo olha para a Sra. Saul, que limpa o rosto com a ponta do casaco, seus olhos arregalados e horrorizados. Uma outra pessoa começa a tossir em um dos últimos bancos da igreja, e todas as cabeças se voltam ao mesmo tempo para olhar.

Finalmente, a tosse para e a atenção do grupo se volta novamente para o pastor, que parece aborrecido com a interrupção.

Mais tarde, a mãe diz a Vanessa que a Sra. Gideon morreu. Vanessa fica chocada; muitas pessoas morrem de doença, mas a doença normalmente leva um tempo para matar. Aquela noite, Vanessa fica deitada no escuro, acordada, pensando na Sra. Gideon, que era chata e sem graça, mas que agora é interessante porque está morta.

No dia seguinte, o bebê de Hannah Adam morre. A Sra. Adam vai amamentá-lo e encontra o bebê todo duro no berço, o rosto azul e a língua inchada. A casa de Vanessa é longe demais da deles para ela ouvir os gritos, mas o pai conta a elas mais tarde. Quando Vanessa sai para a escola, ele diz para ela não tirar o casaco, como se casacos pudessem proteger você de morrer sangrando. Ou azul.

Há mais cinco meninas ausentes da sala: Edith, Leah, Mildred, Deborah e Julia. Em uma sala já dizimada, de apenas doze meninas, a ausência é enorme. Será que todas foram se juntar a Janey? As crianças olham de rabo de olho para o Sr. Abraham, tentando interpretar a expressão dele, mas ele parece apenas entediado e dá início às lições do dia.

Depois da escola, Linda diz a Vanessa que Mildred machucou o braço. O irmão de Leah diz a ela que Leah está doente, mas não doente daquele jeito. Mas então, dois dias depois, o Sr. Abraham enxuga os olhos e conta a elas que Leah morreu. Mildred continua ausente, e Linda está quieta e pálida.

O pastor gosta de falar sobre o flagelo, e Vanessa não consegue deixar de pensar se ele chegou para castigar a ilha pela desobediência das meninas. É verdade que nada está pegando fogo, mas com certeza essa foi a doença que atacou as terras devastadas. Ela pergunta à mãe, que sacode a cabeça, mas fica calada.

No final da semana, não há mais aula. A mãe diz a Vanessa que ela irá ficar em casa ajudando-a até a doença passar. Fala nisso como se fosse um divertimento, mas sua voz está estressada e há círculos roxos ao redor dos seus olhos. Ela hesita entre oferecer a Vanessa um desconfortável excesso de afeto e mandar que conserte roupas e esfregue o chão. Depois de um dia disso, Vanessa pensa amargamente que preferiria estar de cama, cuspindo sangue. No dia seguinte, a mãe parece se arrepender de mantê-la presa em casa e deixa que ela saia para correr em volta da casa. Vanessa vê alguns homens verificando hortas e plantações, e algumas mulheres estendendo roupa. Acena para Jean Balthazar pela janela da casa dela, e a Sra. Balthazar acena de volta.

Vanessa visita as galinhas, que estão brigando, e ri delas, bicando umas às outras com as penas eriçadas, e depois vai até a praia, jogar pedras na água, apreciando os círculos que se expandem serenamente na superfície calma. Sabe que isso não conta como correr em volta da casa, mas, afinal de contas, não é como se ela tivesse ido se juntar a Janey.

Ela acaba ficando contente por sua breve desobediência. Quando volta para casa, a mãe, num acesso de nervos pouco característico dela, dá um tapa em seu rosto e diz que morreram mais duas pessoas e que ela não pode mais sair de casa.

CAPÍTULO QUARENTA E TRÊS

Janey

As meninas estavam acostumadas a se esquivar dos pais e dos viajantes. A maioria delas foi perseguida pelos campos, mergulhando em mares de lama e grossos arbustos para se esconder. Algumas subiam em árvores, se agarrando em galhos altos e fazendo os adultos, furiosos, desistirem. E então, praticamente do dia para a noite, a caçada parou. De repente, elas podiam dormir de dia, em vez de ficarem alertas a passos no mato, e a dispersão rápida e apavorada das vigílias noturnas virou coisa do passado. As meninas mais corajosas andavam livremente pelas plantações de milho e pomares, dando passos largos e balançando os braços em movimentos largos e ousados, praticamente desafiando alguém a vir pegá-las. Ninguém vinha.

A maioria delas supõe simplesmente que os adultos desistiram. Rindo, contam suas histórias mais arrepiantes de perseguição e surra como veteranos de uma guerra terminada. Reunindo-se em grupos cada vez maiores, elas cantam alto e saltam em danças frenéticas, comemorando sua vitória sobre os adultos, os viajantes, a ilha inteira.

Mas as meninas mais velhas continuam inquietas, conscientes de que esse cessar-fogo pode significar outra coisa além de vitória.

— Eles estão tramando alguma coisa — Mary diz a Janey.
— Você acha... você acha que matariam todas nós?

Janey sacode a cabeça.

— Isso seria demais. Colocaria as pessoas contra eles, se matassem um bando de crianças.

— Eles já mataram uma criança, e isso não pareceu mudar nada.

Janey encolheu os ombros.

— Provavelmente mentiram sobre a causa da morte dela, e as pessoas acreditaram. Mas dezenas de crianças, eles não podem esconder isso.

A morte de Rosie está alojada bem fundo em Janey como um espinho venenoso. Sempre a sente cortando a sua carne quando ela se mexe. Sua dor impotente e sua culpa a atacam em momentos inesperados, fazendo com que ela se dobre ao meio. Sempre que vê a atônita e infeliz Caitlin, Janey imagina como ela poderia ter evitado a morte de Rosie. Poderia ter gritado as palavras certas. Poderia ter dominado os viajantes e fugido com ela. Rosie, sua protetora indesejada. Rosie, dizendo a verdade esperançosamente, supondo que os adultos iriam acreditar nas histórias das crianças e se voltar contra seus guardiães e ídolos. Rosie, a menina zangada, revoltada, ardendo com uma fúria que ela jamais pôde exprimir completamente. Rosie, fria e morta, os ossos quebrados, suspensa em lama dentro da terra de alguém.

— Bem, se eles não vão nos matar, então o que estão planejando? — Mary pergunta.

Janey sacode a cabeça.

— Eu não sei. Se eu fosse os viajantes, faria com que todos os adultos saíssem ao mesmo tempo, pegassem todas as meninas que pudessem, as vigiassem constantemente para que elas não pudessem voltar, e esperassem até que o resto desistisse e voltasse para casa.

— E o que vamos fazer se eles fizerem isso?

Janey dá de ombros.

— Quem sabe? Talvez fiquemos em casa, com alguém nos vigiando.

— Eles provavelmente plantariam um viajante do lado de fora da sua porta. Você é a mais perigosa.

— Muito perigosa — Janey diz, com um sorriso debochado.

— Estou falando sério.

Janey olha para seu corpo ossudo e sujo e ri sem alegria.

— Eu não estou em condições de enfrentar ninguém.

— É a sua mente.

— Minha mente. — Janey massageia as têmporas, como que para acalmá-la. — Minha mente está cansada.

Após alguns dias, parte da rebeldia excitante de passear durante o dia diminui um pouco, e as meninas mais espertas notam algo estranho: não há adultos do lado de fora. É como se fosse verão. Não há mulheres tirando baldes de água de chuva dos barris, dando de comer às galinhas ou indo visitar uma vizinha. Não há homens trabalhando — nenhum fazendeiro retirando ervas daninhas, nenhum pescador na beira da praia com suas varas de madeira, nenhum homem consertando telhados ou janelas. Até as crianças que não vieram para a praia, que são muito criticadas e lastimadas, não estão indo e voltando da escola, nem brincando de pique-pega do lado de fora com seus suéteres grossos, ou andando com passos ainda incertos atrás de suas mães e caindo sentadas no chão. Não há ninguém à vista.

— E se todo mundo tiver morrido? — Fiona pergunta. — E se os ancestrais tiverem matado todos, menos nós?

— Isso significaria que eles decidiram que nós devemos ser as únicas pessoas aqui — diz Sarah, com um ar intrigado.

— Mas isso vai contra tudo, contra o *Nosso Livro*, os viajantes, tudo — diz Violet.

— Sem falar que, se nós fôssemos as únicas pessoas que restam, não poderíamos ter filhos, então depois de nós não haveria ninguém — diz Mary.

— A ilha seria purgada — murmura Fiona, que tende a ser dramática.

— Nós precisamos entender o que está acontecendo — diz Janey. Por dentro, ela receia que os viajantes estejam planejando o assassinato em massa delas, mas mantém um tom de voz sereno quando diz: — Nós temos que olhar dentro das casas, ver o que está acontecendo.

— Mas eles vão nos pegar! — Eliza Solomon, de oito anos, que se aproximou para ouvir a conversa, choraminga.

— Nós temos que saber — diz Mary, parecendo nervosa. — Temos que saber o que está acontecendo.

Então Janey junta Mary, Fiona, Sarah e Violet e lidera uma pequena expedição. Não há um lugar específico para ir, então elas apenas caminham pelos campos, tentando decidir em que porta bater, onde encontrar alguém disposto a dar informação sem prendê-las ou espancá-las. Ao se aproximarem de uma cerca viva entre as plantações de milho dos Balthazar e a plantação de batatas dos Joseph, elas ouvem um gemido. Alerta como um cão de caça, Janey olha em volta e vê o que parece ser um cadáver.

Silenciosa e vagarosamente, elas caminham em direção ao corpo, recuando quando ele estende subitamente um braço. Aproximando-se, veem que é Lydia Aaron, a jovem esposa do Sr. Aaron, o tinturista, estendida no chão.

— Sra. Aaron? — Mary diz nervosamente. — Sra. Aaron? — A mulher sacode as mãos freneticamente. Ajoelhando-se, Mary coloca a cabeça suada em seu colo. — Sra. Aaron?

Os olhos da Sra. Aaron rolam para trás, as órbitas brilhantes como pedras trazidas pela maré e um fio de sangue escorre pelo canto de sua boca. Ela tosse uma tosse rouca, como se houvesse lama em seus pulmões, e partículas de sangue flutuam no ar como pequenas estrelas vermelhas antes de caírem no chão.

— Pelos ancestrais — murmura Violet. — Ela está doente.

— Deve estar muito doente — Janey murmura. — Eu nunca vi alguém cuspir sangue assim antes.

— Sra. Aaron? — Sarah diz. A Sra. Aaron geme.

— Ela precisa de ajuda — diz Mary. — Janey, vá buscar ajuda! — Balançando a cabeça e ficando em pé, Janey faz sinal para as outras meninas, e elas correm até a casa mais próxima, do fazendeiro Joseph.

Janey bate na porta, mas ninguém atende. Franzindo a testa, ela torna a bater. Ninguém aparece.

Elas vão até a casa seguinte, do tecelão Gideon, e ela bate, depois bate com mais força, depois chama, mas a casa continua silenciosa, as janelas vazias e sem vida como olhos de defunto.

Finalmente, na casa do pescador Moses, elas ouvem alguém vindo até a porta.

— Quem é? — diz uma mulher.

— É Janey Solomon.

A porta abre, e a Sra. Moses olha para elas. Parece exausta e malnutrida, o cabelo gorduroso e os olhos fundos.

— O que vocês estão fazendo aqui? — ela diz, incrédula.

— É a Sra. Aaron. Lydia Aaron — diz Janey. — Ela está lá fora. Está doente, tossindo sangue. Ela precisa de ajuda.

A Sra. Moses olha espantada para ela.

— E por que vocês vieram me procurar?

— Nós tentamos outras casas e ninguém atendeu. Viemos procurar a senhora porque ela precisa de ajuda!

— Meu marido está lá em cima. Ele também está doente. Está tossindo sangue. Está com tanta febre que mal consigo tocar nele sem me queimar. Eu estou cuidando dele há... — Ela despenca. — Não sei há quanto tempo.

— Todo mundo está doente — Janey diz devagar. — Então foi isso que aconteceu.

— Bem, nem todo mundo, obviamente — diz a Sra. Moses. — Eu não peguei a doença. Ainda. Mas sim, todo mundo está doente. E é uma doença grave. As pessoas estão morrendo. Nós não podemos sair nem falar com ninguém. Eu não devia estar falando com vocês.

— Mas a Sra. Aaron precisa de ajuda — diz Fiona. — Ela não pode ficar caída lá no chão.

— E o que eu tenho com isso? — exclama a Sra. Moses, erguendo a voz. — Ela não é minha parente. Tenho meu marido para cuidar.

— Bem, a senhora pode pelo menos nos ajudar a carregá-la para casa? — Janey suplica.

— Vocês são quatro! — grita a Sra. Moses. — Por que precisam de mim? Eu não vou sair, não vou ficar doente por causa dela. Vocês que a levem para casa, se tiver sobrado alguém lá, e tomem conta dela. São uma desgraça, todas vocês, fugindo desse jeito. Se eu tivesse filhas iguais a vocês, daria uma surra nelas. Agora me deixem em paz. — E ela bate a porta.

As meninas ficam paradas diante da porta, atônitas com as palavras da Sra. Moses. Então Violet diz:

— Vocês acham que nós conseguimos carregá-la para dentro de casa?

— Eu... eu acho que podemos tentar — diz Janey. Elas voltam, em silêncio. Janey pensa no pastor Saul, no dia de sua humilhação pública. *Nós aqui na ilha somos todos interligados, nenhum de nós poderia sobreviver sem o outro.* A Sra. Moses é um espécime particularmente ruim, ou todos os adultos são assim quando há perigo no ar? Janey ajudaria uma menina doente na praia, mesmo que não a conhecesse, mesmo que não gostasse dela.

— Quando isto terminar — Fiona diz subitamente, com veemência —, devíamos contar aos viajantes sobre a Sra. Moses.

Sarah ri.

— Sim. Vamos contar tudo aos viajantes!

As outras começam a rir e Fiona fica vermelha.

— Quer dizer... quer dizer... vocês sabem o que eu quis dizer! — diz ela, começando a rir também.

Quando as meninas voltam para o campo, Mary ainda está com a cabeça da Sra. Aaron no colo, delirando de febre. De repente, Janey se lembra do que a Sra. Moses disse sobre contágio, e o medo que sobe pelas suas entranhas ao pensar que Mary pode ficar doente é tão grande e assustador que ela o tira rapidamente da cabeça.

— Temos que levá-la para casa — Janey diz a Mary.

— O quê? Não havia ninguém que pudesse ajudar?

— Só encontramos a Sra. Moses, mas ela não quis — diz Violet sombriamente, e Mary sacode a cabeça, incrédula.

Elas erguem a Sra. Aaron, enfiam os ombros sob as axilas dela e a abraçam pela cintura. Com passos pesados e lentos, começam a caminhar na direção da casa dela. De repente, Violet solta uma exclamação e abaixa os braços, que estavam segurando os quadris da Sra. Aaron.

— O que foi? — Mary pergunta.

— Tem alguma coisa dentro dela. — O rosto de Violet está pálido e aterrorizado. — Tem alguma coisa se mexendo!

— Ela está grávida — Sarah diz num tom de voz aborrecido, e Violet fica vermelha e torna a segurar os quadris da Sra. Aaron. Esta geme e tosse, mas suas pernas se movem e ela parece estar tentando ajudar o máximo que pode.

— Se o marido não quiser que ela entre, eu juro que vou levá-la para a casa de um viajante, e eles que cuidem dela — resmunga Janey.

Quando elas chegam na casa dos Aaron, a porta se abre na primeira batida. O Sr. Aaron grita:

— Ah, graças aos ancestrais! — A pele dele está cor de ardósia e coberta de suor, e seu corpo treme como o de um coelho ferido. — Eu queria procurar por ela, mas não consegui... — Ele está com um vaso rompido no olho, que está todo vermelho. — Lydia...

— O senhor... o senhor pode ficar com ela? — Mary pergunta.

— Sim, quer dizer, acho que sim, eu preciso colocá-la na cama. — Ele olha para trás em desespero, na direção da escada. — Ou pelo menos aqui dentro. Sim, pelo menos aqui dentro. — Ele estende os braços e pega a Sra. Aaron. — Obrigado, meninas. Obrigado. Não importa o que eles digam, vocês são boas meninas. — Ele faz um gesto vago na direção delas, que Janey supõe ser de gratidão, e fecha a porta, chorando.

Mary começa a chorar.

— Calma — diz Janey, abraçando-a. — Calma. Vamos voltar para a praia.

Soluçando, Mary balança a cabeça concordando, com o rosto coberto de lágrimas, e elas caminham devagar, seguindo na direção do mar.

Mais tarde naquela noite, Janey reúne as meninas mais velhas, aquelas em quem confia, e elas se sentam em círculo na praia. Ela relata o que aconteceu com a Sra. Aaron, com a Sra. Moses e com o Sr. Aaron.

— Há uma doença — ela conclui. — Uma doença grave.

— São os ancestrais — diz Catherine Moses. — Eles estão nos castigando por termos fugido.

— Ah, cala a boca — diz Mary com uma irritação pouco característica.

— Se fosse assim, teriam mandado a doença para nós — Caitlin explica.

— A menos que quisessem que víssemos todo mundo morrer antes — Catherine responde, zangada.

— Cala a boca — Mary repete. Em seguida, inclina-se na direção do pescoço fino e frio de Janey para falar: — Você acha que a mãe está bem?

Janey respira fundo, suas costelas espetando o corpo de Mary, e então solta o ar bem devagar, como se estivesse expirando a própria vida.

— Temos que ir ver — ela diz baixinho.

— Temos que ir ver — Fiona repete. — Não podemos deixá-los sozinhos.

Como se tivesse ouvido os cochichos de Mary, Violet diz alto, com a voz trêmula:

— E se minha mãe estiver caída no mato em algum lugar? E ninguém quiser ajudá-la?

— Nós não podemos voltar — Sarah murmura. — Então tudo isso terá sido em vão.

— Eles mataram Rosie — diz Vera Saul.

— Rosie está morta — diz Mary. — Os viajantes a mataram. Mas minha mãe não a matou. E sua irmãzinha também não a matou. Precisamos garantir que elas continuem vivas. De que haja alguém lá, se não tiver mais ninguém lá... Não podemos deixá-las sozinhas.

— Quando tive varíola — Violet diz, pensativa —, eu não conseguia enxergar. A luz fazia meus olhos doerem. Eu não conseguia pensar. Não conseguia respirar. A mãe ficou semanas perto de mim. Ela nem cozinhava para o pai, nem limpava a casa, não fazia nada. Ficava carregando água fria para pôr em mim. Eu estava vendo coisas. O pai disse que todo dia ele achava que eu ia morrer.

— Alguém precisa contar para as outras meninas — diz Brenda.

— Elas não têm que ir. Ninguém tem que ir a lugar nenhum — Janey diz.

— Mas você vai? — Mary diz, olhando atentamente para o rosto dela.

— Mas eu vou — Janey diz, seus olhos cinzentos cheios de tristeza.

— Mas... — As palavras ficam presas nos lábios de Caitlin, pesadas e dolorosas como uma ferida aberta. Ela não precisa dizer o resto. Sem Janey e Mary, a rebelião das meninas vai rachar, desmoronar, perder o sentido.

— Eu sei — diz Janey. — Desculpe. — Mary começa de novo a chorar, enterrando a cabeça no colo de Janey enquanto Janey acaricia seu cabelo escuro e oleoso.

— Nós sempre podemos voltar — diz Fiona, e as palavras dela ficam pairando no ar, soando falsas. — Nós podemos! — ela grita, como se alguém tivesse discordado dela.

Caitlin, com a boca ainda meio aberta, a expressão caída, sacode lentamente a cabeça. Fiona começa a chorar.

As meninas olham na direção das mais jovens, pulando e rindo e brincando perto do mar e, de repente, Janey sente que matou algo que estava brotando, novo e cheio de vida. *Perdão, Amanda*, ela pensa. *Perdão, Rosie*. E seus ossos parecem tão pesados quando se levanta que acha que vai cair morta na areia.

CAPÍTULO QUARENTA E QUATRO

Caitlin

Caitlin entra em casa na ponta dos pés depois da meia-noite e vê o pai roncando, com a cabeça na mesa da cozinha. Andando devagar, como um roedor evitando um cão adormecido, ela sobe a escada e se enfia debaixo do cobertor, ao lado da mãe, que acorda assustada, estendendo os braços para se proteger, e depois sussurra:

— Caitlin? *Caitlin?*

— Sou eu.

A mãe solta uma exclamação de alegria. Ela abraça Caitlin com seus braços macios e acolhedores, e Caitlin respira o perfume da mãe, agradecida.

— Você está viva — a mãe murmura. — Tantos estão doentes. Eu achei que você podia estar morta.

— O pai vai me matar.

— Ele tem estado tão bêbado que provavelmente pensa que você saiu ontem.

— Mãe, eu... — Caitlin tenta pensar como contar a ela sobre sua jornada, sobre a praia, sobre Janey. — Tinha um cachorro — ela diz — e ele entrava e saía correndo do mar. — E então a súbita compreensão de que nunca mais vai viver na praia com

Janey a atinge, pesada como uma tonelada de pedras, e ela começa a tremer e gemer como uma criança perdida em um pesadelo. A mãe não consegue consolá-la, embora segure Caitlin em seus braços até o amanhecer.

CAPÍTULO QUARENTA E CINCO

Caitlin

Voltar depois da temporada na praia é como voltar para casa depois de dez verões. Ela não liga para as roupas e gosta de ser lavada em água quente. Mas, à noite, acorda assustada e entra em pânico, tentando em vão se lembrar da captura e do castigo que levaram à sua reintegração à vida cotidiana. Só quando está inteiramente acordada é que se lembra de que voltou por vontade própria. É uma bebida amarga de engolir. Quando o pai entra no seu quarto, ela fecha os olhos e volta em pensamento para a praia. Caminha descalça na areia molhada, se senta perto de Janey Solomon, suga a carne quente de dentro de uma concha, contempla o sol nascendo de manhãzinha, prometendo descanso. Às vezes, leva tanto tempo para voltar que a luz da manhã já está brilhando em sua janela.

A alegria da mãe por ter Caitlin de volta, entretanto, a aquece como o sol de verão. O rosto da mãe, normalmente fechado e amedrontado, brilha de felicidade sempre que olha para Caitlin, e ela mantém Caitlin junto dela. Elas se encostam uma na outra, se abraçam, se tocam de leve quando passam uma pela outra. Mesmo durante as crises de raiva do pai, a mãe mantém a cabeça um pouco mais erguida do que habitualmente, e suas mãos tremem menos.

Felizmente, o pai trata a ordem de não sair de casa como uma sugestão e frequentemente sai, deixando Caitlin e a mãe sozinhas para poderem respirar livremente e sorrir uma para a outra. As mulheres da ilha estabeleceram uma forma de trocar informações. A mãe tem uma linha de comunicação com as vizinhas mais próximas. De um lado, fica a Sra. Gideon, mãe de Rosie, ou outrora mãe de Rosie; Caitlin sempre lembra com uma pontada de dor que Rosie está morta e que a Sra. Gideon não tem mais filhos. Do outro lado, fica a Sra. Adam, a esposa do coletor de esterco. A mãe sai de casa para ver a Sra. Gideon, mantendo a maior distância possível entre elas, e a Sra. Gideon grita as notícias para a mãe. Então, a mãe vai para o outro lado da casa, grita pela Sra. Adam, e grita as notícias para ela. Caitlin ouve tudo bem alto, duas vezes.

Todo mundo diz que a doença se espalha através da respiração de uma pessoa doente, e embora Caitlin não saiba a que distância a pessoa precisa estar para evitar sugar o beijo da doença, tem certeza de que a distância que a mãe mantém das vizinhas é segura. Ela não sabe exatamente quem os ancestrais estão tentando castigar e se o objetivo final deles é matar todo mundo.

O pastor sempre disse que doença é castigo para todo mundo, embora ele ponha mais culpa nas mulheres, que vão para casa e choram por contaminar seus filhos. Castigos acontecem regularmente de acordo com as estações: resfriados e gripes no inverno, diarreia e febres quando o tempo fica mais quente. Toda criança tem que passar pelas varicelas, caxumbas, exantemas e outras doenças infantis. Em geral, elas passam por essas doenças mais ou menos ilesas, embora algumas não resistam e sejam entregues cedo aos ancestrais. Há poções para baixar febres, pastas para diminuir coceira, tinturas para passar nas vesículas da varíola para amainar a dor, mas esses remédios funcionam esporadicamente, a maioria deles deixando os doentes mordendo os travesseiros, coçando as lesões e rezando por alívio.

Mas Caitlin não consegue se lembrar de uma doença como essa, tampouco sua mãe. Tantas pessoas estão doentes que os nomes se embaralham, exceto as meninas que Caitlin conhece, como Letty e Heather Aaron. É difícil dizer se todo mundo está morrendo ou não: alguns gritos predizem o fim de todo mundo, e outros mais otimistas informam curas. Um tema nunca muda: as grávidas e os bebês estão todos morrendo. A Sra. Gideon grita, "É a mais cruel das doenças!" para a mãe, e a mãe grita, "É a mais cruel das doenças!" para a Sra. Adam. Caitlin também ouve que se a febre começa e a pessoa doente fica molhada, ela sobrevive, mas se fica tão quente que não se consegue tocar nela, ela morre. Dizem que uma pasta de óleo e sal ajuda no começo do dia, para alívio da Sra. Gideon, porém mais tarde informam ser inútil. Uma pequena dose da poção final, normalmente nunca tocada antes do fim da vida, parece levar a um sono reparador, mas também pode matar.

E então a Sra. Gideon não está mais lá para contar nada para a mãe, e a corrente é quebrada. Ela também não está lá no dia seguinte, e Caitlin imagina se estará morta. A mãe está assustada demais para passar pela casa da Sra. Gideon para ver. Caitlin acha a vida mais tranquila sem as notícias gritadas regularmente. Ela e a mãe ficam em casa, que já está limpa de alto a baixo. Até as manchas de mofo foram esfregadas até quase desaparecerem. A mãe canta, e elas comem pão e rezam.

Na manhã seguinte, a mãe cai no chão enquanto está limpando as migalhas do café da manhã. O pai está dormindo no chão, ao lado da porta da frente, fedendo a vinho. Quando Caitlin corre para ajudá-la, a mãe murmura, "Não é nada, meu bem", e seu nariz começa a sangrar.

A mãe é grande demais para ela carregar. Caitlin empurra, puxa e a convence a ir para o quarto, onde a mãe cai na cama e começa a tossir. A mãe nunca vai vestida para a cama, então Caitlin tira o vestido dela pela cabeça e a deixa nua e tremendo. O cobertor mais quente está no quarto de Caitlin; ela corre para buscá-lo e cobre o corpo da mãe com ele, mas a mãe o tira de cima dela.

— Está frio — Caitlin diz a ela. — Você está nua.

Caitlin já se enroscou no corpo da mãe muitas vezes durante a noite, mas nunca a viu sem roupas durante o dia. Há estrias prateadas em sua barriga e seus seios são caídos e moles como ovos malcozidos. Ela tem uma falha no pelo entre as pernas, a pele coberta por uma cicatriz cor-de-rosa. A mãe tem hematomas também, em lugares que as pessoas não podem ver. Caitlin tenta cobri-la de novo com o cobertor.

— Está quente — diz a mãe. — Eu preciso de água.

A cisterna na cozinha está vazia, então Caitlin corre e pega água no barril de chuva. A mãe tenta beber, mas a maior parte escorre pelo seu peito. "Ah", ela diz, como se estivesse revigorada, e então adormece. Caitlin se lembra de ter ouvido alguém dizer que não se deve deixar uma pessoa doente dormir, então sacode e cutuca a mãe, que só franze a testa e continua dormindo, seus globos oculares rolando sob as pálpebras roxas. O sangramento do nariz parou, o sangue manchando seu lábio superior como uma lama seca. Seu corpo está coberto por uma fina camada de suor que parece brilhar.

Caitlin pensa em descer e acordar o pai, mas logo abandona a ideia. Acordar o pai quando ele está dormindo no chão nunca acaba bem. Ela torna a cobrir a mãe com o cobertor e, então, traz um pano molhado para colocar na sua testa. A mãe o afasta, e

Caitlin começa a chorar. A mãe sempre sabe o que fazer quando Caitlin está doente, mas agora Caitlin não consegue lembrar de nada. Sua cabeça está doendo.

Deitando-se na cama, Caitlin passa um braço pelo peito da mãe e adormece ali. Quando acorda algumas horas depois, seus ossos estão se contorcendo e estalando, é inverno e há neve. Ela se arrasta para debaixo do cobertor que está nos pés da mãe e se encolhe toda. Quando abre os olhos, a poeira nas solas dos pés da mãe dança e brilha. Caitlin flexiona os dedos e depois fecha as mãos, tentando aliviar a dor. Agulhas geladas espetam sua pele. Sem ar, ela sufoca num mar de gosma quente subindo por sua garganta. Ela adormece tossindo.

Quando acorda, há água fria entrando em sua boca. É difícil engolir tossindo daquele jeito, mas a água é maravilhosa. Vê um rosto embaçado sobre ela e vira a cabeça de um lado para o outro para saber quem é. O rosto entra em foco e é o pai. Caitlin se engasga com a água e começa a tossir mais. Usando os cotovelos, ela se arrasta para debaixo das cobertas, tossindo e cuspindo e tossindo mais ainda. Seus pés parecem expostos no ar frio e ela imagina se o pai irá decepá-los. O rosto dela está perto de galhos quentes, e ela os agarra com curiosidade, até perceber que são as pernas da mãe. Quando se arrasta para cima para vê-la, o mundo fica embaçado e ela torna a adormecer. Depois, acorda por cima dos cobertores, tremendo e tossindo outra vez, uma velha canção. Respirar é uma luta, como se alguém estivesse segurando um travesseiro sobre o seu rosto, e ela imagina se o pai está tentando matá-la. Talvez esse seja o castigo por ela ter fugido. "Mãe!", ela grita, mas o que sai de sua boca é um rugido rouco. Não consegue tomar fôlego para gritar de novo. Agarrando as costelas com as mãos, ela as aperta para conseguir respirar mais depressa.

Depois, está no pé da cama, e a mãe está em pé e bem e usando um lindo vestido azul. A mãe segura uma colher e diz, "Eu fiz um pouco de gelatina para você, já que foi tão boazinha". Caitlin não quer gelatina, ela quer a mãe. Ela se inclina, e a água escorre de novo para dentro de sua garganta. Engasgando, Caitlin continua a engolir, sentindo o estômago ficar deliciosamente gelado. "Muito bem", diz a mãe, mas sua voz é áspera e grossa. Então ela desaparece, Caitlin rola na cama e vê que a mãe está na cama, junto com ela, dormindo. Onde está o vestido azul? Vem outro acesso de tosse e tudo fica preto. Caitlin está dormindo, mas percebe que está tossindo. Alguém a pôs num banho quente, mas ainda é verão e ela devia estar lá fora, na lama. "Eu não quero lavar o cabelo", ela murmura, e então treme tanto que tem medo de que seus ossos quebrem. "Socorro!", ela murmura, sentindo o cheiro do pai atrás dela. Tenta correr, mas tropeça na mãe e cai da cama. "Socorro! Socorro!", ela fica repetindo, até que a mãe veste roupas frescas e canta. "Longe, do outro lado da margem", canta, "eu vou encontrar o meu amor." Caitlin não conhece essa canção. A respiração fica mais fácil, e Caitlin deixa a cabeça cair no peito frio da mãe.

CAPÍTULO QUARENTA E SEIS

Vanessa

Quando a escola fecha, Vanessa aproveita a oportunidade para se esconder na biblioteca do pai, virando cuidadosamente as páginas e se deleitando com as palavras dos seus livros favoritos. No entanto, seu prazer é logo superado pela culpa de estar, de certa forma, tirando proveito da morte. O pai não mencionou o encontro noturno deles na biblioteca e parece tão despreocupado que Vanessa se pergunta se aquele foi um sonho particularmente real. Ele vai se encontrar com os viajantes todas as manhãs, trazendo de volta os nomes dos mortos. E em cada relato de mortos há nomes de meninas que ela conheceu, com quem brincou, que detestou, que ignorou. Tantos nomes. Vanessa larga os livros e vai se deitar.

Ela descobre que a tristeza é um líquido. Ele passa com dificuldade pela garganta quando ela bebe água e se acumula no seu prato de comida. Ele flui por suas veias, escuro e pesado, e enche as cavidades dos seus ossos até pesarem tanto que ela mal consegue erguer a cabeça. Cobre sua pele como uma camada de gordura, acumulando-se ao redor dos olhos, transformando sua superfície clara num tom insípido de cinza. À noite, ele sobe silenciosamente do chão, e ela o sente entrar nas suas cobertas, lamber seus calcanhares, cotovelos e pescoço, subir como uma maré alta que irá afogá-la em tristeza.

Quando Vanessa entra em sua segunda semana na cama, o pai vai ao seu quarto e a abraça com força. Não é uma preliminar, nem um convite, mas uma tentativa de tirar a filha daquele desespero.

— Vanessa, você precisa se deixar viver. Você está viva. Eu estou vivo, a mãe e Ben estão vivos. Precisa pensar nos vivos, não nos mortos. A culpa foi minha, eu despejei minha tristeza em você e na mãe, e deveria tê-la guardado comigo. As meninas, todos os que morreram, estão nos braços dos ancestrais. Não dê atenção ao que os outros dizem. Elas voltaram, como boas meninas. Elas são todas boas meninas. Morrer de tristeza quando todo mundo à sua volta está se afogando em sangue é compreensível, mas não perdoável. Está entendendo?

Ela tenta entender. Tenta deixar os nomes passarem por sua mente como água; não suja ou pegajosa, mas como água limpa, como a chuva que cai no telhado. Se ficar dentro de casa, alguém estar morto é a mesma coisa que estar vivo, ela diz a si mesma. Sente o vidro frio sob suas mãos, olha pela janela para os galhos e as folhas mortas. Ela se senta à mesa da cozinha de camisola e olha para o rosto da mãe, o contentamento distraído com que ela cozinha. Observa Ben dormindo, inocente e livre, como um carneirinho descansando depois de um dia de brincadeiras. Depois, os nomes dos doentes e dos mortos que atormentam seu cérebro começam a se misturar numa algaravia sem sentido. Nada parece fazer sentido, mas prefere estar confusa a estar morrendo. Ela deixa a tristeza sair pelos seus olhos quando chora, escorrer pelos seus dedos e solas dos pés para o chão quando anda, subir do seu estômago em ânsia de vômito quando cai de joelhos no chão e vomita.

Vanessa imagina o que os viajantes irão trazer de volta na próxima viagem que fizerem às terras devastadas. A mãe espera que seja algo que possa ajudar com os cadáveres. Os corpos costumavam ser enterrados rapidamente, no fundo da terra, mas agora há cadáveres demais e pessoas de menos para cavar. Na casa ao lado, a Sra. Aaron morreu, e tudo o que eles puderam fazer foi arrastar o corpo dela para fora e cobri-lo com um cobertor. Choveu nos últimos dias e, de vez em quando, Vanessa sente o cheiro fresco da chuva e da terra misturado com um cheiro tão horrível que ela tem que correr para a cozinha e enterrar o rosto em algo de cheiro forte para se livrar dele. O Sr. Aaron está se recuperando, diz o pai, e embora Vanessa tenha pena dele por ter que enterrar a esposa, cujo corpo está apodrecendo, também espera impaciente que ele se recupere logo e leve aquele cadáver embora.

A mãe está inquieta e nervosa. Ela pergunta "O que foi que nós fizemos para merecer isso?", como se Vanessa soubesse a resposta. Vanessa quer se sentar, afastar a tristeza da mente e reler seus livros favoritos, mas a mãe quase não sai do lado dela. Faz Vanessa se sentar e conversar com ela enquanto costura, consertando por fim bainhas e cerzindo buracos que há meses estragavam as roupas da família. Vanessa acha a proximidade dos seus corpos, o tom sempre questionador da mãe, irritante. Uma vez, a mãe tosse atrás da mão, e Vanessa nem mesmo raciocina e, quando se dá conta, está encostada na parede oposta. A mãe suspira e revira os olhos, e Vanessa volta com ar culpado para a sua cadeira, deixando um espaço um pouco maior entre elas.

Por um longo tempo, desde quando consegue lembrar, um dos devaneios favoritos de Vanessa foi de que todo mundo da ilha, exceto ela, morria. Até o pai e a mãe. Não morriam em pilhas de corpos fedorentos, mas eram simplesmente levados por alguma força desconhecida, deixando a ilha inteira para Vanessa. Ela andaria nua na beira da praia, deixando o sol aquecer sua pele, sem se importar se seu corpo estava começando a mudar. Entraria nas casas das outras pessoas e pegaria o que quisesse, qualquer ninharia que a agradasse, ou talvez as coleções de detritos das terras devastadas das casas dos outros viajantes. Depois de pegá-los, ela os destruiria. Talvez quebrasse todas as janelas de todas as casas — exceto da dela, para o vento não poder entrar. Todos os cães e gatos seriam dela, um monte de criaturas peludas implorando por sua atenção, andando ao lado dela como protetores, como guardiães. Ela poderia ler dia e noite, todos os livros, não apenas os que o pai achava que eram bons para ela. Iria dormir numa pilha de cães e gatos, e acordar com o dia inteiro e a ilha inteira para ela, todas as manhãs.

Uma noite, bem tarde, Vanessa se lembra do seu devaneio e se sente sufocada, nauseada de culpa. Como pode ter sonhado em perder a mãe e o pai? Será ela uma pessoa defeituosa, não de corpo, mas de mente? Os ancestrais podem ser severos em seus castigos; e se a ilha inteira morrer em consequência de suas fantasias? A todo minuto, ela fecha os olhos e implora aos ancestrais para pararem. Diz a eles que não queria realmente que aquela fantasia acontecesse. Ela implora a eles para salvar a mãe, o pai e Ben, pelo menos. Rouba uma faca, corta a mão, deixa o sangue pingar no chão como uma oferenda, como na igreja. *Eu me arrependo*. Ela esfrega a mancha de sangue com o dedo do pé até restar apenas um sujo marrom. *Por favor, me ouçam*.

Os dias passam, e ela se esconde na biblioteca do pai sempre que pode, não lendo, mas apenas olhando para o nada, com os braços cruzados no peito. Por fim, Vanessa decide que os ancestrais não matariam todo mundo para castigar a fantasia de uma única menina. Isso significaria que eles são cruéis e caprichosos, mas o pastor Saul diz que são bondosos e que todos os castigos são merecidos. Ela quase consegue convencer a si mesma.

Eles têm o suficiente para comer, graças aos tributos dos viajantes. Apesar da ordem de ficar em casa, pessoas parecem estar saindo escondido de suas casas à noite para deixar comida na porta deles: cenouras sujas, espigas de milho, uma galinha morta. A ilha não pode tentar apaziguar os ancestrais com alguma coisa tangível, então as pessoas parecem estar atirando comida nos viajantes na esperança de que eles possam intervir de algum modo. Antigamente, as famílias traziam uma quantidade de verduras, um pão de forma ou um corte de carne com um sorriso. A mãe conversava com quem vinha, convidava para tomar uma xícara de chá. Agora a comida espera, coberta de orvalho, de manhã, semidevorada por cães e ratos.

Depois de uma semana passada quase em silêncio, o pai sai de madrugada para uma viagem às terras devastadas. No dia seguinte, ele volta usando um casaco comprido que Vanessa nunca viu antes. Parece furtivo e ansioso, olhando por cima do ombro a cada momento. Depois de abraçar Vanessa, ele toca a mãe no ombro e pergunta:

— Vanessa, quer nos deixar a sós por um momento?

Magoada, ela sobe para o quarto. Por que a mãe pode saber segredos e ela não? Quando o pai entra, ela se vira de costas para ele.

— Vanessa — ele diz, se sentando na beira da cama. O tom de voz dele é brusco, como se não tivesse notado que ela está zangada. — Eu preciso que você preste atenção.

— Em quê? — ela resmunga.

— Sente-se. Olhe para mim.

Vanessa se senta lentamente. Ele está com a mão estendida, como se houvesse algo precioso nela. Olhando para a palma da mão dele, ela vê uma pedrinha branca.

— Eu preciso que você faça uma coisa para mim, mas não pode contar a ninguém.

— O que é?

— Quer dizer, sua mãe sabe, mas você não pode contar a ninguém fora da família. Nunca.

Vanessa franze a testa. Ela está confinada em casa há tanto tempo que não consegue imaginar tornar a ver alguém que não seja a sua família.

— O que é? — ela repete.

— Eu preciso que você engula uma dessas todo dia.

Vanessa olha para ele para ver se está brincando, mas não vê nenhum sorriso. Examinando melhor a pedrinha, ela vê que não é uma pedra: é redonda e regular demais, com um linha leve dividindo-a em duas partes iguais.

— O que é isso?

— É um remédio.

Remédio é xarope, ou chá, e tem um gosto horrível.

— Isso não parece remédio.

— Eu não posso explicar.

— Mas eu não estou doente. — Ela força a tosse uma ou duas vezes, mas tudo parece estar direito.

— Isto evitará que você fique doente. A mãe e Ben também irão tomar, assim como eu.

Vanessa olha para o pai.

— Graças aos ancestrais! Você pode dar isso para todo mundo.

— Não, não posso.

— Por que não? Por que é segredo? Por que não podemos dar para todo mundo?

O pai suspira fundo.

— Eu não posso discutir isso com você.

— Por quê?

— Porque as decisões dos viajantes não são para meninas julgarem — ele diz com severidade.

— Mas você poderia salvar todo mundo.

Ele sacode a cabeça.

— Não os mortos. Nem mesmo os doentes. Eu não posso salvar todo mundo. Não tenho remédio suficiente.

— Mas como você decide quem toma o remédio? — Ele fica calado. — Quanto desse remédio você tem? Como decide?

— Você, a mãe, eu e o Ben, e isso é tudo que eu posso contar para você.

— Os outros viajantes, as famílias deles, estão tomando o remédio?

Ele não responde.

— É verdade, não é? Todos eles estão. Mas quem mais? Alguém? — O rosto dele está rígido. — Ninguém?

— Eu não posso discutir isso com você.

— De onde vem o remédio?

— Das terras devastadas.

— Quem o fez? Alguém deve ter feito, foram os defeituosos? Ou ele é de antes do flagelo? O que há nele?

— Eu não sei, Vanessa. Eu preciso que você tome.

— Eles estão fazendo coisas nas terras devastadas?

— Chega. Por favor, apenas tome o remédio. — O tom de voz do pai é firme, e ele ergue o corpo, mas não consegue olhar para ela.

— Não. — Vanessa cruza os braços na frente do seu novo e nojento peito mole.

— Vanessa.

— Eu quero saber por que não tem remédio suficiente para todo mundo, quem fez o remédio, como você o encontrou, e como você sabe para que ele serve.

— Isso não é uma discussão. Eu estou dizendo a você o que fazer, e irá fazer.

— Você não pode me obrigar.

O silêncio das filhas

— Vanessa, eu não vou ficar de braços cruzados e ver você morrer.

O rosto dele está endurecendo. O pai agarra o rosto dela e aperta a sua mandíbula. Trincando os dentes, Vanessa enfia a cabeça no travesseiro. Sente uma dor no pescoço quando o pai tenta virar a sua cabeça, mas ela põe os braços sobre a cabeça e a mantém escondida. Ele segura os ombros de Vanessa e a vira à força, e ela enfia os dedos no rosto dele. Eles lutam e finalmente o pai segura os pulsos dela com uma das mãos e enfia os dedos em sua boca. Algum instinto muito antigo evita que morda a mão dele. A pedra escorrega dos dedos do pai, amarga e se desmanchando em pó, e quando ela tenta cuspi-la, ele tapa seus lábios com a mão. Com as costas arqueadas, as mãos presas, a palma da mão dele apertando sua boca, ela sente ânsia de vômito e recorda algo que aconteceu muito tempo atrás. Respirando com força, ela começa a tossir.

Imediatamente, o pai a solta, fazendo-a se sentar e batendo em suas costas. Vanessa engasga e vomita os restos da pedrinha, quebrada e melada, na própria mão. O pai segura a mão dela e devagar, mas com firmeza, a guia para a boca, sem tirar os olhos dela. Ela engole o remédio amargo e depois se encolhe na cama.

— Vai embora — ela diz. — Eu já tomei o remédio, agora vai embora, por favor.

— Se você se recusar a tomar amanhã, vou fazer a mesma coisa. — Vai embora.

Ela sente o peso dele na cama por alguns momentos. Os passos dele somem e depois retornam. Silenciosamente, ele deixa um exemplar de *Histórias assim*, um dos seus livros favoritos, sobre a cama e torna a sair. Vanessa espera até não poder mais ouvir os passos dele, então grita de impotência com a cara enfiada no travesseiro e chuta o livro para o chão.

CAPÍTULO QUARENTA E SETE

Caitlin

Caitlin acorda sozinha na cama da mãe, com uma leve lembrança de ela ter lhe dado uma sopa para tomar. Os lençóis estão úmidos e cheiram a suor e sangue. Levantando as mãos, ela sente a curva do seu rosto, e depois do seu pescoço, para se assegurar de que ainda está viva. Ela está fraca, suas mãos flutuam como penas, mas tem quase certeza de que não está sonhando. Cuidadosamente, passa as duas pernas pela beirada da cama e tenta ficar em pé. Ela tem que girar os braços para se equilibrar, mas após alguns momentos, consegue ficar com o corpo erguido.

O esforço de se levantar a deixa esgotada, então ela volta para debaixo dos lençóis suados e adormece. Acorda com a voz do pai:

— Como você está se sentindo, Caitlin?

Abrindo os olhos, vê o rosto do pai a centímetros do dela. Sua barba está desgrenhada, o branco dos olhos injetado e amarelo. Pequenas veias escuras começam de cada lado do seu nariz e se espalham pelo rosto de poros grandes. Assustada, ela rola para longe da respiração pesada e fétida dele, escorregando sobre os lençóis e caindo no chão do outro lado da cama. Encolhendo o corpo, espera pelos chutes e tapas, mas ouve apenas os passos dele.

— Você está bem? — pergunta o pai, curvando-se sobre ela.

— Não — ela responde cautelosamente, espiando por entre os dedos. Ele fica parado ao lado dela, com as pernas firmemente plantadas.

— Bem, então volte para a cama — ele diz. Movendo-se lentamente e vigiando-o para se precaver de algum movimento súbito, ela volta para a cama.

Fechando os olhos, ela espera um toque, ou um peso, mas nada acontece. Tornando a abri-los, vê que ele ainda está olhando para ela com os olhos cansados.

— Onde está a mãe? — Caitlin pergunta. Ela se lembra de se aconchegar na deliciosa frescura do corpo da mãe e adormecer, mas não se lembra da mãe se levantando.

— Ela saiu — diz o pai.

— Aonde ela foi? — A mãe nunca saía.

— Está cuidando de alguém. Ela volta logo.

Caitlin se sente traída por a mãe tê-la deixado sozinha com o pai. Ela está sempre em algum lugar da casa. Mas talvez ele tenha estado doente, ou talvez todo mundo esteja tão doente que ele obrigou a mãe a ir.

— Você está com fome? — o pai pergunta. Caitlin sacode negativamente a cabeça. — Com sede? — Ela percebe que está com sede e faz sinal que sim com a cabeça. O pai sai e volta com uma jarra de água e uma caneca de barro. Cailin engole a água, sentindo sua frescura descer pela garganta até seu estômago, bebendo uma caneca atrás da outra até sua barriga parecer um tambor. Seus dedos tremem com o esforço.

— Tente dormir — diz o pai. — Você esteve muito doente.

Essa versão calma do pai, que não cambaleia nem grita nem xinga, o faz parecer um estranho.

— Sim, pai — Caitlin diz obedientemente, e ele balança a cabeça, mas continua parado no mesmo lugar. Ela fecha os olhos e percebe que não consegue dormir com a presença dele no quarto. Atrás da escuridão de suas pálpebras, ele brilha como um holofote em seu cérebro. Ela fica imóvel, com os olhos quase inteiramente fechados, mas olhando para ele por pequenas frestas em suas pálpebras. Ela o vê olhar para o chão, suspirar, enxugar o rosto e finalmente sair. Puxando o corpo para a cabeceira da cama, Caitlin empilha os lençóis fedorentos sobre si mesma e cai num sono profundo e reparador.

Ela acorda de vez em quando, e às vezes está claro ou escuro lá fora, às vezes tem sopa ao lado dela, outras vezes pão ou nada. A mãe está mantendo a jarra de água cheia, mas Caitlin nunca a vê. Há um penico, de modo que ela não tem que usar a latrina, mas a mãe sempre se esquece de esvaziá-lo, e no fim o quarto fede a urina velha. Caitlin começa a se levantar e dar passos pelo quarto e começa a se sentir mais forte. Ela às vezes ouve os passos do pai. A mãe o deve estar mantendo longe dela.

Logo ela está forte o bastante para sair do quarto. O cheiro azedo permeia toda a casa, mas Caitlin mal o percebe. Ela caminha devagar pelo corredor, e de repente o pai aparece como uma criatura saída de um pesadelo. Cailin recua, tropeçando.

— Você está de pé — ele diz.

— Sim — ela diz, espiando atrás dele para ver se encontra a mãe.

— Isso é bom.

— Onde está a mãe? Eu quero minha mãe.

O pai olha para baixo.

— Caitlin, ela...

— Ela tornou a sair?

— Não.

— Ótimo. Mãe! — ela chama.

— Caitlin, ela não está aqui.
— Você disse que ela não saiu.
— Ela não saiu.
— Ela tem que estar em algum lugar.
— Ela está.

Caitlin está começando a ficar sufocada, com a garganta fechada, e engole em seco algumas vezes.

— Onde ela está, então? Onde está a mãe?
— Ela não pode... ela não está...
— Ela está doente? Ela ainda está doente? Eu agora posso cuidar dela.
— Ela não está doente.
— Onde ela está?
— Caitlin, ela morreu.

As palavras soam pesadas em sua cabeça, como pancadas, e ela ergue os braços para se defender delas.

— Ela não pode morrer — Caitlin diz. — Você é um mentiroso.
— Ela morreu. Ficou doente e morreu.
— Você a matou. Você a assassinou! Eu sabia que um dia iria bater nela com excesso de força e agora ela está morta! — Ela nunca gritou com o pai antes, e tem a sensação de o estar socando através de uma folha de vidro, de estar quebrando uma parede considerada inquebrável; ela sangra alívio por entre os dedos fechados.
— Eu... — o pai engasga. Ela vê algo desconhecido no rosto dele. — Eu juro que...
— Então me mostre o corpo, se ela está morta. Prove. — Caitlin sabe que o que ela diz não faz sentido, mas não se importa. — Você diz que ela está morta? Me mostre o corpo. Você a trancou em algum lugar, não foi? Você a trancou para castigá-la por estar doente.

Ele respira fundo e se ajoelha para ficar mais perto do rosto dela. Ela se inclina para trás.

— Caitlin. Sua mãe não está mais conosco. Ela foi para junto dos ancestrais. Você só tem a mim agora.

— Isso não é verdade! — Caitlin grita. Vê um clarão de raiva nos olhos dele e instintivamente se agacha, acovardada.

— Eu fiz o melhor que pude! — o pai grita, se levantando. — Eu tentei ajudá-la a comer e beber e a lavei quando ela precisou e, mesmo assim, ela morreu! E depois eu ajudei você! Quem você acha que estava trazendo comida e bebida para você todo dia? Quem você acha que a lavou quando você se urinou toda? Ela está *morta*, Caitlin, e você não pode fazer nada sobre isso.

A fúria toma conta de Caitlin como uma tempestade, tão alta e quente que ela mal consegue enxergar. "Mentiroso!", ela grita, e se atira com toda a força contra a barriga dele. Ele cai como uma árvore podre depois de um vento forte, ela corre por cima dele e sai pela porta, para a chuva fria. Enfraquecida pela doença, só consegue correr como uma criancinha, saltitando e abanando os braços, escorregando e caindo, mas não perde tempo olhando para trás. Quando chega no mar, cai de joelhos, sem fôlego. O pai não está atrás dela, então se levanta e começa a andar pela beira da praia, a areia fria e escura grudando nos seus pés, a água agitada pelo vento rugindo ameaçadora. Quando fica cansada demais para continuar andando, ela se encolhe junto a uma das estruturas que Janey construiu. Caitlin fecha os olhos e ouve os ecos distantes de crianças rindo, respira a fumaça da madeira queimando, sente o ranger suave da areia quando pequenos passos excitados passam rapidamente por ela. Quando torna a abrir os olhos, está inteiramente sozinha. Sua camisola está molhada e grudada na pele gelada. Deitando a cabeça na areia, ela adormece. Sonha que os galhos espetados para cima formando a estrutura do abrigo se juntam em volta dela como sentinelas, se multiplicam, crescem e se transformam numa floresta que a esconde do pai quando ele vem procurá-la.

CAPÍTULO QUARENTA E OITO

Janey

Algumas semanas depois que Janey volta para casa, ela e sua família começam a notar pessoas do lado de fora. A primeira vez que a mãe vê um grupo pela janela, ela grita e acena até se aproximarem. Elas dizem que estiveram doentes, mas sobreviveram e agora podem sair de casa sem medo de contágio. É a primeira vez que Janey ouve que é possível sobreviver à doença.

Sabe que algumas meninas não abandonaram a praia quando ela e Mary foram embora. Não muitas; o golpe de perder Janey, combinado com a história a respeito da Sra. Aaron, fez com que muitas meninas corressem ansiosas de volta para suas famílias, um êxodo em massa de meninas chorando amargamente — pela perda de sua rebelião, pela possível morte de pais ou irmãos em suas casas. Mas umas poucas se recusaram a partir, declarando obstinadamente que não se importavam que a mãe ou o pai caíssem mortos, que iam ficar na praia. Janey está sempre pensando nelas. Elas ainda estão lá, aquelas meninas corajosas, sem piedade, correndo pela praia e dormindo juntas sob uma montanha de cobertores, comendo frutas de pomares abandonados e brincando do que quer que suas cabeças selvagens inventassem?

Janey passa os próximos dias olhando pela janela da cozinha. Ocasionalmente, duas pessoas se encontram ao longe e, após uma conversa breve, elas se aproximam, se abraçando e conversando, tocando os braços e os rostos umas das outras, como que colocando barro numa parede, como que se certificando de que nada está quebrado. Janey, louca para estar ao ar livre, acha isso mais difícil de olhar do que uma paisagem vazia.

O pai se senta na sala da frente e dorme o dia inteiro. Janey cochicha com Mary que ele deve ter atividades secretas à noite, porque nunca viu um homem dormir tanto. Quando está cansada de observar Mary, ela observa o pai, o modo como suas pálpebras são finamente desenhadas com pequenas veias roxas, o afunilamento dos seus dedos das juntas até a ponta. Em geral, o pai fica longe da casa, preferindo cuidar da fazenda, e geralmente é muito discreto à noite; fora a visita que ele fez a ela na praia, ela raramente ficou muito tempo sozinha com ele. Vê o modo como o bigode dele flutua ligeiramente para cima a cada respiração, o pequeno sorriso em seu rosto quando ele acorda e a vê olhando para ele, os olhares calmos e afetuosos que ele lança para Mary quando ela não está olhando. Quando pensa que ninguém está vendo, ele cobre o rosto com as pontas dos dedos e chora em silêncio. Mais uma vez, ela desconfia que deveria ter confiado no pai mais cedo.

Toda noite, o pai reza aos ancestrais para que protejam sua esposa e suas filhas, o que é simpático, porque geralmente reza pelas plantações ou pelo tempo. Mas as preces não disfarçam o horror do jantar. Graças à colheita do final do verão, eles têm um amplo estoque de milho, mas seus pais sempre trocaram o milho por outras coisas para comer. Manteiga, queijo, legumes, carne e fruta, tudo pago com milho, e agora têm que se sentar e comer aquilo que teriam usado para trocar. Mingau de milho no café, pão de milho no almoço e sopa de milho no jantar. Como sempre, a mãe insiste em vão com Janey para ela comer mais do que uma colherada, mas ela própria apenas cisca a comida em seu prato. Janey imagina o que as outras famílias estão fazendo, aquelas que trocam trabalho ou tecido. Você não pode comer suor, ou lã.

Janey discute sem parar com a mãe para deixar a casa.

— Você se dá conta de que nós vivemos lá fora sem adultos por semanas e semanas?

— E agora estão aqui. E eu vou manter vocês vivas se estiver em meu poder fazer isso.

— Mas nós viemos para casa para manter você viva!

— Bem, então nós vamos ter que manter vivas umas às outras. Mas eu sou sua mãe, nessa casa...

— Eu poderia voltar sempre que quisesse!

— Você morreria gelada, Janey. Estou surpresa que ainda não tenham morrido, todas vocês.

— Nós nos mantínhamos aquecidas — diz Mary. — Tínhamos fogueiras e dormíamos todas emboladas umas nas outras. — Janey olha zangada para ela. Os detalhes da liberdade delas são segredos preciosos, não deviam ser compartilhados com adultos.

Janey está irritada, aborrecida, cansada. A menina que um dia liderou uma rebelião de filhas está presa em casa como um inseto zumbindo dentro de uma caixa. As últimas semanas parecem um longo sonho, distante e impossível agora que ela está obedecendo à mãe e vagando pela casa. Às vezes, tira o vestido para examinar as marcas da surra que cicatrizam por seu corpo como filigranas. Ironicamente, ela acha confortadora a prova da sua humilhação, uma lembrança concreta de que não foi fruto de sua imaginação o tempo que passou na praia.

— Eu queria ter ficado doente — Janey reclama quando ela e Mary estão sentadas uma tarde e veem duas pessoas correrem alegremente na direção uma da outra e se abraçarem. — Aí eu poderia sair.

— Não poderia — diz Mary. — E se nunca pudermos sair?

— Sair de casa? É claro que podemos sair. Não estamos presas aqui para sempre. Nós temos pernas.

— Quanto tempo você esperaria para sair? Para ter certeza de que a doença foi embora?

Janey hesita.

— Depende — diz finalmente. Elas olham outra pessoa caminhando ao longe, talvez uma mulher.

— Mas se nunca ficarmos doentes e sobrevivermos, como poderíamos sair para onde está a doença?

— Eu não sei — Janey responde irritada. — Não sei tudo.

— Ah, é? — Mary diz, debochando. Janey faz uma careta.

Na manhã seguinte, Janey parte antes de o dia amanhecer.

CAPÍTULO QUARENTA E NOVE

Vanessa

Agora que as pessoas estão saindo vivas da doença, Vanessa também quer sair de casa. O pai diz que ela não pode, apesar do remédio mágico que não a deixa ficar doente.

— Eu não posso ter certeza de que ele irá funcionar — diz o pai, olhando para baixo e para o lado, o que significa que está mentindo. — Além disso, você não aparenta ter estado doente. Isso vai parecer estranho.

— Como as pessoas estão agora? As que estiveram doentes?

— Magras. Pálidas, como se tivessem perdido todo o sangue do corpo. — O pai parece distante e cansado. — Elas estão fracas, tossem e precisam recuperar o fôlego.

— Eu podia fingir.

— Não. — Ele sacode a cabeça. — Não podia não.

Vanessa fica em casa com a mãe, ora abraçando, ora criticando, tentando distrair Ben, que está entediado e nervoso. Elas já repetiram suas histórias, canções e jogos favoritos dele, e ele está sempre pedindo para sair de casa, confuso com a falta de resposta das irmãs e da mãe. Vanessa chega a ponto de passar manteiga no próprio rosto para ele lamber como um cachorro. Furiosa com o desperdício, a mãe dá um tapa em Vanessa, mas a mão dela escorrega e bate com força na parede.

Vanessa acha irônico que aqueles que quase morreram possam andar livremente lá fora, enquanto os saudáveis ainda estão presos em casa, como ratos numa ratoeira.

— Eles vão tomar conta da ilha? — ela pergunta à mãe. — E os que não adoeceram vão ficar em casa para sempre e se tornar uma raça de pessoas escondidas?

— Não seja dramática — diz a mãe. — Assim que seu pai disser que não há mais ninguém adoecendo, nós poderemos sair.

— Quanto tempo vamos ter que esperar? Um dia? Uma semana? Um ano?

— Uma semana — diz a mãe, parecendo incerta, mas Vanessa se agarra às palavras dela. O pai as mantém a par das coisas quando volta à noite para casa. Dois dias. Três dias. Após cinco dias, o pai balança a cabeça silenciosamente.

Deixe a dor passar pela sua mente como água, ela diz firmemente a si mesma, fechando os olhos. *Deixe ela ir embora como um sonho.*

Finalmente, a mãe convence o pai a deixá-la sair, e ela passa um dia inteiro e quase toda a noite fora, visitando casas e falando com amigos. Vanessa fica mal-humorada e preocupada, Ben berra. E então, no sexto dia, sem nenhum caso novo de doença, o novo Sr. Adam vai lá.

Vanessa está no andar de cima, tentando ler, quando ouve a porta se fechar. Pensando que é o pai, que saiu para se encontrar com os viajantes, ela corre para saber as notícias. E vê o Sr. Adam. Ele está sem camisa, ofegante, o rosto vermelho, os olhos molhados e vermelhos. A princípio, ela pensa que ele está doente, mas então o cheiro a alcança e ela vê que está bêbado.

— O pai não está em casa — diz Vanessa.

— Ótimo. — Ele tosse e cospe catarro. — Minha mulher está morta.

Vanessa pensa na Sra. Adam rindo, as mãos na terra, e tem a sensação de ter levado um soco no peito. A tristeza a deixa com um nó na garganta, e ela fica sufocada.

— Eu sinto muito — diz. Ela não vai mostrar sua tristeza ao Sr. Adam, mas a sente escorrendo pelo chão como um rio, molhando as solas dos seus sapatos. — Quando... quando foi que ela morreu?

— Faz dois dias — ele murmura.

— O bebê morreu?

— Ele não tinha tempo suficiente para não morrer com ela — ele diz.

— É claro que não — Vanessa diz sem jeito. Ele continua parado na porta. Ela se sente atordoada, sem saber o que fazer. — O senhor... o senhor quer um chá?

— Eu não quero chá nenhum.

— Não. — Ela fica ali com as mãos juntas, e de repente imagina o que terá acontecido com a camisa dele.

— Eu sei o que você faz com o seu pai — diz o Sr. Adam.

A respiração de Vanessa fica mais rápida quando ela percebe que ele sabe sobre o remédio.

— A escolha não foi minha, eu não fazia ideia.

— Mas você aceitou.

— Eu lutei. Quer dizer...

— Logo isso se tornou normal.

Vanessa se lembra dos dedos do pai colocando a pedrinha em sua boca e não sabe o que dizer.

— Minha esposa está morta — o Sr. Adam repete.

— Eu sinto muito — Vanessa murmura. Ela precisa que ele vá embora. Precisa sentar-se sozinha na biblioteca e chorar. — Sinto muito mesmo — repete numa voz inexpressiva, como uma criança infeliz repetindo uma rima.

— É terrível perder alguém que se ama.
— Sim.
— Nenhum dos viajantes morreu, nem ninguém da família deles. Como você explica isso?

Uma onda de medo sobe por dentro de Vanessa, queimando sua garganta.

— Eu... não sei.
— Seu pai a ama, não é?
— Sim?
— Todas aquelas noites nos braços dele.

Vanessa olha ao redor, esperando em vão que a mãe tenha voltado.

— O pai está chegando.
— Não está não. Ele está numa daquelas reuniões dos viajantes. Secretas, é claro.
— É claro.
— Você gosta do que ele faz, não é?
— Eu não sei direito o que ele faz, quer dizer...
— Você sabe. Eu sei. Todo mundo sabe.
— Sabe o quê?
— Eu ouvi dizer que algumas meninas tentaram lutar contra isso, mas não você. — Ele está avançando para ela de novo como fez na biblioteca, bloqueando a luz. A respiração dela fica ofegante, e ela tenta se acalmar, pondo a mão sobre a barriga.
— Eu disse ao senhor que tentei.
— Que você *gosta* disso.
— Não gosto não. É amargo.

O Sr. Adam ri alto.

— Estou certo que sim.
— Acho que o senhor devia ir embora.

— Uma menina tão bonita. Eu nem sei se ia ter uma menina.

— Estou certa de que o senhor vai ter uma mais tarde — ela diz tolamente.

— Foi por isso que viemos para cá, sabia?

— Para ter uma menina?

— Por assim dizer. — Ele dá um sorriso debochado.

— O quê?

— Eu a vi olhando para mim.

Assustada, Vanessa recua, cruzando os braços sobre o peito.

— Olhe só para você, nesse vestido bonito.

Vanessa olha para o seu vestido velho, todo manchado.

— Ahn... obrigada.

— Por que eu preciso esperar anos?

— Para o quê?

— Você já está acostumada. É genial.

— O que é genial?

— Você. Nesse vestido.

Ele caminha até Vanessa, mais rápido do que ela imaginou que ele conseguiria se mover bêbado daquele jeito. Põe a mão no braço dela e o aperta com força.

— Uma pele tão branca e bonita.

De repente, Vanessa se sente como uma animal prestes a ser abatido. Ela recua alguns passos, mas ele avança até acuá-la contra a parede.

— Menina bonita — ele diz, e tenta pôr a boca sobre a dela. Ela se encolhe, e ele lambe a orelha dela.

— Pare, Sr. Adam. O senhor não pode. Eles... eles irão castigá-lo. Eles irão exilá-lo. — Ela sente o cheiro azedo dele, de bebida, e tem vontade de não respirar mais. — Isso vai contra os mandamentos.

— Mas por que você *se importa*? Por quê? Faz isso toda noite.
— Não faço não. Me larga.
— Com o seu *pai*. Você sabe o quanto isso é doente?

Por um segundo, Vanessa pensa que ele está falando sobre a doença. Depois, ela não sabe ao certo sobre o que ele está falando. Toda menina se deita debaixo do pai, mesmo que ninguém fale sobre isso. É como pôr o dedo no nariz ou coçar a bunda; não é algo que se discuta em público, mas todo mundo faz isso no escuro, quando ninguém está olhando.

Ele está com as mãos nela, puxando, e isso dói. Respirando fundo, ela se abaixa, e então foge dele. Sobe a escada com o Sr. Adam atrás dela bufando.

— Vai embora! — ela grita e entra correndo no quarto dos pais. — Me deixa em paz!

— Por quê? Por que não posso ter o que eu quero? Ele tem. Minha esposa está morta. A esposa dele está viva. Ele tem o que quer. — Ele agarra o vestido de Vanessa e o arranca. A manga rasga. Devia ter corrido para fora de casa, ela percebe agora, e xinga a si mesma por sua burrice.

— Isso é diferente! — ela grita.

— Ah, é diferente.

— O pai me ama! E eu o amo. E odeio você! — Dessa vez é um pedaço da saia.

Ele a agarra pela cintura e a aperta contra ele com um dos braços, abrindo a calça com o outro, soltando seu bafo fétido na cara dela. Debatendo-se, ela enterra os dentes no braço dele e sente gosto de carne e cobre. Ele grita e a solta.

— Sua puta! — diz ele, esfregando o braço. Vanessa olha em volta e vê a pedra que a mãe trouxe para casa muito tempo atrás, durante um verão quando era criança, preta com traços azuis. Quando o Sr.

Adam a ataca de novo, ela atira a pedra contra a janela. Agarrando um caco de vidro, ela se vira e o enfia na barriga do Sr. Adam.

Surgem gotas de sangue na barriga dele, e ele cambaleia para trás, parecendo surpreso. Vanessa o atinge de novo, e desta vez o sangue esguicha. Ele solta um grito rouco e fecha as mãos em volta da garganta dela.

Sem ar, Vanessa enfia o caco de vidro nele e torna a tirar, estremecendo ao sentir a pele grossa que leva à carne mole por baixo dela. A mão dele perde a força, e ele dá um passo para trás. Ela está quente e pegajosa, e ele cai de joelhos no chão.

Atrás dele está o pai, que aparece de repente, levantando um pedaço de madeira e batendo na cabeça do Sr. Adam. Ele se vira para segurar Vanessa, que o ataca ferozmente com o caco de vidro.

— Vanessa. Vanessa. *Vanessa.*

Ela para. Os braços do pai estão cheios de cortes, e o vidro cortou a mão dela, de modo que o sangue escorre pelo seu pulso.

— Vanessa — ele repete, branco como papel. Dá um passo à frente e tira o caco de vidro da mão dela, colocando-o cuidadosamente no chão, como se ele estivesse vivo. O vidro está coberto de sangue e pedaços de gordura. — Vanessa, o que aconteceu?

O Sr. Adam está gemendo, se debatendo e segurando a cabeça, mas o pai não parece ligar. Assim que o pai a solta, Vanessa agarra o caco de vidro, segura-o contra o peito com a mão que não está ferida e recua contra a parede.

— Vanessa, ele não vai machucar você — diz o pai. Ela se agacha no chão, segurando com força o vidro sujo de sangue.

O pai olha para ela e depois se vira para o Sr. Adam, cujas pálpebras estão tremendo.

— Ele tem tanta gordura que eu acho que você não o machucou muito — diz o pai, pensativo. Isso surpreende Vanessa, já que o Sr. Adam está deitado numa poça de sangue. — Vanessa, é melhor você sair.

— O que vai acontecer agora? — ela murmura.

— Agora ele vai ser exilado. Estou quase contente que a mulher dele tenha morrido. — O pai chuta o Sr. Adam nas costelas, e ele geme.

— E se... e se...

— Nada mais vai acontecer, Vanessa. Eu juro. Acabou.

Ela continua agachada com o vidro na mão. Quando o pai se aproxima e põe a mão em seu ombro, ela grita.

Ele dá um pulo para trás, olha espantado para ela e sai do quarto. Não sabe quanto tempo fica agachada ali, ofegante, até a mãe entrar. Ela abraça Vanessa, que abre a mão e larga o vidro no chão. A mãe tem que ajudar Vanessa a sair do quarto; ela não sabe para onde está indo e o chão oscila. Puxando a velha bacia de lata, a mãe acende o fogo que se reflete em tons de coral na superfície ondulada da bacia, e aquece panelas de água até o banho ficar bem quente. Quando Vanessa entra na água, ela está tão quente que machuca, e precisa esperar um pouco para colocar o outro pé. Ao se abaixar, a água fica cor-de-rosa, e quando mergulha a mão na água, a dor é tão grande que ela morde o lábio e geme. A mãe murmura palavras de consolo enquanto esfrega delicadamente as costas e o rosto de Vanessa, a água ficando vermelha dentro da bacia. Esquentando outra panela de água, ela ajuda Vanessa a ficar em pé para se enxaguar. A esponja segue o rastro da água por seu corpo, e Vanessa se sente fresca e fraca como um cachorrinho novo.

Levantando o braço de Vanessa, a mãe passa a esponja do pulso até debaixo do braço e, de repente, para. Vanessa olha espantada para ela e a mãe rapidamente abaixa o seu braço. Vanessa vira a cabeça e torna a levantar o braço, apesar de a mãe dizer "Agora não, Vanessa". Ela então vê uma fileira fina de pelos escuros onde o braço se liga ao corpo, enroscados e espetados como lâminas saindo de sua pele. Sentando-se de volta na bacia, Vanessa começa a chorar. A mãe a abraça com força, encharcando o vestido naquela água rosada. Ela também está chorando.

CAPÍTULO CINQUENTA

Caitlin

Caitlin acorda no escuro, tremendo, seus ossos chacoalhando. Está chovendo mais forte e os galhos que sobraram do velho abrigo não podem protegê-la. Ela pensa em tentar achar alguma coisa que sirva como uma tenda — deve haver um cobertor largado em algum lugar —, mas está tão escuro que não consegue ver nada.

Deitada na areia molhada, ela ouve o som da água. Por fim, não consegue mais suportar o frio, e se levanta e começa a correr no mesmo lugar. Isso ajuda, mas ela logo se cansa e começa a tossir uma tosse rouca e encatarrada. Tornando a se sentar, protege os joelhos, cotovelos e pés com o torso e pensa se vai morrer.

Ela se lembra do calor da areia no verão e cava o chão com a unha para ver se a areia debaixo da superfície é mais quente. Não é. Então pensa que, se conseguir fazer um casaco de areia molhada, vai ficar mais aquecida do que apenas com sua camisola fina. Ela não sabe como juntar a areia, mas começa a cavar com sofreguidão, parando apenas para respirar ofegante e tossir de vez em quando. Finalmente, ajeita seu corpo encolhido no buraco frio e fundo, de modo que sua cabeça e suas mãos fiquem para cima, e joga areia em cima dela para encher os espaços à sua volta. Ainda está com frio, mas para de tremer após algum tempo, e o peso da areia é confortador. Sua cabeça cai para a frente várias vezes, e ela não sabe ao certo se está dormindo ou morrendo congelada. Sonhos brotam em sua cabeça, saindo de seus pensamentos, sonhos lentos e coloridos que a acordam por alguns segundos. Então, eles ficam mais profundos e ela flutua para longe da areia gelada e da praia.

Caitlin acorda com alguém chamando seu nome. Sua testa está encostada na areia, e o pescoço está doendo. Levantando a cabeça para a luz do dia, Caitlin aperta os olhos. Tem alguém parado perto dela, falando com uma voz de menina. A imagem entra em foco, e ela vê Janey Solomon, usando um casaco por cima da camisola, seu cabelo vermelho caindo sobre Caitlin como uma chuva de fogo.

— Eu estou procurando você há horas — diz Janey. — Seu pai está cambaleando por aí bêbado, mandando todo mundo procurar você. — Ela imita a voz lenta e arrastada dele: "Minha garotinha é tudo o que me resta, eu vou me redimir com ela."

— Como soube que eu estava aqui? — Caitlin pergunta, tentando não tossir.

— Eu não sabia. Acabei de dizer que estou procurando há horas. Achei que você poderia estar em um dos esconderijos, atrás de uma pedra ou algo assim. Então, eu pensei na praia, mas não sabia onde. E agora você está se afogando.

— Eu não estou no mar.

— Não, só na chuva. Esse é um ótimo esconderijo, debaixo da areia. Seu cabelo se mistura com ela. Eu quase passei direto por você.

— Ah.

— Não tem mais ninguém aqui. Achei que talvez algumas meninas tivessem ficado, que ainda estivessem por aqui. Mas não.

Por que você está aqui? Sinto muito que sua mãe tenha morrido. Eu também estaria aqui se tivesse sido deixada sozinha com o seu pai.

Ela olha para Caitlin, que não diz nada.

— Eu trouxe comida para você — diz Janey, se inclinando para uma pilha que Caitlin não tinha visto. Ela pega um pão molhado e joga para Caitlin. Soltando os braços, Caitlin morde o pão e o enfia na boca quase sem mastigar. De repente, seu estômago começa a doer, e ela para e engole, tentando não vomitar.

— Obrigada — ela agradece, depois que a náusea passa.

— Eu trouxe cobertores também. Eles vão ficar molhados, mas são melhor do que nada. Talvez possa usá-los para se proteger da chuva.

— Obrigada.

— Eu vou tentar vir todo dia. A mãe vai tentar me impedir. Consegui sair hoje e soube que você tinha sumido.

— Quantas pessoas estão saindo de casa? — pergunta Caitlin enquanto mastiga outro pedaço de pão.

— Os únicos que saem de casa são os que já estiveram doentes — diz Janey. — Portanto, eles não estão preocupados em ficar doentes de novo. Tem muita gente morta. *Muita* gente. Meninas também. Crianças. — O rosto dela fica anuviado, mas então sacode a cabeça com força, como que para dissipar a névoa de tristeza. — Eu estou tentando não pensar nisso. — Ela faz uma pausa. — Foi pior para as mulheres grávidas. Acho que todas morreram, ou pelo menos a maioria delas.

— Isso é mau — diz Caitlin, sentindo que devia dizer alguma coisa, mas incapaz de sentir uma tristeza verdadeira. Quando soube que a mãe tinha morrido, as emoções de Caitlin tornaram-se um murmúrio distante e cinzento.

Janey sacode os ombros. O corpo todo está frenético, seus movimentos de ombros e de braços são súbitos e quase violentos.

— Algumas pessoas não adoeceram e ainda estão dentro de casa. Como nós. Quando é que iremos sair? Ninguém quer me dizer.

— Você saiu — diz Caitlin.

— Eu sei, mas saí sem autorização — ela diz. — Mas não é como se eu fosse para dentro do quarto de alguém doente, ou... não sei. Eu simplesmente tinha que sair.

Caitlin concorda com um aceno de cabeça.

— Não tem muita comida na ilha, pouca gente tem cuidado das plantações ou feito queijo. Mas tem menos gente também. Eu não sei. Talvez todo mundo vá morrer de fome. — Janey torna a sacudir os ombros, que saltam para cima como pássaros assustados, depois voltam rapidamente para o lugar. Aquilo parece o prelúdio de um ataque ou de uma convulsão. Caitlin solta um arroto alto. Janey ri. — Agora todo mundo vai achar você — ela diz.

— Eu não quero que ninguém me ache.

— Talvez possa vir para casa comigo — Janey diz, pensativa. — Seu pai iria procurar por você, mas talvez ele a deixasse ficar conosco. Você precisa de uma mãe. Há tantas de nós sem mãe agora. Os viajantes vão dar um jeito. Alguém disse que eles vão juntar maridos com esposas. Não tenho certeza se isso vai dar certo. Você pode imaginar alguma mulher concordando em se casar com o seu pai? Ele a cortaria ao meio. Olha aqui, eu trouxe água para você. Pode encher a caneca no barril de chuva de qualquer pessoa.

Janey entrega uma caneca para Caitlin, e ela bebe a água. Pegando a caneca de volta, Janey a coloca na areia.

— Em breve, ela vai estar cheia de chuva.

Caitlin concorda com a cabeça.

— Consegue sair daí?

Com uma certa dificuldade, Caitlin fica em pé. Janey sorri.

— Eu estava preocupada que você estivesse presa.

Caitlin sacode a cabeça, estende a mão para um cobertor e se enrola nele. Está molhado e pinicando, mas quente, e ela suspira de leve.

— Eu não acho bom você ficar aqui sozinha. Por que não vem para casa comigo?

Caitlin sacode a cabeça com força.

— O que você tem medo que aconteça?

A boca de Caitlin treme, e ela começa a chorar.

— Bem, eu virei ver você todo dia. Nós vamos pensar em alguma coisa. — Elas suspiram ao mesmo tempo. — Do que mais você precisa?

Caitlin torna a sacudir a cabeça.

— Você é muito corajosa. — Janey a abraça com força, e Caitlin se apoia no ombro magro dela e deseja que ela pudesse ficar. — Vejo você amanhã. Tente cavar um buraco e o forre com os cobertores, e então coloque tudo o que puder por cima.

Ela tenta, naquela noite, mas não funciona. Ela se enrola em cobertores e dorme mal, acordando com os pés dormentes e uma tosse horrível. Esperando o dia todo no mesmo lugar, Caitlin vê a água avançar e recuar, e constrói pequenas figuras de areia, mas Janey não vem. Naquela noite, Caitlin acorda tossindo tanto que vomita uma gosma manchada de sangue.

— Janey? — ela murmura, apertando os olhos ao ver uma figura alta e magra vindo na sua direção, dançando como uma chama. Então, as mãos macias da mãe acariciam sua testa como uma nuvem de orvalho, e Caitlin suspira de alívio.

— Mãe, eu sonhei que você tinha morrido — ela diz. A mãe não responde, mas continua acariciando o rosto de Caitin com mãos úmidas até Caitlin acordar deitada na chuva, febril e sozinha.

CAPÍTULO CINQUENTA E UM

Janey

Quando Janey volta à noitinha, molhada, suja de areia e com o rosto vermelho, Mary avança para bater nela. Mas, antes que ela possa levantar o braço, Janey a empurra e começa a dizer que têm que trazer Caitlin para casa, e quando Mary olha confusa para ela, Janey começa a andar de um lado para o outro, atirando as mãos no ar e dizendo coisas sem sentido.

— Janey — diz Mary. — Janey, eu não consigo entender o que você está dizendo.

Janey sacode a cabeça e cambaleia. Levantando-se, Mary corre para Janey, que cai nos braços dela, quente e tremendo.

— Mãe — diz Mary. — Eu acho que a Janey está doente.

Janey tenta protestar, mas o tempo para, se estica e se enrosca como um fio de fumaça. Sua língua está lenta, lutando contra o ar pesado quando ela tenta formar palavras. *Eles pararam o tempo,* ela pensa confusamente, *então agora eu posso ir e vir à vontade.* Aí, ela ri um pouco. Seu corpo é feito de água, e ela se solta dos braços de Mary e se derrama no chão.

Então tudo acontece muito depressa, em flashes. Ela está nos braços do pai, sendo erguida na direção do teto, que parece crescer como um balão. O rosto de Mary está perto do dela, embaçado e manchado como pinceladas de tinta numa janela molhada de chuva, e então, de repente, ele desaparece. Está na cama, os lençóis grossos e sedosos rastejando por sua pele como cobras. Tudo está oscilando e tremendo. *Tem alguma coisa errada*, ela pensa devagar, e depois, *Eu estou doente*.

— Mãe — ela diz, com dificuldade. A mãe se vira para ela.

— Não deixe a Mary entrar — Janey sussurra, aflita, tentando pronunciar bem cada palavra. Sua boca está dormente. Tem que falar calmamente; não quer outra surra.

— Eu não vou deixar — a mãe promete nervosamente, despindo Janey de seu vestido molhado. Ela pega Janey nos braços e a levanta com facilidade, enfiando uma camisola quente por sua cabeça dolorida e seu corpo magro.

— É melhor você sair daqui — Janey diz com a voz rouca.

— Se acha que eu vou deixá-la sozinha por um segundo, você é uma tola, Janey Solomon — a mãe responde, e Janey torna a se deitar, intimidada e um pouco impressionada. O cabelo da mãe, liso como o de Mary, cai do seu coque em mechas escuras, e as sardas dançam pelo seu rosto quando Janey tenta olhar para ela.

— Mãe, o seu rosto — diz Janey, e um pano frio é colocado sobre sua testa dolorida. É a coisa mais maravilhosa que ela já sentiu na vida. A frescura do pano passa para sua testa, desce por suas têmporas em ondas pulsantes, refrescando o incêndio em seu cérebro. Ela ameniza o gosto amargo em sua garganta, a dor latejante em seus olhos, o tremor em seus ossos. — Obrigada — ela murmura, e perde a consciência.

CAPÍTULO CINQUENTA E DOIS

Vanessa

A mão de Vanessa está cicatrizando, embora a mãe a tenha amarrado tão apertado para juntar as pontas da ferida que a carne incha entre as tiras de pano. Faz Vanessa enfiá-la regularmente dentro do barril de chuva, e dá a ela um chá amargo que faz passar a dor. A mãe diz que a mão dela não vai mais ficar perfeita e que provavelmente irá doer sempre, mas que Vanessa deverá ser capaz de fazer tudo o que uma mulher precisa fazer, exceto costurar, talvez. Vanessa não gosta muito de costurar e não pode deixar de pensar que essa notícia é um raio de luz em um prognóstico sombrio.

Dois dos cortes do pai precisaram de pontos dados pelo Sr. Joseph, o tecelão, mas o pai diz a Vanessa que eles não doem. Ela responde que ele precisa enfiar a barriga no barril de chuva, o que o faz sorrir.

Alguns dias depois, os viajantes se reúnem na biblioteca do pai. Vanessa está acostumada com os viajantes se reunindo na casa dela, mas agora eles parecem alienígenas, assassinos e predadores. Ela pensa neles sentados confortavelmente no chão ou recostados nas estantes, sujando os livros com seus casacos pretos, e estremece.

Ela só pode supor que estejam tentando imaginar o que fazer agora que todo mundo morreu. Com a curiosidade vencendo o medo, ela se distancia da mãe quando ela se vira de costas e vai xeretar.

— Os campos vão ficar extremamente fertilizados, mas não há ninguém para cultivá-los.

— Não, isso não é verdade. Um bom número de fazendeiros sobreviveu, e nós podemos aumentar alguns dos terrenos que dividimos antes. Podemos dividi-los de novo, quando for preciso.

— Não temos ninguém para fazer papel agora. Só sobrou um entalhador. Nós perdemos um monte de especialistas...

A mãe encontra Vanessa e a empurra para dentro da cozinha. Quando para de olhar para Vanessa e se concentra no trabalho, Vanessa sai de novo de fininho para escutar.

— Mais viúvos do que viúvas. Todas as grávidas morreram. Nós precisamos que todo mundo se case, mas temos poucas mulheres. Alguns homens poderiam aceitar mais esposas, mas no passado isso só acontecia quando a primeira esposa não conseguia ter um filho saudável. Isso é algo que queiramos mudar?

Uma voz áspera e anasalada. O Sr. Solomon?

— Ah, falou um homem que não vai ter que lidar com uma esposa furiosa!

Risos.

— Vamos deixar alguns dos homens mais velhos irem para os verões de fruição. Os mais jovens podem esperar um ano.

— Nós nunca tivemos homens mais velhos nem viúvos nos verões de fruição. Por bons motivos. Isso poderia ser uma catástrofe.

— Isso não resolve o problema, e nós não queremos jovens solteiros soltos por aí.

— Se pudéssemos trazer para cá casais com filhas mais velhas...

— Lembrem-se do que aconteceu com os Joseph anos atrás, os novos, e ela só tinha oito anos! — Era a voz do pai.

— Mas naquela época...

A mãe dá um tapa no traseiro de Vanessa e a manda para o quarto, ameaçando um castigo severo caso ela torne a aparecer. Vanessa espera alguns minutos, e então passa correndo por trás da mãe e vai até a porta da biblioteca de novo.

— Nós temos espaço para trazer novas famílias. Muitas famílias. Essa é um oportunidade bem rara.

— Não queremos causar um desequilíbrio. Os Adam entalhadores foram um completo desastre, e eles eram só um casal. Não podemos garantir que todos sejam adequados, e se forem em número maior do que nós...

— Os Adam foram um desastre, mas quase todas as famílias que trouxemos através das gerações não foram.

— E os Jacob?

— Tudo bem, eles não foram perfeitos, mas ficaram. Nós precisamos de gente.

— Os ancestrais vieram com dez famílias.

— Nós não somos os ancestrais! E não existe ninguém igual a eles para escolher lá fora.

— Tanta gente, ao mesmo tempo, o conhecimento deles irá se espalhar. Esse conhecimento não poderá ser contido se metade de nós...

— Não a metade.

— Não, escutem o que ele está dizendo. Nós vamos conseguir convencer todo mundo a não conversar sobre as terras devastadas entre si, quando todos vierem de fora ao mesmo tempo? Vamos conseguir evitar que as notícias se espalhem?

— Sim, se escolhermos os homens certos.

— Mas eles têm as esposas certas?

— Todas as mulheres podem aprender o que é certo.

— Elas não podem mesmo. Olhem o que nossas filhas fizeram. Aquela Janey Solomon, ela não só as levou para a praia, mas vocês sabiam que ela fazia sermões secretos?

O coração de Vanessa se contrai, e ela tem que respirar fundo e lembrar a si mesma de que ninguém sabe que ela está ali.

— O quê?

— Minha filha estava agindo de um modo tão estranho que eu a obriguei a contar. Janey está dizendo que há outras ilhas, que sabe sobre Amanda Balthazar. Eu achei que fosse só a garota Gideon e que ninguém fosse acreditar nela, mas...

Um longo suspiro.

— Foi por isso que elas foram para a praia, então. Eu pensei que fosse só pelo fato de Janey Solomon tê-las convencido de que não precisavam de pais.

— Foi mesmo Janey Solomon. Mas como foi que ela descobriu?

— Eu não sei como essas meninas acharam que podiam fazer uma coisa dessa. Elas vão ser as próximas esposas, dentro de um ano ou dois. Não podemos permitir que fujam para a praia para escapar dos maridos. Nada assim jamais aconteceu. Se não fosse pela doença, elas ainda estariam lá!

— Bobagem, assim que ficasse bem frio elas teriam voltado correndo, implorando por perdão. Era um jogo, mas terminou.

— Você chama isso de jogo? Elas não obedeciam! Eu tive que bater tanto na minha filha que...

— Eu não sei por que vocês levam tão a sério a garota Solomon. Dentro de um ano ela estará morta ou casada.

— Sim, vamos morrer de medo das meninas! Elas vão entrar em guerra contra nós! — Há uma risada geral, meio sem graça, mas alguns suspiram de frustração.

— E a doença? — pergunta um dos viajantes, com amargura.

— A desobediência delas fez com que os ancestrais mandassem a doença, e isso é pior do que guerra.

— Quem sabe o que mais Janey irá dizer a elas em um ano? Ela já semeou desconfiança e desobediência. É a única com idade suficiente para entender as coisas. Eu digo que nós...

— Você subestima as meninas mais velhas, de treze e catorze anos. Eu sempre disse que deveríamos casá-las mais cedo.

— Os ancestrais disseram...

A mãe aperta o braço de Vanessa, sobe a escada com ela, a empurra para dentro do quarto e arrasta uma mesa para bloquear a porta. Sentando-se com um grunhido de frustração, a mãe fica costurando ali mesmo, sentada na mesa.

Depois de espiar algumas vezes pela porta para ver se a mãe está bocejando ou de cara feia, Vanessa a pega cochilando. A mãe acaba suspirando e descansando o rosto nas mãos. Silenciosamente, Vanessa passa pela porta, se espreme por trás da mãe e desce a escada de gatinhas.

— Desculpe, James, mas você perdeu a votação. — James é o pai. — Nós precisamos de gente nova. Precisamos de pais para adotar as crianças que ficaram órfãs.

— Só há dez que perderam tanto o pai quanto a mãe, e nós temos famílias suficientes que perderam filhos para ficarem com elas — insiste o pai.

— Temos que repor nosso estoque de qualquer maneira. Mais e mais defeituosos a cada ano, mulheres sofrendo hemorragias, tendo aberrações, e às vezes elas morrem disso. Os ancestrais nos avisaram sobre isso, e nós ignoramos os avisos. Lembram do que Philip Adam escreveu sobre doenças, como elas dizimam um rebanho a menos...

— Pessoas não são cabras — interrompe outro viajante.

— Elas se reproduzem da mesma forma, e nós tivemos tantas gerações das mesmas pessoas se reproduzindo quantas podemos aguentar. Estamos começando a reproduzir errado. Até onde sabemos, essa doença poderia ter sido evitada. Nós precisamos de sangue novo.

— Foda-se o sangue novo e foda-se a reprodução. Essa é uma mensagem dos nossos ancestrais. Nós escorregamos, e nossos padrões também escorregaram. Como vocês podem achar que agora, *agora*, quando as meninas se revoltaram de uma forma que nunca vimos antes, quando estão fazendo perguntas perigosas...

— Isso tem que ser feito, os defeituosos são a forma que os ancestrais têm de...

— James. Nós já votamos. A decisão foi tomada. Nós vamos trazer famílias novas, tantas quantas pudermos encontrar.

— Então — diz o pai — esse é o fim para nós. É o começo do fim de tudo pelo qual trabalhamos. — A voz dele soa desanimada e cansada.

— Não seja ridículo.

— Vocês se lembram do que eu disse sobre os Adam? E aquele homem...

— O que ele tentou fazer com sua filha foi terrível, mas ele não conseguiu. E foi mais do que adequadamente castigado.

— Essa não é a questão.

— Nós precisamos da sua ajuda. Não precisamos dos seus argumentos, precisamos da sua ajuda.

— E quanto aos homens e mulheres que sobraram? — diz outra voz. — Nós designamos maridos e esposas para eles?

— Talvez pudéssemos ter um segundo verão de fruição para eles.

Há um riso frouxo e alguém trinca os dentes.

— Eu acho que é melhor...

O pai interrompe:

— Eu não posso acreditar que vocês não vejam o que estão fazendo, o que estão arriscando.

— James, sinto muito dizer isto, mas você é um elo fraco entre nós e isso tem que parar.

Uma pausa longa e incrédula. Vanessa fica boquiaberta. E então, o pai diz com uma voz zangada e séria:

— O que foi que você disse?

— Você tem coração mole. Nós temos que esconder de você decisões, atos, segredos, só contando depois que já aconteceram, quando devia estar nos ajudando! A sua reação em relação a Amanda Balthazar...

— Se vocês tivessem me contado, poderíamos ter encontrado outra maneira! — o pai diz. — Ela estava grávida! Ela...

— Às vezes, você tem que arrancar o mal pela raiz — outra voz diz.

— Tudo o que fizemos foi de acordo com os ensinamentos dos ancestrais. Você precisa reler os escritos secretos de Philip Adam...

— Eu *conheço* os escritos dele.

— Então por que a hesitação, essa... essa... revolta? Você quase teve um ataque quando descobriu o que precisava ser feito com a mulher Joseph, e depois com Amanda Balthazar, e com Rosie Gideon...

— Ela era uma *criança*.

— E que tipo de mulher seria? Qual o sentido de esperar para ver?

— Você nem ao menos trouxe o caso para nós, tomou a decisão sozinho!

O silêncio das filhas

— Ele tem razão — diz outro viajante. — Eu jamais teria discordado, mas...

— Você não hesita em matar um cão que morde — acusa o primeiro viajante.

— Eu concordo — diz uma voz grave. — Nós temos que agir de acordo com nosso próprio julgamento. Nem *tudo* exige uma reunião, um voto.

— O assassinato de uma criança — o pai diz, indignado.

Há um momento de silêncio, e então duas vozes se erguem e lutam pela primazia. A mais alta vence.

— Philip Adam disse...

— Eu não estou ligando para o que Philip Adam disse! — o pai grita, e há um silêncio de espanto.

— James, nós vamos mudar — diz a voz anasalada. — Não vamos permitir que o que aconteceu esse ano torne a acontecer.

— A praga?

— Bem, isso também — diz outra pessoa. — Se trouxermos famílias novas...

— *Não* a praga. Nós vamos ser... mais severos ao impor os mandamentos. As coisas nunca mais chegarão a esse ponto. Filhas que fogem, que tentam viver sem a orientação dos pais, serão severamente castigadas, e se continuarem a não obedecer... elas também terão que ser exterminadas.

— Você acha que os pais delas não vão se importar? — o pai questiona baixinho.

— Eu acho que os pais delas irão ouvir e *obedecer*, ao contrário das filhas. Penso que, quando mostrarmos que essa é a resposta a todo tipo de rebelião, as filhas também irão ouvir e obedecer. Talvez nosso erro tenha sido guardar segredo a respeito de Amanda Balthazar, Rosie Gideon e as outras. Talvez devêssemos ter...

— Mas os maridos, os pais — diz o pai. — Essas são meninas e mulheres que são amadas. Se vocês fizerem isso, não acham que os outros homens...

— *Eles. Irão. Obedecer.*

— E a *sua* filha...

— O que tem a minha filha? — o pai diz entre dentes.

— É o modo como a criou. Nós nunca deveríamos ter deixado você ter livros.

— De que modo isso é diferente da sua coleção de coisas?

— Ora, ora — diz uma voz apaziguadora. — O assunto agora não é a biblioteca de James. E Vanessa não fugiu para a praia. Quantos podem dizer o mesmo de suas filhas? — Uma pausa, suspiros e um arrastar de pés.

— Então o que isso significa para Janey Solomon? — diz outra pessoa.

— O assunto sempre volta para Janey Solomon — diz uma terceira voz, com um riso sem graça.

— Bem, o pai *dela*...

A mãe dá um tapa de cada lado do rosto de Vanessa, com uma expressão de fúria. As vozes param ao ouvir a briga. Alguém ri, alguém demonstra preocupação. Sacudindo a cabeça e respirando fundo, a mãe empurra Vanessa para a mesa e a faz praticar costura com a mão trêmula, o que é impossível.

CAPÍTULO CINQUENTA E TRÊS

Caitlin

Caitlin espera Janey voltar, mas ela não volta. Caitlin não sabe quantos dias se passaram. Às vezes, acha que foram horas, às vezes, acha que foram semanas. O tempo se estende, sai de foco e perde a forma diante dela. Sua caneca fica cheia, e ela bebe. Seu pão sumiu. Quando acorda está escuro, mas Caitlin não tem certeza se está acordando toda noite, ou se tudo é a mesma noite. Não consegue parar de tossir.

Ela sabe que uma pessoa normal iria para casa. O pai talvez lhe batesse, talvez não. Podia até ir para a casa de outra pessoa. Eles a deixariam entrar. Eles a alimentariam e a secariam, enquanto alguém fosse chamar o pai.

Ela sabe que pode se levantar porque, de vez em quando, pratica, para ter certeza de que ainda consegue. Ela se levanta sob o peso de cobertores encharcados e move os pés para cima e para baixo. Depois seus joelhos tornam a ceder, e ela torna a cair dentro do buraco de areia. Corpo frio, rosto quente. Às vezes, treme, às vezes, não. Caitlin passou a gostar da sensação de frio no corpo. Faz com que se sinta limpa, fresca e nova.

Sua mente pula enquanto sonha, depois não; às vezes, uma fantasia transforma-se em sonho. Ela sonha que está na escola, e o Sr. Adam está atirando alfinetes nela. Sonha que ela e a mãe estão cavando a terra para fazer um jardim de plantas que comem gente. Sonha que cães com dentes brancos enormes mordem seus pés. Ela acorda, tosse e cospe; seu cuspe é escuro e brilha ao luar. Os ecos das meninas pequenas correndo sobem da areia como se elas tivessem deixado para trás seus fantasmas.

A mente de Caitlin desliza para a frente e para trás ao longo de sua vida, como alguém passando o dedo sem parar numa janela embaçada, fazendo desenhos. Se pudesse começar sua vida de novo, conclui, ela gritaria mais. Morderia como os cães do sonho. Não teria tanto medo de tudo o tempo todo. Não viria quando o pai chamasse, e ficaria onde estivesse. Não ficaria sem ar quando o Sr. Abraham chamasse o seu nome, mas falaria com firmeza. Bateria com os pés, gritaria, seria barulhenta e grande, comeria até ficar com dois metros de altura e, a seguir, fugiria.

Caitlin rola para dentro de uma visão, em vez de ser puxada para dentro dela. É tão fácil quanto cair de um lugar alto para um lugar baixo.

Ela tem uns três ou quatro anos, está mais perto do chão do que jamais se lembra de ter estado, estendendo as mãos para outra menina. Está quente, não o calor úmido de um verão na ilha, mas um calor seco que faz seus lábios parecerem um pano ressecado quando ela os fecha.

Suas mãos sujas se encontram, seus braços com marcas de dedos pretas e roxas e traços dourados dos golpes da véspera. Seus vestidos são maravilhosos: a outra menina está usando um vestido cor-de-rosa que Caitlin só viu em dias de belo pôr de sol, estampado de flores cor de laranja. O bordado é tão fino que quase não se enxerga, como se o próprio tecido fosse feito naquele desenho. Olhando para baixo, Caitlin vê que está usando um vestido branco, mais branco do que qualquer tecido que já tenha visto, e impressas em seu vestido estão pequenas palavras, pretas e atarefadas como formigas, mas ela não sabe ler o que está escrito.

O rosto da menina é familiar, dentes meio marrons mostrados num sorriso e brilhantes olhos escuros olhando alegremente para Caitlin. Ela é magra, quase tão magra quanto Janey Solomon, mas seu cabelo é claro e brilhante. Elas riem uma para a outra com alegria e começam a girar em círculos devagar. "Ring around the rosy", elas cantam, "pocket full of posies".* Caitlin ouve o pai gritando com a mãe, mas a Caitlin das Terras Devastadas não se assusta com isso. Ela está acostumada.

— É a única escolha! — o pai grita. — É a nossa única escolha! Eu não vou ficar aqui!

E a mãe, surpreendentemente, grita de volta numa voz firme:
— Não! Eu não vou!

"Ashes, ashes", as meninas cantam, "we all fall down!".* E Caitlin cai no chão como se seus ossos tivessem se partido. Rindo da própria esperteza, as meninas rolam na terra, que é macia sob seus pés e coberta de pedras e de estranhos círculos de metal com bordas amassadas. Ela não sabe o significado daquela canção, mas não importa. O que importa é girar e cair. Caitlin olha para cima, para um céu quente e amarelo.

Sentando-se, a menina tosse, lançando gotículas nas palmas das mãos, e então diz, "De novo!". Limpando os estranhos vestidos, elas

---

Ring Around the Rosy é uma cantiga de roda inglesa, datada do final do século XVIII, referindo-se à Peste Negra. Um dos primeiros sinais da terrível doença era um anel (*ring*) de manchas cor-de-rosa (*rosy*). *Pocket full of posies* remete à crença equivocada de que carregar pétalas de flores era uma defesa contra a doença. *Ashes, ashes, we all fall down!* refere-se ao fúnebre "Das cinzas às cinzas, do pó ao pó", onde todos caem por terra. (N. da E.)

começam a girar e cantar de novo, Caitlin já rindo por saber como a rima delas vai terminar.

E então ela está de volta à praia, de volta ao seu corpo gelado e trêmulo, anos mais velha. Sente a dor de não estar com aquela menina, quem quer que fosse, de não ser pequena e corajosa, mesmo se tudo em volta dela estivesse pegando fogo.

Caitlin fica em pé tremendo, a chuva parecendo agulhas de metal gelado, a noite transformada em um veneno que a sufoca enquanto ela luta para respirar. Ela sabe que esse é o fim de sua curta vida, de sua pequena vida, pequena em todos os sentidos.

Sabe que o que vai fazer é um pecado, mas, ao mesmo tempo, não consegue imaginar que qualquer um — celestial ou mortal — fosse querer que fizesse outra coisa.

Ela ouviu muito, ouviu demais, sobre a escuridão nas profundezas, mas não acha que os ancestrais irão mandá-la para lá. Sempre fez exatamente o que mandaram, exceto quando foi para a praia — mas tantas meninas foram para a praia. E ela voltou para casa. Acha que isso deve ser suficiente para que possa se juntar aos ancestrais no céu.

Ela quer se juntar a eles lá? Talvez haja outro lugar para ir.

Seus pés estão dormentes, e ela tropeça ao andar. A água a abraça com suavidade. É como uma cama segura onde ninguém jamais irá incomodá-la de novo. Dobrando os joelhos, Caitlin afunda na água, depois volta à superfície. Sua pele fica arrepiada no vento. Ela escorrega de volta para o abraço quente do mar, que acaricia seu corpo com suavidade, e anda mais ereta à medida que afunda. Quando está com água até o pescoço, prende a respiração e tira os pés do chão, e fica ali como se estivesse voando.

CAPÍTULO CINQUENTA E QUATRO

Janey

Janey acorda e vê Mary ao lado da cama, inclinada para a frente, o traseiro numa cadeira e a cabeça no braço de Janey.

— Saia daqui! — Janey diz, furiosa. — Saia! Você não devia estar aqui!

Mary pisca os olhos, boceja, olha para Janey com olhos cansados.

— Está tudo bem — ela diz. — A mãe disse que você não tem a doença. Não está tossindo, não está com febre. — Mary deve ter razão, pois seu rosto está morno sobre o braço frio de Janey.

— Saia daqui assim mesmo — Janey diz, zangada. Mas, em vez disso, Mary se deita ao lado dela na cama, com sua pele macia e quente e suas roupas secas e limpas, e Janey está cansada demais para protestar. Ela adormece e, quando acorda, Mary está dormindo, seus olhos se mexendo incansavelmente sob as pálpebras. As mãos e os pés de Janey parecem dois blocos de gelo. Ela teme estar sugando o calor de Mary e se afasta cheia de culpa, quase caindo da cama. Mas depois sente tanto frio que se aconchega nela mais uma vez e cochila.

Ela acorda com a mãe entrando com uma tigela cheia de mingau de milho.

— Tudo o que eu tenho é milho — a mãe diz zangada.

— Ela não vai comer — diz Mary.

— Ah, vai sim. Ela vai comer até o fim.

Janey sente o cheio forte do milho e se vira na cama, para longe da tigela.

— Janey — diz a mãe.

Janey não responde.

— Comece com um pouquinho — Mary diz, acariciando o cabelo de Janey. Janey pega a mão de Mary e a coloca embaixo do rosto como um travesseiro. — Você precisa comer — Mary diz. — Se estivesse comendo, não estaria de cama. Estaria fora da cama, fazendo coisas.

Janey abre os olhos, mas olha para a parede em vez de olhar em volta. Lágrimas rolam dos seus olhos para os lençóis.

— Janey — Mary diz. — Janey?

— A culpa é sua — diz Janey.

— Minha? — Mary responde.

— De todos vocês. Todos vocês. Todas as mães e pais com seus ancestrais e regras e segredos. Vocês podem me culpar se quiserem, mas a culpa é de todos vocês.

— Janey — diz a mãe. — Você tem que viver no mundo como ele é. Morrer de fome...

— O mundo é assim porque vocês deixam que ele seja assim — Janey murmura. — Me deixem em paz.

— Você precisa comer — insiste Mary, tirando a mão debaixo do rosto de Janey. — Você desmaiou e está dizendo coisas sem sentido. — Janey não responde. — Janey, isso é importante.

Os olhos de Janey tornam a se fixar na parede, observando as pequenas imperfeições da madeira, os arranhões, mossas e nós. Seus ossos parecem um monte de galhos secos quando ela se encolhe, espetando-a de dentro para fora.

— Eu vou fazer você comer — diz a mãe.
— Não — diz Janey. — Não vai não.
— Um pouco? — diz Mary. — Por favor? O que eu vou fazer se você morrer? — Ela pega a vasilha da mão da mãe e indica com um movimento de cabeça que a mãe deve sair do quarto. Suspirando, frustrada, a mãe sai. Janey sente o dedo de Mary empurrar delicadamente um pouco de mingau de milho na sua boca. Ela cospe.
— Caitlin morreu — Janey diz.
— O quê? Como você sabe? Eu não soube.
— Ela morreu perto do mar. Estava esperando por mim.
— Como você sabe?
— Porque eu era a única que sabia onde ela estava. Sozinha no frio. Eu prometi que ia lá.
— Janey — Mary murmura após um instante. — Janey, eles a mataram?
Janey sacode a cabeça.
— Não — ela diz. — Fui eu.
— Mas você estava aqui. Está aqui há dias.
— Exatamente por isso.
Confusa, Mary se senta com a tigela de mingau de milho sobre os joelhos e espera. Finalmente, Janey empurra as cobertas e, com os braços tremendo, senta na cama com seu quadril ossudo esperando o quadril mais macio de Mary. Seu rosto está pálido e quase luminoso, um pedacinho de luar suspenso no quarto.
— Mary — Janey diz, o corpo oscilando um pouco. — Se eu precisar ir até igreja, você me ajuda?

PRIMAVERA

CAPÍTULO CINQUENTA E CINCO

Vanessa

Ontem foi o primeiro dia em que ninguém chorou na escola, e Vanessa sente a gravidade disso. Desde que a escola voltou a funcionar, as crianças têm rompido constantemente em soluços na sala de aula quase vazia.

Primeiro todos choravam pelos mortos, as mães, os pais, irmãos e irmãs. Há tantos para lamentar a morte que escolher um só parece não fazer sentido, como pegar uma única formiga num formigueiro. Vanessa, sem conseguir evitar a tristeza que se abatia sobre todo mundo, chorava com eles.

Então, os viajantes tornaram a casar todo mundo.

Não é raro perder um marido ou uma esposa. Viúvos, principalmente, surgem quando as mulheres morrem de hemorragia ou de parto, e homens infelizes têm que cozinhar, limpar e cuidar dos filhos, coisas que eles não estão preparados para fazer. Normalmente, há uma mãe ou irmã ou tia contente em cuidar de um homem enlutado, especialmente se elas próprias forem estéreis. Mas os viajantes encorajam os viúvos a se casar de novo, e embora um ou outro homem prefira deixar a casa aos cuidados de uma irmã estéril e sozinha, a maioria busca avidamente novas esposas; viúvas são muito valorizadas. O namoro é amigável, o casamento, alegre. Um segundo casamento, às vezes, brinda a família com três ou quatro filhos. Essas famílias grandes e caóticas causam inveja mesmo que marido e mulher venham a desgostar um do outro em pouco tempo, ou que as crianças briguem furiosamente na calada da noite.

Dessa vez, depois que a doença foi embora, os viajantes levaram todos os viúvos para um campo gelado, ordenando que eles se juntassem em pares e se casassem antes do final do dia.

Pessoas choravam e tremiam. Em alguns casos, seus cônjuges mortos ainda nem estavam enterrados. Com os viajantes vigiando, ameaçadores, eles tentaram obedientemente escolher a pessoa que acharam que seria a melhor. Uns poucos homens brigaram pela Sra. Moses, jovem e bonita, e ninguém quis se casar com a velha Sra. Adam, a esposa do coletor de esterco, que ainda fedia como uma latrina. O pai de Caitlin nem apareceu. Havia mais homens do que mulheres, e uns poucos continuaram sem esposa.

Os casais se casaram ali mesmo, e imediatamente seguiu-se uma negociação sobre casas. Agora há casas vazias para as novas famílias das terras devastadas. Muitas filhas ganharam novos pais, e choraram e choraram. Os meninos que ganharam novos pais também se lamentaram. Aqueles que viram mulheres estranhas instaladas no lugar de suas mães soluçaram. Durante dias, todo mundo na ilha parecia estar chorando o tempo todo, com olhos inchados e escorrendo como feridas infeccionadas.

O filho do Sr. Abraham morreu, então toda vez que alguém chorava na escola, ele tinha que fazer força para não chorar também. Mas as lágrimas em seus olhos eram visíveis, e isso fazia com que mais crianças caíssem em prantos.

E no entanto, ontem, ninguém chorou na sala. Hoje, até agora, ninguém chorou. O Sr. Abraham deu uma aula de aritmética sem choro e depois falou sobre os diversos usos da casca de árvore. Emily Abraham, que se senta na diagonal de Vanessa, pinica e coça distraidamente uma ferida na perna, e Vanessa observa um fio grosso de sangue descer lentamente do joelho dela até o tornozelo. O rangido do carvão na lousa é quase insuportável.

A normalidade daquilo tudo faz Vanessa se sentir estranhamente culpada. Quando pôde finalmente sair de casa, o peso dos mortos desceu sobre ela, se multiplicando a cada nome até que não conseguia mais respirar. Letty, Frieda, Rosie, Lily, Caitlin, Hannah — os nomes não pareciam ter fim. A tristeza tomou conta dela mais uma vez, e parecia correr pelo chão e cair do céu, deixando tudo escuro e sem vida. Todas as mulheres grávidas morreram com seus bebês dentro delas. Há tantos corpos, a maioria já apodrecendo, e um fedor enjoativo paira no ar e cobre a pele de Vanessa com uma camada de morte. Ela ouviu dizer que há tantos corpos que alguns tiveram que ser picados e atirados no mar de dentro da balsa para que a colheita não apodrecesse.

Agora parece que elas estão fingindo que nada aconteceu, essas crianças de olhos secos. Vanessa teme que elas estejam decepcionando os mortos e no entanto, todas estão tão perto da morte. Todo mundo está pálido e lento, e metade das crianças ainda tosse. Vanessa se sente cansada e doente o tempo todo, embora não tenha adoecido. No recreio, as meninas ficam sentadas sem fazer nada. Olham para o espaço, suspiram, se encostam nas amigas que sobraram. Aos poucos, Vanessa vê as crianças menores se recuperando, como flores ganhando altura depois de uma onda de frio. Elas desabrocham, têm momentos de risos e brincadeiras, antes que os olhares frios das mais velhas se voltem para elas, e elas voltem, com ar culpado, para as sombras. E de repente, Vanessa parece ser uma dessas mais velhas. O riso das crianças a deixa furiosa, assim como sua resistência quando ela está alquebrada e morta.

Todo mundo está comendo melhor agora. Pessoas trocam mercadorias, e há coelhos e leite e frutas silvestres. Todo dia depois da aula, Vanessa encontra a mãe sentada na cozinha com alguma mulher, ou tendo acabado de voltar da casa de alguém. A poeira se junta nos cantos, e as manchas se acumulam no tampo da mesa. Todos se ocupam em consolar uns aos outros, e no entanto, ninguém fala com as crianças. Vanessa tem certeza de que não sabem o que dizer.

O pai também está sempre fora, se reunindo com os viajantes, conspirando. Eles só vão trazer as novas famílias no outono. O pai fala sobre "recrutar", e Vanessa não sabe o que isso significa. Está sempre irritado, e às vezes simplesmente zangado, perdendo a paciência e fazendo Ben chorar. Vanessa viu um hematoma na perna da mãe outro dia, o que a fez pensar na pobre Caitlin Jacob, já morta. Agora que Caitlin morreu, Vanessa se lembra de seus pequenos atos de coragem, e chora por um dia tê-la achado fraca e inútil.

Rachel Joseph estende o braço para trás para coçar o ombro e deixa cair um papel dobrado na carteira de Vanessa. Sua postura é tão semelhante à de Letty que Vanessa fica olhando por um tempo, sem saber ao certo se está sonhando. A mão de Vanessa cicatrizou e tem apenas uma cicatriz cor-de-rosa, mas ainda dói mexer com os dedos. Com dificuldade, ela abre o bilhete; escrito com letras minúsculas: "Igreja. Meia-Noite. Janey." Vanessa olha para ele como se as letras fossem incompreensíveis, lembrando-se da excitação que teria sentido quando era jovem e as pessoas estavam vivas. Agora ela só consegue sentir uma leve curiosidade.

Janey não voltou para a escola, mas Vanessa sabe que ela ainda está viva. Supõe que eles devem ter desistido de educá-la, já que

Janey sabe mais do que qualquer outra pessoa. Sente uma falta imensa dela. Vanessa pensou um bocado sobre ilhas de sonhos, deitada em sua cama em casa, esperando o mundo começar ou acabar. Imaginou se as terras devastadas seriam apenas uma outra ilha, só que maior, com coisas deixadas do mundo como ele era antes. Imaginou se poderia, quem sabe, nadar para outra ilha, se alguém já teria tentado.

Talvez Janey vá dizer a elas. Talvez tenha estado em outra ilha, e é por isso que quer falar com elas. Talvez estivesse indo para outra ilha o tempo todo, e tenha trazido a doença de volta com ela. Com Janey, tudo é possível.

Sentindo uma onda de excitação pela primeira vez em meses, Vanessa não consegue evitar um suspiro de felicidade. Rachel se vira quando o Sr. Abraham não está olhando e sorri para ela. Vanessa sorri de volta, temendo que seu rosto fosse quebrar. O ar parece estranho e frio em seus dentes, e seu rosto dói. Então lágrimas surgem em seus olhos, ela deita a cabeça na carteira e chora.

CAPÍTULO CINQUENTA E SEIS

Vanessa

Janey parece uma espécie de inseto, com o corpo magro, pernas compridas e finas e olhos escuros. Os círculos sob suas pálpebras são tão pretos que Vanessa teme que ela tenha apanhado. Seu cabelo ainda brilha, a trança viva caindo nas costas. Mary fica parada ao lado dela, hesitante, olhando para Janey com os braços semiestendidos, como se estivesse esperando que ela caísse neles.

Há poucas meninas, menos até do que Vanessa havia esperado. Muitas devem ter tido dificuldade para escapar, e muitas estão mortas. As meninas que conseguiram ir estão paradas estranhamente assustadas e separadas umas das outras, como que para deixar lugar para todos os corpos que deveriam estar ali, mas que estão dentro da terra, ou flutuando no oceano em pedaços.

Janey sobe ao púlpito. A luz bate nos fios de cabelo soltos no alto de sua cabeça, no pelo fino que cobre seus braços, banhando-a em uma luz dourada.

— Vocês vieram aqui — Janey diz baixinho. Mary cochicha em seu ouvido, e ela fala mais alto: — Esta é a última vez que virão aqui. Quer dizer, atendendo a um chamado meu. Obrigada.

As meninas se agitam, inquietas, e se entreolham no escuro.

— Eu só queria dizer que acho que é tudo uma mentira.

— O quê? — diz Caroline Saul, mordendo a unha.

— O flagelo. Não houve nenhum flagelo. Não existem terras devastadas. Existem pessoas que moram fora daqui, que vivem do jeito que for, e existimos nós aqui. Vivendo desse jeito. Tudo, *tudo* que nos contaram, que contaram aos nossos pais e avós e aos nossos ancestrais. Eles mentiram a respeito de tudo.

Há um longo silêncio. Mary olha para Janey de um jeito que deixa claro que isso é novidade para ela.

— Por quê? — diz Rhoda Balthazar.

— Porque eles podiam — responde Janey calmamente.

A igreja fica silenciosa de novo. Vanessa olha para uma sombra no canto do teto. Se acreditar em Janey, então a vida dela é uma mentira. Se não acreditar, então a vida dela é nada. Isso a teria deixado zangada um dia, a teria deixado desesperada e aterrorizada, mas agora está cansada demais para sentir alguma coisa.

— Eu não tenho certeza — diz Janey. — Não tenho certeza de nada. Mas nós precisamos parar de acreditar em tudo o que nos dizem. E não me refiro apenas a *nós*.

Há um longo silêncio.

— Bem, isso é tudo — diz Janey, e se afasta. Acossada, faminta, as pernas retas, linhas finas, ela caminha devagar na direção da escada como se estivesse andando na água. Mary se levanta, com os braços em volta do próprio corpo, e a vê ir embora com uma expressão de medo e desolação.

— Espere — diz Vanessa, mas Janey continua andando e desaparece.

CAPÍTULO CINQUENTA E SETE

Janey

Escuridão. Morte. Exaustão. Cada extremidade de nervo está começando a esgarçar, deixando de funcionar à medida que suas pernas ficam pesadas. Janey não é mais Janey, mas ossos em tons de cinza empilhados sobre uma cama.

Esse é o outro lado, esse é o lado escuro de todos os seus momentos alegres e luminosos. Essa é a parte em que ela se ajoelha sozinha, no escuro, e continua a se mover inexoravelmente para baixo, desaparecendo na terra, seus olhos e ouvidos e garganta inundados de escuridão. Ela nunca esteve em tais profundezas antes, nunca sentiu tamanho desespero, silenciosa e pesada como todas aquelas igrejas de pedra afundando infinitamente na lama, para onde a pressão é suficiente para esmagar uma menina.

Ela pode sobreviver a isso. Ela pode morrer. Seja o que for, não importa. Jamais tornará a se agachar na areia molhada, esquentando os dedos gelados numa pequena fogueira. Jamais tornará a rir de um cão molhado e coberto de areia enfeitado com guirlandas de flores vermelhas e amarelas e brancas. Jamais tornará a dormir rodeada de crianças pequenas, se mexendo e murmurando e a empurrando a noite toda. Jamais ouvirá as menininhas discutindo interminavelmente sobre a melhor maneira de quebrar uma concha, ou de descrever a cor do mar. Jamais tornará a dormir sob um arbusto espinhoso com o corpo da querida Mary ao seu lado. Mas ela não se importa. Não se importa com nada disso, nada. A parte dela de que gostava não existe mais, e está cansada demais para ressuscitá-la.

Nos dias que se seguem, Janey parece estar morrendo lentamente, e fica contente com isto. Ela não se mexe e solta uma urina escura nos lençóis. Suas palavras são lentas e truncadas, e seus olhos, mortos. Seu corpo faminto fica lento, o coração bate irregularmente, os dedos ficam frios, dormentes e azuis. Seu hálito é acre, como fruta podre, os olhos fundos e rodeados de roxo e cinza.

Mary é calma e gentil com ela, quase cortês. Seus dedos sobre a pele de Janey são trêmulos e cuidadosos, seus lábios na testa de Janey, rápidos e macios como as asas de um pássaro. Janey sabe que Mary quer ficar zangada, gritar, soluçar e urrar, mas teme que sua fúria possa ser o vento que sopre sobre Janey levando-a da vida para a morte. Então, Mary a limpa em silêncio, troca os lençóis e depois lhe conta histórias antigas de sua infância para fazê-la sorrir. Os olhos cinzentos de Janey se abrem e se fecham, se abrem e se fecham sem motivo ou regularidade. Ela recusa qualquer alimento. Ouve Mary cochichando com a mãe, e está semiadormecida quando os dedos de Mary, cobertos de mel, entram em sua boca. Ela se mexe, mas não acorda, e quando Mary tira os dedos, ela engole dormindo. Nas horas seguintes, Janey consome todo o estoque de mel dos Solomon, um dedo de cada vez, sugando o dedo de Mary como um bebê faminto. Ela acorda apática, com o rosto desfeito, infeliz.

— Eu matei Caitlin — murmura para Mary. — E Amanda. E Rosie.

— Você não matou ninguém — Mary insiste.

— Bem, eu não as salvei. — Ela fica olhando para a parede, seus olhos enxergando além da madeira, fitando a escuridão do outro lado. Mary se enfia ao lado dela sob os lençóis limpos, seu corpo quente aconchegado contra o corpo frio e esquelético de Janey.

— É verdade, Janey? — Mary sussurra no ouvido dela. — O que você disse na igreja?

— Eu não sei — Janey diz. — Não sei de nada. Mas acho que é verdade.

Mary encosta a cabeça no peito de Janey, ouvindo as batidas do seu coração acelerarem e depois ficarem mais lentas.

— Você... você está bem?

Janey ri de leve e tosse.

— Não.

— O que eu posso fazer?

— Fique aqui comigo.

Ultimamente, tudo está envolto em uma bela névoa, como se a neblina da manhã que paira sobre a água cinzenta tivesse se arrastado para a terra. Ela embaça a visão de Janey com sua fumaça ondulante. De vez em quando, Janey vê uma asa preta batendo na extremidade de sua visão. Tem certeza de que não há pássaros na casa, mas não consegue deixar de verificar a toda hora, fitando os cantos do quarto caso um bando de pássaros tenha entrado por um novo buraco do telhado. Mas não vê nada.

Mary se deita sobre Janey para ela parar de tremer. Janey a abraça e sussurra:

— Eu queria mudar tudo. — Sua voz é rouca e oca.

— Você mudou.

— Não. Não consegui. Fiquei presa.

— A ilha.

— Não.

O rosto de Mary parece emitir um brilho suave na escuridão da noite. *Se existe um Deus*, Janey pensa, *eu aposto que Ele se parece com Mary.*

Mary adormece com a orelha no peito de Janey, esperando ela dizer mais alguma coisa. De manhã, quando acorda, os braços e pernas de Janey estão imóveis e frios. Deitada ao lado dela, Mary observa as cores brancas e azuis mudarem nos contornos do rosto de Janey à medida que o sol nasce. Mary não se mexe até a luz do dia entrar pela janela, e mãe começar a gritar.

CAPÍTULO CINQUENTA E OITO

Vanessa

Desde o incidente com o Sr. Adam, Vanessa vem tendo pesadelos sangrentos. O sangue escorre do Sr. Adam, se espalhando pelo chão com uma camada pegajosa, subindo para cobrir seus tornozelos com um líquido quente, molhando suas roupas e chegando à cintura. O sangue cai de uma abertura no céu, colore a ilha de vermelho, ergue--se numa névoa escarlate do chão de manhãzinha. Ela bebe água e vê que sua boca está suja de vermelho, e que um sangue salgado e grosso está descendo por sua garganta. Quando o sangue começa a descer por suas coxas uma tarde, a mãe chora, mas Vanessa não se surpreende. Sem dúvida, tanto sangue não pode viver em seus sonhos sem encontrar uma saída para a sua vida acordada.

Desde aquele dia, o pai ainda vem ocasionalmente ao seu quarto e se deita na sua cama, mas só para conversar ou dormir. Vanessa sabe que a mãe não gosta disso e às vezes ela a ouve escutando atrás da porta ou entrando na ponta dos pés no quarto para olhar para eles. O pai parece achar engraçado e depois se aborrece com a espionagem da mãe, mas de manhã ele desvia os olhos da mãe e fala sobre outra coisa.

Uma noite, Vanessa acorda gritando de um sonho em que estava se sufocando com um verme de sangue enroscado em sua garganta e rastejando na direção de seus pulmões. Ela tosse e respira agradecida quando o pai, deitando-se na cama, esfrega suas costas e murmura palavras de consolo. Finalmente, consegue respirar de novo e se deita sobre o peito dele.

— Pai — ela murmura. — Quando eu matei o Sr. Adam...

— Você não matou o Sr. Adam — o pai responde. — Eu já disse a você. Nós o exilamos.

— Quando eu o cortei, então.

— Sim?

— Eu não podia parar de pensar no bebê da Sra. Adam.

— O que morreu junto com ela?

— Sim.

— Mas por quê?

— Poderia ter sido uma menina...

— Bem, sim.

— Se fosse uma menina...

— Sim?

— O Sr. Adam faria com ela o que tentou fazer comigo.

— Bem, seria diferente.

— E então eu pensei, e se eu fosse filha do Sr. Adam?

— Você seria uma pessoa completamente diferente, Vanessa.

— Talvez. Mas e se você morresse da doença...

— Nós tínhamos o remédio.

— Certo, e se uma pedra caísse na sua cabeça, e a mãe tivesse que se casar de novo, e o Sr. Adam estivesse aqui...

— A mãe jamais se casaria com ele.

— E se os viajantes a obrigassem? Ou se ele fosse o único homem sem esposa?

— Mas isso não iria acontecer. Quer dizer, na pior das hipóteses, ela se tornaria uma segunda esposa...

— Isso não importa. Eu estou dizendo, e se a mãe tivesse que se casar com o Sr. Adam, e eu, de repente, fosse filha dele?

— Mas eu estou dizendo que isso não iria acontecer.

— Tudo o que aconteceu naquele dia teria sido diferente. Ele não estaria desobedecendo a nenhuma lei. Eu teria estado errada ao cortá-lo. *Eu* teria sido castigada. Eles provavelmente teriam me matado.

— Mas...

— Pense em todas as filhas que receberam novos pais depois da doença.

— Bem, eu espero que nenhum deles seja igual ao Sr. Adam.

— Mas ninguém sabe, na verdade.

— Como assim?

— Ninguém sabe como uma pessoa é enquanto não mora com ela.

— Você acha que todos os homens são iguais ao Sr. Adam dentro de quatro paredes? Eu sou igual ao Sr. Adam?

— Não, mas eu acho que você quer pensar que o Sr. Adam foi um estranho erro, algo que nunca acontece, e eu não tenho tanta certeza.

— Eu não entendo.

— Eu tenho pensado nisso. — Ela faz uma pausa. — A última família nova, antes dos Adam, foram os Jacob.

O pai fica calado.

— Você sabe como o Sr. Jacob é. Basta olhar para Caitlin para saber como o Sr. Jacob é. O Sr. Jacob pode se casar de novo a qualquer momento. Essa esposa pode ter uma filha.

— Eu não acho que ele vá viver tanto. Está se envenenando de bebida.

— Mas e se todo mundo nas terras devastadas for assim?

—Assim como?
— Como o Sr. Adam, como o Sr. Jacob.
— Eles não podem ser.
— Lembra da reunião que você teve com os viajantes?
— Quando a mãe disse que você ficou ouvindo atrás da porta?

Vanessa fica um pouco ruborizada, mas continua, contente por estar escuro:

— E se as novas famílias que trouxermos forem iguais a ele? Você tem razão, nem todas as pessoas das terras devastadas podem ser iguais a ele, mas e se todos os homens que querem vir para cá forem?
— Como o Sr. Adam?
— Sim.
— Isso não é possível.
— E se for? E se eu me casar com alguém assim?
— Você vai se casar no final do verão. Nós não vamos trazer homens solteiros.
— Como você sabe como o Sr. Adam era quando jovem? Como sabe como o Sr. Jacob era? E se as novas famílias trazem para cá, de algum jeito, algo que transforma os homens da ilha naquele tipo de homem? Como uma doença das terras devastadas?

Há um longo silêncio. Ela respira fundo.
— E se...

Então o pai diz, zangado:
— Chega, Vanessa. Eu sei que você é inteligente, mas ainda é uma criança. — Ele sai da cama e desce a escada sem tomar cuidado para não fazer barulho. Vanessa fica um longo tempo deitada no escuro, prendendo a respiração.

CAPÍTULO CINQUENTA E NOVE

Vanessa

— Nós estamos sufocados de tanta morte — diz o pastor Saul, com a voz trêmula. Sua esposa e seus dois filhos morreram, e sua nova esposa está sentada no banco da frente, olhando para ele como se alguém tivesse dado uma pancada em sua cabeça. Faz semanas que a igreja retomou suas atividades, e sua mensagem de gratidão aos poucos foi se tornando mais e mais lamentosa. — A morte nos sufocou. E no entanto, ainda estamos vivos. Não há morte sem renascimento, e nossa ilha renasceu. Nós agradecemos aos ancestrais por nossa salvação.

"E no entanto, por que isso aconteceu? Por que essa praga terrível se abateu sobre nossa sociedade? Talvez os ancestrais tenham pedido a Deus para nos castigar por nossos pecados. Talvez os ancestrais estejam insatisfeitos conosco.

"Quando olho para nós, posso ver os motivos dessa insatisfação. Nós nos afastamos deles. Nós nos afastamos de sua visão e de sua santidade. Nós enchemos a mente de nossas filhas com conhecimento inútil, em vez de usarmos o tempo precioso para ensiná-las a ser um consolo para seus pais. Esposas esqueceram de como ser um amparo para seus maridos. Nós deixamos nossos idosos viverem tempo demais, depois do auge de sua vida, pela simples razão de nossos corações serem fracos. Homens são levados pelas palavras das mulheres, pelas palavras de esposas e filhas que se recusam a se submeter à sua vontade, como é o dever de esposas e filhas."

Vanessa olha para Mary, que parece incompleta sem a figura alta de Janey ao seu lado. O rosto dela está branco, seus olhos fechados, seus lábios cerrados. Uma de suas mãos está largada na de sua mãe, que a aperta como se estivesse tentando trazer Mary de volta à vida.

— Junto com o renascimento vem a chance de começar de novo. Nós teremos forasteiros vindo para encher nossos bancos, famílias que sobreviveram ao flagelo e que desejam isso. Nós podemos dar um novo começo a elas. Podemos ensiná-las corretamente. Podemos guiá-las do jeito que deveríamos ter feito o tempo todo. Nós iremos purificá-las da sujeira que carregam consigo. Os restos descartados de uma sociedade pecadora, uma sociedade que ateou fogo em si mesma e ardeu, ardeu até corpos cobrirem o chão.

"Nós purificaremos a nós mesmos. Nossos viajantes nos mostrarão o caminho. A disciplina será severa, dura, e no entanto o que estamos fazendo senão arrancar os frutos podres de uma colheita e deixar os sadios viverem e florescerem? O que estamos fazendo senão seguir a vontade dos ancestrais?"

Os viajantes têm ido à casa de Vanessa tarde da noite. Ela acorda e os ouve discutindo do outro lado das paredes. Na primeira noite, ela desceu devagarzinho para ouvi-los e ficou chocada ao identificar, no meio de um monte de palavras veementes, o seu próprio nome. Sem saber se eles sabiam da presença dela ou se estavam simplesmente falando dela, correu para cima e fingiu estar dormindo profundamente, caso um bando de viajantes estivesse prestes a entrar em seu quarto para interrogá-la. Ultimamente anda assustada demais para tentar ouvir, e fica deitada na cama, enquanto os ecos de uma discussão acalorada entre homens sobe do andar de baixo.

O pastor Saul baixa a cabeça.

— Devemos rezar por nossa renovação.

Há um murmúrio de concordância, de descontentamento, ou de tristeza. Vanessa começa a soluçar, e as pessoas em volta dela ficam sentadas, olhando apáticas para a frente como se estivessem surdas ou adormecidas.

CAPÍTULO SESSENTA

Vanessa

Vanessa sente o pai entrar para sacudi-la durante a noite. Ela não estava dormindo — estava deitada, acordada, pensando em Janey Solomon. Dizem que ela era tão leve que sua mãe a carregou para os campos nos braços, que quando foi jogada no buraco do chão, flutuou como uma pluma.

É tarde, mas Vanessa chuta as cobertas, se deita de costas e abre os braços como é seu dever, antes de se lembrar de que não pode mais fazer isso.

— Não, Vanessa — diz o pai. — Levante-se.

— O quê? O que está acontecendo?

Ele já se afastou da cama.

— Eu preciso que você pegue algumas roupas e se prepare para partir.

— Partir? — Vanessa se senta na cama. — Partir para...

— Eu não tenho tempo — ele diz e sai do quarto. A lua está tão cheia e brilhante que ela não precisa de uma vela. Ela junta algumas roupas no escuro. Então, chocada, larga as roupas no chão e corre para a biblioteca. — Vanessa — diz o pai quando ele a vê com um monte de livros nos braços. A voz dele é severa, mas ela vê um brilho de afeição nos olhos dele.

— Eu uso as roupas da mãe — ela diz. Ela cresceu ultimamente, seu corpo se reorganizando em novas formas. As roupas da mãe devem caber-lhe agora.

Ben e a mãe estão parados ao lado da porta, a mãe com um grande pacote nos braços.

— O que está acontecendo? — Vanessa pergunta a ela, embora saiba o que está acontecendo.

A mãe sacode a cabeça, mexendo com a boca. Vanessa vê que ela estava chorando.

— Eu preciso que vocês não façam barulho — diz o pai. — Façam o maior silêncio possível. Se alguém acordar e nos vir... Irene, eu levo as roupas, você carrega o Ben.

Sem dizer uma palavra, a mãe entrega as roupas e se abaixa para pegar Ben no colo. Ela encosta a cabeça na dele.

O pai abre a porta e sai, o resto da família o segue, numa linha reta. Os livros pesam nos braços de Vanessa, mas ela se recusa a abandonar qualquer um deles, e seus braços ficam doloridos, depois dormentes. Suas mãos cobertas de cicatrizes estão doendo.

Eles já passaram pela casa dos Abraham quando ela se dá conta de que não calçou sapatos, e seus pés estão gelados. Não há nada a fazer, exceto continuar.

Quando chegam na balsa, a mente adormecida de Vanessa de repente dá um salto ao compreender o que está prestes a acontecer. Seu coração pula para a garganta, e ela morde o lábio com força. O pai vai até o barqueiro e cochicha alguma coisa. O barqueiro não se move. Virando-se, o pai faz sinal para entrarem na balsa.

Os pés gelados de Vanessa sobem nas tábuas de madeira. O chão é sujo, frio e cheio de farpas. Vanessa se inclina para colocar os livros numa pilha no chão e, quando ergue o corpo, o barqueiro está olhando para ela. Seus olhos são como poços de escuridão sob a aba do chapéu, e ela desvia o olhar.

— Você contou a alguém? — o pai pergunta ao barqueiro, que simplesmente o encara, oscilando ligeiramente. — Eles perguntaram alguma coisa a você? — Sacudindo os ombros e desviando os olhos, o barqueiro pega a sua vara comprida e a enfia na água.

Quando se afastam da praia, Ben grita e a mãe canta uma canção para ele. O pai está olhando para a água.

Depois, longe da ilha, o barqueiro puxa uma corda e ouve-se um som horrível sob a balsa. Vanessa agarra a mão da mãe, tremendo, e o barqueiro ri consigo mesmo em silêncio.

— Está tudo bem — diz o pai. — É assim mesmo. — Uma cascata sai de trás da balsa, e eles começam a se deslocar rapidamente. Com os olhos no horizonte, Vanessa vê o céu cinzento ficar rosado. Ela se senta de pernas cruzadas e observa a água passar.

O pai se agacha ao lado dela.

— Eu estou fazendo isso por você, Vanessa.

— Você está fazendo isso porque não pode decidir o que vai acontecer em seguida — ela responde sem olhar para ele. — Finge que é por minha causa, mas na verdade é porque eles não querem ouvir você.

Depois de um silêncio, ele fala:

— Você não compreende.

— O que é, então?

— Eles iam queimar meus livros. Ainda vão. Mas eu não podia ficar lá e ver isso acontecer. Seria como ver minha família ser queimada. Você não sabe o orgulho que senti quando vi o que você estava trazendo conosco.

Vanessa fica quieta por um momento, pensando na biblioteca do pai de lindas palavras e imagens pegando fogo, virando cinzas.
— Você partiu por causa dos seus livros?
— Não. — Ele fica calado, depois suspira. — Eu parti porque fiquei com medo de que eles tentassem matar você um dia. — Vanessa ouve a mãe respirar assustada e a vê apertando Ben em seus braços como se apenas ele pudesse salvá-la de se afogar.

Estendendo a mão, Vanessa aperta a palma da mão do pai, só por um momento. Quando os dedos dele tentam apertar a mão dela, ela retira a mão. Fitando a manhã cinzenta, ela pensa no verão passado e em como a ilha era linda vista de cima da árvore mais alta.

Finalmente, ela vê o final do horizonte: terra brilhando ao sol. Quando eles se aproximam, ela vê figuras se movendo. Tudo está em chamas, ardendo, silhuetas escuras delineadas por centelhas e clarões. Ela não sabe se são as terras devastadas queimando em seu fogo eterno, ou se é o sol iluminando corpos humanos ao nascer atrás deles.

Agradecimentos

Em primeiro lugar, agradeço a Karen Siegel, que leu o esboço de um romance de uma amiga de colégio e forneceu comentários valiosos. Bryan Melamed e Christopher Brown também fizeram críticas úteis e incisivas.

Eu sou nova nesse campo, mas acho que posso dizer que Stephanie Delman, da Sanford J. Greenburger Associates, é a melhor agente literária do mundo. Muito obrigada pelo apoio, orientação, fantásticas ideias e por ter feito o meu sonho se realizar.

Tive a sorte e a honra de ter Carina Guiterman como minha editora nos Estados Unidos. Sou grata por sua incrível competência em aprimorar enredo e prosa. Obrigada por tornar meu romance cem vezes melhor do que quando o passei para você. E agradeço a todos da Little, Brown que contribuíram com o meu romance ao longo de sua jornada.

Leah Woodburn, da Tinder Press, foi minha editora no Reino Unido e parceira de Carina do outro lado do oceano. Obrigada por suas observações certeiras, por suas ideias fabulosas e seus comentários precisos. Obrigada aos colegas de Leah na Tinder Press por usarem toda a sua competência no meu livro e perceberem tudo o que não percebi.

Agradeço a Stefanie Diaz, a intrépida diretora de direitos internacionais da Sanford J. Greenburger, por levar o meu livro para novas terras, e a Helene Wecker por ler meu manuscrito em seu tempo livre tão escasso.

Jennie Melamed

Obrigada, Molly e Ember, minhas musas, que não sabem ler, mas merecem reconhecimento por seu apoio incondicional. E, finalmente, obrigada a Chris, meu capitão, melhor amigo e amor verdadeiro. Ano que vem em Palau.

Impressão e Acabamento:
LIS GRÁFICA E EDITORA LTDA.